永井荷風

多田蔵人——〔著〕

東京大学出版会

本書は，第6回東京大学南原繁記念出版賞を受けて刊行された．
This volume is the sixth recipient of the University of Tokyo
Nambara Shigeru Publication Prize.

NAGAI KAFU

Kurahito TADA

University of Tokyo Press, 2017
ISBN 978-4-13-086051-2

永井荷風／目次

はじめに——「小説」の位置

一　江戸趣味と小説

後に『江戸芸術論』に収められることになる「江戸演劇の特徴」(一九一四〔大正三〕年五月「三田文学」)という文章の末尾に、荷風が単行本収録に際して削除してしまった一文がある。江戸演劇、つまり歌舞伎に改良を加えようとすることの非を説き、歌舞伎の様式保存を唱えた荷風は、森鷗外の「旧劇の未来」(一九一四〔大正三〕年四月「我等」)に対する疑義を述べていた。

この一章を草せし後図らず森先生の「旧劇の未来」と題する論文(雑誌我等四月号所載)を読みぬ。旧劇は最早や其の儘にては看るに堪へざれば、全くこれを廃棄するか然らざれば改作するにありといふ。これ余の卑見とは正反対なるを以て余は大に恟懼疑惑の念を抱けり。〔略〕余は旧劇なるものは時代と隔離し出来得るかぎり昔のまゝに演ずれば、能狂言と並びて決して無価値のものに非らずと信ずるに至りしなり。〔略〕専制時代に発生せし江戸平民の娯楽芸術は、現代日本の政治的圧迫に堪えざらんとする吾人に対し(少くとも余一個の感情に訴へて）或時は皮肉なる諷刺となり或時は身につまさるゝ同感を誘起せしめ、又或時は春光洋々たる美麗の別天地に遊ぶの思あらしむ。［略］余は江戸演劇を以て所謂新しき意味に於ける「芸術」の圏外に置かん事を希望するものなり。

荷風の鷗外への崇敬ぶりはよく知られるところだが、その荷風の言であるがゆえに、鷗外に疑問を呈し江戸演劇の改作をしりぞけようとするこの一文には、荷風の芸術観をめぐる興味ぶかい問題が潜んでいるように思われる。

右の文章は、荷風のいわゆる〈江戸趣味〉鼓吹が頂点に達しつつある時期に発表されている。その意味で鷗外と荷風の差異は、単に明治の演劇改良運動と大正の江戸趣味との間にある、江戸の捉え方の落差を示すものでしかないのかも知れない。しかし歌舞伎についての言及が「新しき意味に於ける「芸術」」との関係を語るものであるかぎりで、この文は両者の文学概念の差異、小説や現代演劇の創出方法に関する考え方の違いを述べたものと見ることができるのではないだろうか。鷗外の営為を歌舞伎のプロットや台詞を刈り込み改変することで新しい演劇を創出するものと捉え、過剰なまでに現代からの江戸の「隔離」を提唱する荷風の姿勢には、江戸との距離によって現代文学を捉える姿勢が表出している、というように。

加えて言えばここでの荷風の言葉は、いわゆる考証家たちの姿勢とも微妙に異なる。同じ文章で荷風は「余の江戸演劇に対して感ずる興味は凡て其の外形に在り」と断言し、劇の絵画的色調や音楽的調和に劇の美点を見出そうとしていた。荷風の劇への視線は、故実の詮議によって劇の本来の姿を復元しようとする考証家のそれではない。劇中の物語から「皮肉なる諷刺」や「身につまさるゝ同感」、あるいは「春光洋々たる美麗の別天地に遊ぶの思」を受け取ろうとする荷風は、歌舞伎を現在の文学創出と関係づけることを拒否する一方、あくまでも現代からの鑑賞者の視線を観劇者に要求しているのである。

さらに江戸芸術を「専制時代」における「江戸平民の娯楽芸術」であると定義した言葉づかいに、小説家として自らを規定してきた荷風の姿が透けて見えていることも指摘しておこう。「平民」の語は『江戸芸術論』所収の諸論にも繰り返し用いられるが、言うまでもなく、近世期に平民という身分が存在したことはない。近世の身分階梯を「専制」と「平民」の二語で捉え、平民の「啜り泣き」を聞く荷風の言葉は、「現代日本の政治的圧迫に堪えざらんとする」現代人のものであると同時に、悲惨小説や暗黒小説の流行時代に出発した作家に特有のものでもあったと言えよう。

江戸趣味の第一人者と目された小説家であり、小説創作にあたって江戸の文物を積極的に取り込んでいた荷風の文業を見渡してみようとする際、「江戸演劇の特徴」が垣間見せるこうした江戸への態度は、荷風小説を眺める際の新しい角度を示唆するものであるように思われる。荷風の江戸受容は、江戸への耽溺を示すものというよりも、江戸と江戸を眺める者の距離を作品の中に設置し、「新しき意味における「芸術」の位置を相対化し測りなおしてゆく営為だったのではないだろうか。

まぎれもなく近代の小説家であるはずの人物がある時点から江戸文化への愛着を表明し、戯作者を自称し、小説のなかに江戸の物語を取り込んでいったという一連の事態には、未だ知られざる小説概念の歴史が隠れているのかもしれない。すくなくとも荷風の小説への江戸の摂取方法を腑分けする作業は、荷風のいくつかの小説について、あらたな意味を開示するはずである。

二 〈引用〉の役割

今日では他の「耽美派」諸作家の陰にやや隠れてしまった観があるけれども、かつて永井荷風は鷗外漱石と並んで、近代日本文明に鋭い批評を加えた文学者として知られる存在であった。欧米からの帰朝後、あるいは慶應義塾文学部教授としての時期に展開した華々しい言論活動。偏奇館の独居生活にあって「隠居のこゞと」として発された、現代日本への諷刺。そして死の間際まで書き継がれた『断腸亭日乗』の条々。これらの文章から紡ぎ出された、江戸文化によって近代を撃つ批評家の像は、戦後の荷風ブームのなかでいくぶん誇張された向きもあるとはいえ強い説得力を持つものであり、その際荷風小説がしばしば舞台とする花柳界や売春窟といった場所は荷風の批評意識のエチカとして捉えられることになる。

しかしながら「批評家」荷風の像は、荷風その人の議論の偏りや矯激さへの批判と抱合しつつ形成されてきたものでもあった。フランス近代芸術と江戸時代への愛着を語りながら痛烈に現代日本を撃ってゆく作家の言葉は、批評の実効性や有用性の観点に立つかぎり、評価されにくい。「無用の人」荷風の像はいわゆる荷風ファンにとって限りない愛着の対象でありつづけているのだけれども、奇想の表現や物語構成に長けた作家群の再評価がすすんでゆくなかで小説家としての荷風の存在感が少々埋もれてしまっていることも、こうした経緯と無関係ではないように思う。かかる評価史の展開のなかで、今日ではむしろ荷風の文章をジャンル横断的な視点から捉え、表現の弾性を評価する視座が切りひらかれつつある。また、比較文学や社会学の視座に立ち、荷風のいわゆる「批評」の言葉が実際にどのように社会的に機能していたのかを探る論考も、近年大きな成果をあげてきた。

本書はこうした先行研究の蓄積を踏まえつつ、荷風が繰りかえし自らを「小説家」と規定したことに、あえて固執してみたいと思う。たとえば文明批評の言葉は、なぜ小説という場に設置されているのか。その際小説の言葉は、どうして現在残されている文体で書かれなければならなかったか。そもそも荷風は「小説」というジャンルをどのような場として眺めていたのか。本書の目的はこれらの観点に拠って「小説家」荷風の物語技法を明らかにすることにある。

作品の分析を行うにあたって、ここでは作家活動のなかの最も非独創的な領域であるように見える〈引用〉という営為を軸に、荷風小説を眺めてみることを提案する。荷風小説のなかに現れる、おびただしい江戸文化への言及は、江戸の文物を蒐め、組み合わせ、引用によって作品のなかに配置する手続きを経て表現されるものであった。小説表現のなかのこのプロセスに光を当てる試みは、荷風の場合、小説の「意味」や「独創性」を新たな観点から捉え直すことに繋がるのではないだろうか。

一例として、荷風が江戸趣味を鼓吹しはじめる以前の時期に目を向け、初期の作品を取り上げてみよう。次に引くのは、事実上のデビュー作となった『地獄の花』（明治三五年九月、金港堂）の一節である。

若い青葉の上に照る美くしい星より外に見て居るものはない。権力ある平和の下に支配されたこの夜蕭々たる隅田の河畔！　今、こゝには浮世の名望も地位も、又何等の束縛も無いのである。歌の声は吹消す様に絶えて、暗い水面から幽に聞き取れる水鳥の鳴く音と、太古の様な生活を其の苫の中に載せ行く土舟の櫓声とが、折々大自然の秘密を囁くかと思はれる木葉の戦ぎと、岸を嘗める漣の私語《さゝめき》とに調和して、是等は全く自然のメロヂーを白百合の花の香に伴はせて奏で出るのである。（七）

隅田川の風景を描く右の風景描写は、「隅田の河畔」(「隅田の水」(一)ともいう)という直訳体の言い回し①が端的に示すように、江戸の記憶につらなりうる点景の叙述を故意に避けている。三味線とともに響く「歌の声」つまり浄瑠璃の一ふしは「吹消す様に」消し去られ、「水鳥の鳴く音②」や苫舟の「櫓声」は江戸情緒をこえた「太古の様な生活」の残響として聴き取られる。夏の隅田川を語る際、水面を爽やかに吹き来る風はなくてはならぬ道具立て③だが、この川風の描写もまた、「白百合の花の香」によって江戸情調を塗り替えられ、風景の意味するものは「自然のメロヂー」「大自然の秘密」といった、あからさまに西洋風なモチーフとして呈示されるのである。

この統辞法を、当時の文壇や荷風自身がゾライズムをはじめとする西洋小説の摂取に熱心であったといった伝記的事項だけで説明することはできない。同時代を舞台として浄瑠璃や戯作をつきまぜてゆく小説の方法は、明治三〇年代にもたしかに行われていたし④、荷風自身、そうした手法を『新梅ごよみ』で実験ずみでもあった⑤。ここであえて五感に訴える印象派風の表現が取られていたことの理由は、『地獄の花』のヒロイン・園子が置かれる状況と密接に関わっている。教師である園子の恋人・笹村は、家庭教師先の黒淵夫人と不倫の関係にあり、『地獄の花』は園子が笹村の行いに気づいて苦悩するなか、自身も学校の校長に強姦されてしまうという形で展開する。その際、「浄瑠璃の三味線や、又は遠い上野辺りの鐘の音が、遊郭の趣味を多からしめる戯作本の形容する様に、一種の響を以つて伝はつて来る」「悪魔の囁き」(十五)は、笹村を「暗黒なる夜の世界」へと導くものとして言及され⑥、かつ黒淵家の私事を暴き立てる新聞記事には「浄瑠璃的の章句」が用いられていた。つまり小説の地の文が「悪魔の囁き」の言葉や悪意ある噂の文体に少しでも似てしまえば、笹村に裏切られ、「風評」におびえつつある園子の物語は、園子の視点に立って語ることが難しくなるのである。

不義や密通を哀切な「世語り」へと転化してゆくものであるはずの浄瑠璃のカタリは、ここでは「暗黒なる夜の世界」を読者にのぞき見させるスキャンダルの言葉と化している。『地獄の花』における江戸文芸の言葉の配置には、地の文の叙述を「種々なる好からぬ臆説を加へ」る「世間の風評」（十九）から遠ざけようとする苦闘を読むことができるわけで、本作の語りが言葉を受け取ってくれるかどうかわからない相手にあえて訴えかけるようなパセティックな調子を持つことも、こうした「風評」の言葉を避ける言説構成に由来していよう。『地獄の花』の時点で、既に荷風には江戸の言葉と現代の言葉とを対位法的に捉え、小説の位置を括り出そうとする志向が存していた。後年の荷風が示した口語文への嫌悪感を考える上で見逃せない点であろう。さらに言えばこの時期の荷風には、すでにいわゆる〈文学革新〉とはおよそ異なる物語認識が存していたと考えられる。

「えゝ小説の趣向屋で御座い、仏国はゾラ流写実的の珍種露国はトルストイ張りの憂鬱種を始めとして、何でもお好み次第小説の趣向珍種は如何様ア引。」（荷風『桜の水』明治三四年三月「活文壇」）

懸賞小説の時代に投書作家として出発した荷風にとって、小説創作は既に存在する複数の文学モードとの関係から自由な営為ではありえなかった。『桜の水』は宮内省が募集した懸賞小説に応募すべく苦心する文士たちの前に「趣向屋」が現れる物語だが、この作品は初期荷風についてしばしば言われるゾライズムの影響さえ、当時ありふれた「趣向」の一つでしかなかった状況を語っている。荷風文学はすでにその初期にあって、古典の言葉も、それを語る〈小説〉の言葉もひとしく類型として立ち現れざるをえない状況のなかでいかに〈小説〉の言葉を立ち上げるのかという課題に直面していたようなのである。

いずれにせよ荷風小説の意味を探る際に必要となるのは、作家によって装われ、その後自明のものと化した型に従って作品を裁断することではおそらくない。どの物語のどの部分が引用され、どのように取り扱われているのかといった点にこだわりながら小説の表現を腑分けし、江戸受容の機能と意味を実際に確認してみる作業であるはずだ。少なくともこの検証を経ることがないかぎり、荷風小説が果たした歴史的役割もまた、反近代という定義に吸収され、その特性や志向を捉えられることのないままに見過ごされてしまうことになるだろう。

小説のなかに組み込まれた江戸の物語と荷風小説の関係を問うことは、同時に、明治以降の文学史における〈近代小説〉の位相を通時的に捉え直すための事例となるはずである。しばしば古典文化を切り落とすことで成立したと言われる近代の小説群は、それ以前の作品群との間にどのような関係を取り持っているのか。近代小説の小説言語は、実際のところ、それ以前の文学言語とどの程度隔たっていたのか。むしろ問題は〈小説〉と呼ばれるジャンルが、それ自体に特有の文学言語を持たなかった点にあるのではないか——荷風小説における小説言語の位相を江戸の側から問うてみることで、こうした問題についてわずかでも示唆を得ることができれば、と思う。

三　本書の構成と方法

本書では右のような問題意識のもと、荷風小説における江戸文化の受容と表現の諸相を検討する。取り扱う作品と各章の概要は次の通り。

第一章「伝承――『狐』」と第二章「暗黒面――『すみだ川』」では、荷風小説において受容された江戸のイメージが持つ多面性に照準を合わせている。まず第一章では、作家の幼少期に題材を取り、荷風の自己規定の物語ともされる『狐』を取り扱う。本作に描かれた狐をめぐるさまざまな言説を検討してみることで、幼少期をめぐる物語がどのように構成され、結果的にどのような主題を持ったのかを探ってみたい。本作はしばしば開明的な近代から江戸の記憶へと遡行しはじめる作家の物語として読まれるのだけれども、実のところ、本作に引用された伝承のイメージは多様な物語を分泌している。この章では〈狐〉をめぐるいくつもの言説の間で行き惑う語り手の言葉を、引用の検討を通じて辿ることを試みている。

「暗黒面――『すみだ川』」では、荷風が後年に至るまで愛した地・浅草をめぐる文書や物語と本作を比較対照してゆく作業を通じて、浅草の濃密な描写を持つ本作が、そのことによってどのような物語空間を作り上げていたのか、確認してみたい。この作業を通じて、浅草をめぐる挿話や伝承を複数の登場人物の視野のうちに分け持たせつつ、そのいずれによっても切り取ることのできない物語を作り上げていった語りの身ぶりが浮かびあがってくるはずである。

第三章「議論――『冷笑』」と第四章「制度――『戯作者の死』」では、荷風小説の言葉が時代状況と切り結んだとされる両作の分析を通じて、小説がどのように「批評」や「議論」を取り込んでいるのかを探る。『冷笑』については、しばしば思想的な小説とされる本作において、思想の表現がどのような形態においてなされているのかという点を検証する。本作における思想を語る言葉は、文明批評を分析的に語る言葉であるよりもむしろ、熱に浮かされたような陶酔状態で幻視をなすようにして語る方法によって表現されていた。主人公の言葉が示す過剰や矛盾は、批評として置かれているというよりもむしろ、批評を語る言葉の孕むジレンマを示すものとして描き出される。こうした表現形態が、同時代における〈議論〉や〈告白〉をめぐる問題系と踵を接するものであることも、確認してみたいと思う。

「制度――『戯作者の死』」は、天保改革のさなかに置かれた戯作者・柳亭種彦を主人公とし、自伝的作品とも言われる本作の分析を通じて、制度を描く言葉の位相を読む試みである。本作の表現を典拠と比較しつつ読んでみるかぎり、主人公の改革に対する姿勢は両義的なものとして造型されていることが見えてくる。改革に対する理解と反発を同時に抱えこんでしまった主人公にとって、改革以前の自己と改革以後の自己とは、ひとしく一定の秩序に属するものとして立ち現れざるをえない。二つの言葉の世界の間で身を決しえぬ作家の姿を描く本作には、小説を思想の表現の場として捉えるのではなく、不完全な言論の行き交う場として構成する試みを読むことができるはずである。

第五章「文体――『雨瀟瀟』」と第六章「都市――『雪解』」は、作家活動の転換期にあって、江戸文芸の機能がより深化してゆく様を明らかにする。「文体――『雨瀟瀟』」では、作家活動の端境期に書かれ、自己の文体の意味を掘り下げようとするモチーフを持つ本作を文体論の見地から検討する。漢詩や戯作や芸能といったさまざまな文体が言文一致体と交錯してゆく本作の物語構造は、引用によってさまざまな物語をイリュージョンのように浮かびあがらせながら、どの文体によっても事態を語りえぬ作家の嘆きを主題化してゆくものとして見えてくる。そうした言葉の膠着状況を描いてゆく戦略が持つ史的意義を、同時代における坪内逍遙の文体改良の試みや新世代の作家達との交錯を見渡すことで探ってみたいと思う。

「都市――『雪解』」では、「江戸趣味」の季節が終わり、都市リアリズムへと赴いてゆくとされる作家中後期の諸作について、江戸文芸の利用が都市描写に深く関わっている点を明らかにする。一見淡彩に親子の出会いを描いているように見える本作は、そこにちりばめられた江戸文芸の引用を通じて、複層的な物語構造を描き出す方法を持っていた。引用を通じて描き出されたメタ物語が崩壊してゆく過程に都市が描き出されるという方法が、荷風の都市描写にあったことを論じるものである。

第七章「モダニスム──『つゆのあとさき』」と第八章「映像──『濹東綺譚』」は、昭和期に入って既成作家としての扱いを受けることになった荷風の小説が、その〈古い〉様式によって獲得した現代性を探る試みである。「モダニスム──『つゆのあとさき』」では、昭和初期に流行した女給の物語である本作が、時に古めかしいと評されるエピソードの操作を通じ、同時代の女性表象を操ってゆく様を確認してみたい。類型的ともみえる本作の挿話群は、配列や言葉の選択に注意しつつ観察してみるとき、新たな女性表象を紡ぎ出してゆく有効な手立てとなっていたさまを浮かびあがらせるはずである。同時に、こうした試みには同時代のモダニスム文学と主題を共有しつつ乗り越えようとする志向が存したことも指摘する。

「映像──『濹東綺譚』」では、私娼窟・玉の井を描いた本作について、人工的に作り出された私娼窟という空間に、小説家の「わたくし」が江戸情調の物語空間を重ね合わせてゆくさまを、引用の分析を通じて明らかにする。同時にこうした引用による物語が、いずれ崩れざるをえない膠着状況のなかに置かれていることの意味を探り、物語の完結性から逃れようとしつづける語りの身ぶりを指摘したいと思う。

見られるように、対象としては荷風が江戸趣味を鼓吹し、自ら戯作者を名告ることになる時代以降の代表的諸作を取り扱う。なお本書はいずれの章も、個々の作品の表現論理を再構成してゆくとともに、注釈的事項によって作品外の文書や状況との接点をその都度提示し、表現分析と注釈によって見えてきた歴史的位置を示す、という方法を取る。ある作品を通時的に捉える共通の方法が乏しい状況下では、この今日色々な意味において古色蒼然たるものとなったスタイルからはじめてみるしかないのではないかというのが、現在のところの私の個人的な見通しである。

第一章　伝　承――『狐』

一　自己規定の内実

永井荷風のいわゆる江戸趣味について考えるとき、この作家の言葉に、怪異や異類の者、異界が登場するという意味での幻想譚への言及が少ないことに気づく。荷風の江戸は、泉鏡花の江戸のような、民俗と妖異の物語世界ではない。為永春水や大田南畝への傾倒が示す通り、荷風が多く取り上げたのは現実の都市における享楽や悲劇を題材とする物語群であった。

しかしたとえば荷風が柳田国男の雑誌「郷土研究」を愛読していた事実[1]を見るかぎりでも、小説における言表の多寡に作家自身の関心の度合いが反映しているとは必ずしも考えがたい。むしろ、これらの比較的取り上げられることの少なかった物語系列に着目しつつその摂取態度を明らかにする試みは、荷風小説における江戸受容の問題に対して重要な視座を提供するのではないだろうか。こうした手続きを取ることで、荷風の江戸受容のなかにひそむ志向、江戸への回帰・沈潜といった方向とは異なる、近代と江戸とが複雑に絡みあった物語作法が、より鮮明に立ち現れてくるように思われるのである。

本章では、江戸の伝承が繰り返し描いた素材——狐——を話柄とする小説『狐』（明治四二年一月「中学世界」）を取り扱い、伝承物語の言葉やイメージと、小説の言葉との関係を検証する。本作は、主題となる狐をめぐって、江戸と近代の様々な物語や図像を引用している。この引用が作中においてどのように機能し、小説言語にどのような効果を与えたのかを探ることで、しばしば「自己規定の試み」（佐伯彰一）[2]であるともいわれるこの作品の意味を、歴史的な文脈のなかに置き直したいと思う。

荷風の江戸に対する興味・関心が時代の好尚を牽引するものであった以上、荷風小説における伝承の機能を明らかにする試みは、明治末期における近代小説と伝承との連関を眺め渡す際にも重要な事例となるはずだ。「江戸趣味の第一人者」として立った荷風の小説には、すでに、伝承の言葉に対して小説の言葉が持たざるをえない位置についての省察が示されていた——これが私のとりあえずの目測である。

『狐』が発表された時代は、明治期における自伝の流行が頂点を迎えつつあった時期でもある。内田魯庵が明治四二年時点における荷風の諸作を出色のものとしつつ「自己の告白といふ事も今年は盛んに主張せられ、自己の告白ならざれば新興文学ならざる如き議論さへ云ふものもあつた」（「今年の特徴三つ」明治四二年一二月「文章世界」）と総括したことの背景には、時代が「丁度明治が終って大正に入るころで、大きな歴史からいっても明治文学の清算期、総決算期に当っていた」（柳田泉『柳田泉自伝』昭和四七年六月、広文庫）という事情がある。魯庵も同じ文章で触れるルソーやトルストイ、クロポトキンの文章から和製立志編もの、そして創作[3]に至るまで、自伝という比較的新しいスタイルは堰を切ったように日本に流れ込んできていた。『狐』の掲載誌である「中学世界」もまた派生誌「文章世界」への分岐を前に、作家の自伝や回想記を多く載せる時期にさしかかっている。とりわけ幼年期の回顧という題材は「追憶文学の季節」と名づけられる[4]ほど隆盛を見せていた。本作にいちはやく着目したのが「日本人の自伝」にこだわりつづけた佐伯彰一であったことにも、こうした理由があったと考えられる。ツルゲーネフの自伝を読みながら幼少期の回想に赴いてゆく『狐』の物語が、自伝の流行と浅からぬ繋がりを持つ作品であることは言うまでもない。次節に見る通り、本作の描写は同時代における文学モードを取り込んだものでもある。おそらく必要なのは接点の一つ一つを仔細に眺めつつ、伝承を小説に導入した本作がこうした言語状況とどのように切り結んでいたのかを探る作業であろう。まずは小説の枠組みとなる回想の様態を分析しつつ、狐の物語がどのような言説の場に立ち現れていたのかを、探ることにしよう。

二　空間構造と物語構造

『狐』の梗概は次の通り。

語り手「自分」はツルゲーネフの自伝に誘われ、自身の幼年期である明治初期の追想に耽りはじめる。「自分」によると、東京の小石川金冨町にあった広大な邸宅は、庭の崖下に鬱蒼たる杉林や古井戸のある薄暗い一角を擁していたという。ある日この崖下の茂みに「自分」の父親が狐の姿を認めることによって、一篇の中心をなす狐殺しの物語が始まる。その後冬の日に鶏小屋が荒らされるに至り、父親をはじめとする大人達は狐狩りに赴き、発見した穴から狐を燻し出して殺す。小説の叙述は、右の出来事が、裁判や懲罰に対して「自分」の抱く感情に現在まで影響を与えていることを示唆して終わる。

前述の通り、『狐』の物語は、幼年期に関する記述に荷風本人のそれと重なり合う箇所があるため、自らの原体験を探ろうとする作家の物語として読まれてきた。その際、語り手の記憶と邸宅の空間構成との間に存する文化記号学的な連関が、つとに指摘されている。[5] 崖下に出現した狐の物語は、崖上の邸宅に展開する家庭の〈秩序〉の物語と対比されつつ、失われた江戸の記憶を作家のうちによみがえらせてゆく象徴として読み取られてきたのである。[6]

こうした研究を踏まえた上で、本作における庭の空間構成を語り手である「自分」の表現方法に留意しつつ確認しておこう。新時代の官吏である父親が旗本や御家人の空き屋敷を二三軒まとめて買い上げた敷地は、縁先の広大な庭を抱えこんでいる。この庭が崖を挟んで一段低くなった先には鬱蒼たる杉の林が広がっており、狐の発見された穴は、この杉林と縁先の庭のちょうど境界地点、崖のすぐ下のところに位置していたということになる。この空間の構造に自邸を語ってゆく「自分」の言葉を重ね合わせながら読んでみるとき、『狐』は、やや入り組んだ表現構造を備えた小説として見えてくるのではないだろうか。

しばしば論じられる通り、杉林を擁する崖下の暗がりや古井戸を想起する語りの言葉には庭を恐怖のイメージによって塗り込めようとする志向が窺える。たとえば「老樹の梢には物すごく鳴る木枯が、驚くばかり早く、庭一帯に暗い夜を吹下ろした」という一節が「ひゆう〳〵と絶間なく吹き卸す風は、吹く度に、黒い夜を遠い国から持つてくる」（夏目漱石『二百十日』明治三九年一〇月「中央公論」）というゴシック風の表現に類似することを挙げてもよい。しかし恐怖と嫌悪の対象として崖下の空間を一義的に位置づけようとする読みはおそらく、この同じ場所が整然と手入れされた美しい庭園の一部として語られてもいるという事実をうまく整理することができない。

梅の樹、碧梧の梢が枝ばかりになり、芙蓉や萩や鶏頭や、秋草の茂りはすつかり枯れ萎れてしまつたので、庭中はパッと明く、日が一ぱいに当つて居て、嘗て、小蛇虫けらを焼殺した埋井戸のあたりまで、又恐しい崖下の、真黒な杉の木立の頂きまでが、枯れた梢の間から見通される。崖の下り口に立つ松の間の楓は、その紅葉が今では汚い枯葉になつて、紛々として飛び散る。縁先の敷石の上に置いた盆栽の柏には一二枚の葉が血のやうに紅葉したまゝ残つて居た。父が書斎の丸窓外に、八手の葉は墨より黒く、玉の様な其の花は蒼白く輝き、南天の実のまだ青い手水鉢のほとりに藪鶯の笹啼き絶え間なく、屋根、軒、窓、庇、庭一面に、雀の囀りはかしましい程である。

語り手は絶えず「恐し」く「気味わる」いものとして感じられていたはずの場所について、ここでは「悲しい、淋しいとは思はなかつた」「散り敷く落葉を踏砕き、踏み響かせて馳け廻るのが、却つて愉快であつた」と述べる。もちろん冬の陽差しは「恐しい崖下の、真黒な杉の木立の頂き」を隠してはいないのだが、しかし右の一節における杉林の暗がりは、むしろ庭全体の眺望を縁取る稜線としての役割へと変じている。初冬の庭の情景は、「血のやうに紅葉した」柏や「墨より黒」い八手といった原色のイメージを残したまま、見る者を快い運動へと誘う光のイメージのもとに描き出されているのである。

小説冒頭で「自分」が「ツルゲネフの伝記」を読んでいると述べていたことを考え合わせてみると、こうした矛盾が意図的に演出されたものであることが見えてくるはずだ。

小庭を走る落葉の響、障子をゆする風の音。冬の書斎の午過ぎは、別離を語る夕暮の、空も偲ばれる薄暗さ。あゝ！　裏淋しい心地して、炭火によりつゝ、自分は独り、ツルゲネフの伝記を読む。

先に引いた初冬の庭の情景における、「がたん〳〵と、戸、障子、欄干の張紙が動」き、「自分」が「散り敷く落葉を踏砕き、踏み響かせて馳け廻る」音は、右の「小庭を走る落葉の響、障子をゆする風の音」と響き合う。風と落葉の響きが聞こえる空間のモチーフは、ツルゲーネフの『猟人日記』とともに国木田独歩『武蔵野』をも愛読していた明治四〇年代の読者ならば、おそらく現在よりもはるかに鮮明に読みうるものであった点に留意しておきたい。(7) 当時の荷風の表現と独歩の表現との類似については既に指摘があるが、ここではさらに積極的な摂取がなされていると見て良い。(8) 庭に脅える過去の自己を造型してゆくように見える語りの言葉のあわいには、よく手入れされた庭園のありように対して十分に自覚的である現在の言葉の位相が、したたかに透かしみせられているのである。

空間を語る「自分」の言葉にひそむ両義性。こうした事態に直面しつつ、あらためて『狐』の言説構造を見渡してみようとするとき、本作のところどころに「自分」以外の人物の言葉がちりばめられ、さりげなく重要な意味を担わされていることに気づくのではないだろうか。たとえば、「自分」の両親の言葉。父親は、「毎年々々」「お出入り」の植木屋を入れて庭を整備し、崖下の空間を大弓を楽しむことも可能な場へと変貌させつつあったのだが、その理由は、母親との対話のなかで次のように説明される。

母はなぜ用もない、あんな地面を買つたのかと、よく父に話しをして居られた事がある。すると、父は、崖下へ貸長屋でも建てられて、汚い瓦屋根だの、日に干す洗濯物など見せつけられては困る。買占めて空庭にして置けば閑静でよいと云つて居られた。

庭づくりを語る父親の言葉は、邸内の秩序を整えようとする志向と同時に、邸宅のさらに外側に拡がっている空間との境界、家の〈内─外〉の境界に対する意識を、より強く表出している。「自分」の家の黒板塀の外側には、「人通のない金剛寺坂上の往来」とともに「その中取払ひになつて呉れゝばと、父が絶えず憎んで居る貧民窟」がひろがっていた。

父親の言葉にしたがってこの小説の空間を捉えなおし、父が意識する境界線に注目してみるならば、黒板塀を乗り越えて侵入する盗賊や、荷物を抱えて塀を乗り越え、駆け落ちを試みた男女といった、語り手によってさりげなく添えられている挿話群が浮かび上がってくるはずである。貧民窟に住む人々の中に、自殺した「御維新前のお籠同心」の姿が描き込まれている点には、たしかに、本作を幕末維新の交代劇として示す機能を見てとることができるだろう。しかしその意味の内実はここでは必ずしも一つではない。父親の言葉によって見るかぎり、「西南戦争の後程もな」い時代、「謀反人だの、刺客だの、強盗だのと、殺伐残忍な話ばかり」が飛び交う時代にあって、旧幕時代の記憶をたたえた「塀外」の空間は、邸内の財産を危機に陥れる攻撃的な空間でもあった。

したがって『狐』は、「自分」の言葉の中に複数の声を紛れ込ませ、同一の空間への様々な解釈を並べてゆく構造を持つ小説である。忌まわしい伝承を抱え込む不吉な暗がり。枯草の匂いと冬の光に満ちた遊びの場。あるいは、旧時代の人々との緊張関係。ここに、母親の言葉による、「用もない、あんな地面」という解釈を付け加えても良い。狐殺しが行われる庭は、新旧の文化がせめぎ合う場であるとともに、それを語る言葉の群れが互いに解釈を競い合う場、言葉をめぐる物語の場として、立ち現れるのである。

『狐』の物語空間に孕まれた神話構造を最も精細に描出してみせたのは前田愛であった。前田は、崖上の空間と崖下の空間を〈父〉〈〈近代〉〉と〈母〉〈〈江戸〉〉の二つの記号に切り分けてゆく一方で、こうした分節を行う「自分」の感性にひそむ両価性を鋭敏に指摘していた。

父がひきいる狐狩りの隊列をいったんは勇しいと感じた「私」は、書生の田崎から血に塗れた狐の死骸をつきつけられたとき、母親のやわらかい袖のかげに顔をかくさずにはいられない。男性的な世界と女性的な世界にこもごも魅きつけられる「私」のアンビヴァレンスは、『狐』一篇の構造を解きあかす手がかりにもなるはずである。（前田愛「廃園の精霊」昭和五七年一二月、筑摩書房『都市空間のなかの文学』所収）

ここでは、のちに狐を「境界を表わす神」（「サエの神」）として捉えたことがある前田の知見[9]を踏まえつつ、前田のいう「アンビヴァレンス」を、言葉と物語に対する認知の揺らぎとして捉えたいと思う。本作において最も多くの言説が錯綜しているのが狐に関する箇所であることは言うまでもない。狐をめぐって幾つもの言葉を配置してゆく本作の構造には、江戸の言葉の堆積のなかで自らの言葉の位置を探りあてようとする小説の身振りが、表出しているのではないだろうか。

三　狐退治の意味

「自分」は、狐殺しから戻ってきた男たちのさまを次のように語る。

大弓を提げた偉大の父を真先に、田崎と喜助が二人して、倒に獲物を吊した天秤棒をかつぎ、其の後に清五郎と安が引続き、積れる雪を踏みしたぎ［ママ］、隊伍正しく崖の上に立現はれた時には、自分はふいと、絵本で見る忠臣蔵の行列を思出し、あゝ勇しい、と感じた。

「倒《さかさま》」に吊るされた狐は、吉良上野介の首という見立てになるだろうか。男たちの武器をはじめとして、忠臣蔵との間に細かな違いはあるけれども、夜ごと絵草紙を広げていた少年の感性の世界において、雪のなかの行進を「絵本で見る忠臣蔵の行列」に擬える言葉はリアリティを保っているのだろう。しかしそのように語り手のアナロジーを肯い、右の一節を図像として思い浮かべてみる場合にも、この行列にどこかチグハグな印象の人物が紛れ込んでいることはやはり否定しがたい。忠臣蔵の構図から言って大石内蔵助の役回りを演じるべき父親が「大弓」を携えつつ、男たちのなかで一人だけ「洋服に着換」えているのである。

　無論わずかなズレではあるが、しかしここには統率者としての父親と統率される人々との間の関係を別の形で見つめ直してみるに足るものがあるのではないだろうか。実のところここで行列をなしている一行は、そもそも狐退治のために集められたメンバーではなかった。参加しているのは「昔水戸家へ出入りしたとか云ふ頭の清五郎」や車夫の喜助、植木屋の安といった「出入り」の人々に書生の田崎を加えた面々だが、狐があらわれた時に退治に参加する予定だったのは書生の田崎だけで、鳶の頭・清五郎が家に駆け込んで来たのは「町内を廻る第一番の雪見舞ひ」のためだったし、車夫の喜助は「毎朝近所から通つて来る」習慣を繰り返していたに過ぎない。「少く後れて」やって来た植木屋の安もまた目的は「例年の雪掻き」だったので、狐の事件によって呼び寄せられた人物は、屋敷の外には一人もいない。平素から自警団のような役回りを務めている鳶の清五郎でさえ、「去年中から、へーえ、お庭の崖に居たんでげすか」と述べる箇所に示される通り、狐の存在を知らされていないという事実も指摘しておこう。右の見立ては、語り手自身によって作り上げられている父のイメージ、屋敷を支配する「偉大な父」のイメージの裏に、もう一つのイメージを同時に指し示すかのように機能するのである。

狐殺しをめぐる人々の関係、とりわけ父親の位置が、狐に関わる言説のなかで変転しはじめる叙法——おそらくここには、引用によって回想の多面性を準備してゆく戦略がある。語り手は回想中に、周囲の人々が語り聞かせ、あるいは呟いた、狐に関する様々な挿話を逐一書きとめているのだが、ほとんどの場合、これらの言説に対する自身の反応を記していない。結果的に『狐』は、「怪しからん、庭に狐が居る」「貴様、よく捜して置いて呉れ」（父）、「田崎が撲殺してお目にかけます」（田崎）といった命令と返答、あるいは植木屋や魚屋や鳶の者や車夫、乳母といった、「水戸様時分」以来の人々が語る伝承の言葉を並置した上で、それぞれの意味の食いちがいを保存しながら進行する。したがって狐殺しの劇を読むとは、それぞれの言葉の背後にあるコンテクストを察知しつつ、一度事態の〈見え方〉のヴァリエイションに眼を向けてみることでなければならない。

たとえば語りは、「訳ァ御わせん。手前達でしめつちまひやせう」という清五郎の台詞とともに、「お稲荷様も御扶持放れで、油物の臭一つかげねえもんだから、お屋敷へ迷込んだ」という彼の呟きをも書きとめていた。清五郎はまた、「篠田の森ア、直ぐと突止めまさあ」と狐狩りを請け負ってもいる。稲荷と信田の森という二つの言葉によって突然現れた狐と〈葛の葉狐〉の伝承を結びつけてみるならば、「自分」の父の姿は、次のように眺めることができるかもしれなかった。

只狐《たゞきつね》のみ淫婦《いんふ》の後身《うまれかはり》にして。動《やゝも》すれば人《ひと》を魅《ばか》すをもて。ふかくその祟《たゝり》を怕《おそ》れ。これを稲荷《いなり》と称《しよう》して尊信《たうとみしん》ずるこそ愚《おろか》なれ。夫人《それひと》ハ万物《ばんもつ》の霊《れい》たるに。却《かへつ》て獣《けもの》を神《かみ》としつかへ欲《よく》を放《ほしいまゝ》にして幸福《さいはひ》を求《もとむ》るは何事ぞいでわれ。此祠《このやしろ》を毀《こぼち》て。里人等《さとびとら》が惑《まどひ》をとくべしとて。いきまきあらく罵《のゝし》るを。（曲亭馬琴『敵討裏見葛葉』第一回、明治一七年五月、鶴声社）

「弓矢」をもって葛の葉につらなる白狐を殺そうとした清原定邦のふるまいは、大切なものを三つまで失う「狐の祟」を呼び起こしている。『敵討裏見葛葉』の物語は、その序文に記す通り、信田妻伝説の文学的集大成とも言うべき浄瑠璃『芦屋道満大内鑑』を換骨奪胎したものだが、たとえば狐をめぐる伝説という点では同じ程度に名高い狐伝承をあつかった高井蘭山『三国妖婦伝』の場合にも三浦介・上総介両名は弓を用いて狐（玉藻前）を滅ぼしている。本作において父親の武器が「大弓」とされている点には語りの周到な用意を見るべきであって、こうした伝承とリンクしうる道具立てを備えることによって、父親の像には英雄でもあり加害者でもあるという二面性が付与されえたのだと考えられる。

　この、厳格で「偉大」な英雄であるとともにどこかに祟りを惹起しかねない危うさを孕んでもいる父親の像を補強するのが、女たちの言葉である。乳母や御飯炊きのお悦は、「自分」に向かって狐に関わる俗信を語り聞かせていた。

お悦は真赤な頬をふくらし。乳母も諸とも、私に向つて、狐つき、狐の祟り、狐が人を化す事、伝通院裏なる、沢蔵稲荷の霊験なぞ、こま〳〵と話して聞せるここでは父と周囲の人々との乖離が、狐を殺そうとする父の選択への忌避意識として表れている。「顔の色を変へてまで、お狐さまを殺すは、お家の為めに不吉である事を説」いたというお悦の言は、「母上と内談の上」で「犬を貰つて」狐に備える一方で「時々は油物をば、崖の熊笹の中へ捨てゝ置」くという対応を取っていた乳母の態度にひそんでいるものを、極端な形で示していよう。狐をめぐる伝承は、こうして父親の行為にある、秩序の拡張とはうらはらな側面を描き出してゆくのである。

そして、こうした父と周囲の人々との微妙な乖離を、語り手である「自分」による父親への嫌悪の感情に由来するものとしてのみ整理することには留保が必要であろう。『狐』における狐退治の場面は子供であった「自分」を差し置いて進行しており、幼い自分は狐殺しの現場を目撃していない。このため、実際の狐狩りに関する「自分」の言葉は、起こったことと聞いたことを報告する役割にとどめられている。このように語りの沈黙が設定される一方で、狐殺しをめぐる言葉は、やはり引用を通じて出来事の多面性を保持しつづけているからである。

この構図はたとえば、一同が狐退治の方法をめぐって「長評定」を行う場面に、より鮮明に表れている。ここで父親の腹心である田崎が「万一逃げられると残念だから、穴の口元へ罠か其れでなくば火薬を仕掛けろ」という方策を示すのに対し、車夫の喜助が「唐辛でえぶせば、奴さん、我慢が出来ずにこん〳〵云ひながら出て来る」という呪術めいた方法を主張していることは、双方にとって狐退治が意味するものの違いを端的に示していよう。ここで狐伝承は、役割を変えて用いられる。狐おろしの松葉いぶしにも似た方法を唱える喜助の言葉は、旧正月（二月）の頃に行われているこの狐狩りを、年中行事の記憶につらなるハレの場として映し出すのである。(10)

喜助の言葉が狐退治を祝祭的な出来事として描き出している点は、狐退治前の一同が「一升樽を茶碗飲みにして、準備の出来るのを待つて居る」という描写によっても裏づけることができよう。そしてこの言葉は、父親が招かれざる客に「振舞酒の用意」をし、家の鶏を殺してでも「出入の者共を饗応」しなければならなかったという事実に含まれた、ある矛盾を指し示しているように思う。

黒いのと、白い斑ある牝鳥二羽。それは去年の秋の頃、綿のやうな黄金色なす羽に包まれ、ピヨ〳〵鳴いてゐたのをば、自分は毎日学校の行帰り、餌を投げ菜をやりして、可愛がつたが、今では立派に肥つた母鳥になつたのを。

本作における狐退治が、そもそも鶏を守る目的で始められていたことを想起しておこう。しかも殺されたのは牝鳥であった。養鶏家としての父親が卵を産む「母鳥」を殺すことにはよくよくの理由が必要なのであって、[11]「大酒盛」の情景は、魚屋に「河岸の仕出しが出来な」ければ、牝鳥を潰してでも「饗応」しなければならない父親の微妙な位置取りを、隠微な形で指し示しているのである[12]。

『狐』における伝承の断片的な引用は、狐退治に孕まれた複数の意味合いをそれぞれの人物の言葉に分け持たせ、同時並行的に現出する機能を持っている。もちろん、右に挙げた幾つかの物語にあっても、先行する伝承の解体と再構成は、伝承の抱える必然として存在してはいる。しかし、江戸の伝承に現れる狐が伝承の両義性ないし多義性を一度解体した上で再び複合した、いわば伝承の多義性を一身に負った存在であるのに対し、ここでは個々の言葉が狐をめぐる伝承をそれぞれに完結した形で分け持ち、狐退治という出来事を互い違いに映し出していた。本作は確かに江戸の物語を組み込みながら近代を語った小説なのだけれども、しかし、ここに描かれた江戸は一つではない。伝承の組み替えを通じて一つの狐退治を語るのではなく、伝承相互の食いちがいを物語化してゆく多声的な物語作法といったものを、本作における江戸受容の方法としてひとまず指摘しうるのである。

以上、狐をめぐる伝承の引用によって、狐退治によって邸に秩序をもたらす英雄としての父の像と、秩序の維持をしなければならない存在としての父の一面が共に描き出されている点を述べた。しかしながら問題は、こうして二つの物語を同時に描きながら決していずれか一方の物語を選ぶことがない『狐』の構造が、結果としてどのような意味を発していたのかという点であろう。先述した通り、幼年期を回想する「自分」の言葉には幼時の自己の好悪こそ感情として語られてはいても、この出来事に対する現在の解釈を読むことが難しい。それだけでなく、清五郎の鳶口が「紛れ当りに運好く」当たって狐を仕留めたというあっけない結末に終わり、せっかくの大弓が効力を発していないように、あるいは「狐ッて奴は、穴一つぢやねえ。きつと何処にか抜穴を付けとくつて云ふぜ」という暗示的な一言が示しているように、本作における狐退治はどこか儀式の完結性を脱臼したままに終わってしまっているのである。

なぜ、語りは狐退治を様々な相のもとに描きながら、それらを一義的に意味づけることを避けるのか。この点に着目して「自分」の〈沈黙〉を読み解いてみることは、本作の歴史的意義にあらたな光を投げかけることに繋がるはずである。右に見たような構造をもって、独自の引用方法によって伝承との間に距離を取った近代小説である、と一足飛びに『狐』を定義してしまうことには、慎重でなければなるまい。語りの身振りが示すのはむしろ、小説が伝承の言葉から自由になることは可能か、という、近代小説の概念そのものに対する問いかけであるように思われるのである。

四　「自分」の言葉の位置

「自分」は狐が発見されてから狐退治の間までの自身の心に、父親への反感とともに、母親への共感的な心情が育まれてゆく様を描いている。父の銚子をつけるべく「寒い夜を台所へと立つて行かれる」母への思いが「父の無情を憎く思」うという形で描かれるというこの感情表現の型は、殺された狐を見た「自分」が「覚えず母が柔い小袖の蔭に其の顔を蔽隠した」という箇所でも繰り返される。父への反発による母性への遁走――こうしたモチーフは、少なくとも幼時の「自分」の心情表現を読むかぎり、動かしがたいものであるように見える。

しかし狐退治をめぐる母親の言動を取り出してみるとき、それが狐殺しの祟りを怖れる乳母やお悦の言動に比しても格段に現実的なものであった点に注意したい。他の女たちが「お念仏を称へ」たり「お札を頂」いたりする脇で「出入のもの一同に、振舞酒の用意をするやうにと、こま〳〵云付け」ている母親は、むしろ狐殺しの儀式に参加する一員でさえある。母の姿を見て「何がなしに悲しい、嬉しい気が」したというかつての息子の思いとはうらはらに、母親は、息子が狐に対して抱く憐憫を共有しうる存在であったかどうか、実は本作に描かれてはいない。母親の袖に顔を隠した幼い「自分」が赴いているのは、ある意味では母性が空白化してしまっている場所なのである。

このように遁走先としての母親のイメージが稀薄化されているという事実は、『狐』に張り巡らされた幾つかの物語系列のなかの、語り手の位置を示すものであるように思われる。このことを、本作における狐伝承が映し出すもう一つの物語を通じて読んでみることにしよう。たとえば、御飯炊きのお悦の行動。

忠義一途の御飯焚お悦は、お家に不吉のある兆と信じ、夜明に井戸の水を浴びて、不動様を念じた為め、風邪を引いた。

不動尊を念じるとは、単に一家全員の無病息災を願うことではない。狐が「不動様」を念じなければならぬような「不吉」を「お家」にもたらすのだとすれば、祈禱は女性である母親か、襟巻を巻かなければ雪のなかに出て行くことも許されないほど大事に育てられた息子の身の安全を念じるものであったはずだ。(13)『狐』の同時代には、小石川界隈に越してきた「女隠居」が、体の弱い息子のために不動に通うエピソードを見ることもできる。

［女隠居は］不動様が大の信心で、月に三度の御縁日には何を差置いても必らず詣る。（真山青果『男性』明治四一年五月「太陽」）

「迷信家」のお悦だけでなく、乳母もまた、「自分」に同じメッセージを語りかけていた。

お悦は真赤な頰をふくらし。乳母も諸とも、私に向つて、狐つき、狐の祟り、狐が人を化す事、伝通院裏なる、沢蔵稲荷の霊験なぞ、こま〳〵と話して聞せるので

「伝通院裏なる、沢蔵稲荷」すなわち沢蔵司稲荷に現存する護符は「五穀豊穣」と「商売繁昌」のそれであり、

多くの稲荷社のそれとほぼ同じであるが、ここであえて沢蔵司の名前が挙がることの理由は、おそらく次のような霊験譚と関わっている。

多久蔵主稲荷の社　［伝通院］境内裏門の方にあり。往古狐、僧に化し自ら多久蔵主と称して、夜な〳〵学寮に来り法を論ずといへり。のちに稲荷に勧請して当寺の護法神とせり。（『江戸名所図会』）

つまり沢蔵司稲荷の伝説には学業のモチーフがかかわっているのであり、この点を踏まえるならば、『狐』に就学年齢を越えてゆく「自分」の成長が描きこまれていることは重要な意味を帯びるはずだ。

・自分は小学校へ行くほどの年齢になつても
・毎日学校から帰ると鶏に餌をやる
・学校のない日曜日
・自分は毎日学校の行帰り、餌を投げ菜をやりして、可愛がつた

狐をめぐる伝承は、父親の狐退治という出来事を様々な形で描き出すだけではない。「忠義一途」だというお悦の振舞いや、あえて「沢蔵司稲荷の霊験」を語る乳母の言葉は、学齢期に達した「自分」の姿を、狐退治によって守られるべき存在として無言のうちに現出する役割を担っているのである。

狐退治の持ちえた意味が結局確定されないことの理由は、おそらくこの点に存していた。冷水を浴びて不動を

念じたお悦は「厳しいお小言」を父から頂戴するのだが、叱責は狐への過敏な反応と、不動を念じて風邪を引くという滑稽さとに向けられているのであって、家族の健康を祈ること自体が「馬鹿」だったわけではない。お悦の行為は、健やかで賢くあるべき「自分」への思いを、父親にかわって示すものでもあったはずだ。

恐る〳〵訊く自分が智識の若芽を。乳母はいろ〳〵な迷信の鋏で切摘んだ。父親は、云ふ事を聴かないと、家を追出して古井戸の柳へ縛りつけるぞと、怒鳴つて、爛漫たる児童の天真を損ふ事をば顧みなかつた。

父親の言葉は、乳母の言葉とは全く違うやり方で「自分」を育むものでもある。先に見た通り、井戸や背後に広がる杉林と黒板塀は犯罪者が侵入してくる可能性の高い領域なのであって、子供が「天真」爛漫に近づいてよい場所ではなかった。

お悦と乳母と父親――かれらの言動に共通していた思いは、しかし「自分」の言葉によって共感的に語られることはない。「自分」は〈狐をめぐる言説〉によって、「自分」をめぐる物語から身をかわさざるをえない。

母上、乳母の三人で、例の如く座敷の炬燵に絵草紙を繰広げてはしたものゝ、立つたり坐つたり、気も気では無い。鉄砲の響と云へば、十二時の「どん」しか聞いた事がない。すぐ崖下に狐を打殺す銃声は、如何に強く耳を貫くであらう。

こうした「自分」の言葉が意味しているものは、次のようなコンテクストを置くことでより明確になるだろう。

やま　噪《さぞ》お背《せな》で怖うござりましたらうに、よくおとなでおいでなすつたね。／トおやまお梅の背中をさする、此時、時の太鼓を打込む、お梅びつくりなし、／お梅　あれ、こはいわいなあ。／やま　なに、ありやあ寄《よ》席《せ》の太鼓だから、こはいことはござりませぬ。（河竹黙阿弥『盲長屋梅加賀鳶』）

太鼓の音に脅えるお梅の言葉は、この劇が鳶の者たちを主人公にしていることを際立たせる役割を持っている。あどけないお梅の無知によって、実際の火事太鼓の音とともに生きる人々の物語はいっそうその緊張感を印象づけられるのである。時代を「丁度、西南戦争の後程もな」い時代にさかのぼらせた本作は、幼い息子の聴覚を媒介として、「鉄砲の響」がいまだリアルなものであった大人たちの危機意識を浮かび上がらせている。というよりも鉄砲の音を知らない無垢な存在として自らを仮構する語り手は、変動期における不安定な家族というモチーフを、巧みに塗り潰してしまっているのである。

狐を殺すことで一家の秩序を保ってゆこうとする家族の物語と、あたらしく移り住んできた家族を旧幕時代の記憶へと引きずり込んでゆく「水戸様時分」の人々の言葉と――母のイメージを稀薄にしつつ狐退治に関してあどけない無知を演じていった『狐』の語りが示しているのは、このいずれの物語にも同一化しえぬ自己の膠着状況であったはずだ。殺された狐への同情を隠そうとしない「自分」は、たしかに、「維新のレボリユーシヨン」をめぐる転落の悲劇への共感を胸に秘めてはいる。しかし一方で狐退治の意味が「自分」自身の成長と深く関わるものであったことを知ってしまっている語り手は、もはや、父親の営為への反発を素朴に表明することはできない地点に追い込まれてもいた。「自分」には、全てを放棄して母の懐に逃げ込むことさえも許されていない

――幾つかの伝承を引きながら狐退治の多面的な意味を示唆してゆく語りの方法は、そうした状況にあって「自分」に唯一可能な選択肢であったはずなのである。

自らの言葉を語り出すことができず、幼時の自己の物語に伝承をちりばめ、過去を分裂の相のもとに描くほかない語りのジレンマ。この自縄自縛と言ってもよい言説構造が引用という方法と不可分のものであったのだとするならば、『狐』という作品は自我の位置を見定める試みであるとともに、言葉の位置づけをめぐる探求としても見ることができるように思われる。本作末尾に置かれた、「裁判」や「懲罰」の「意味を疑ふやうになつた」という語りの言葉は、伝承の群れのなかに縛り付けられた〈小説〉の姿を端的に示していよう。

あゝ、ツルゲネフは、蛇と蛙の争ひから、幼心に、神の慈悲心を疑つた。自分はすこしく書物を読むやうになるが早いか、世に裁判と云ひ、懲罰と云ふものゝ意味を疑ふやうになつたのも、遠い昔の狐退治。其等の記念が、それとも無い原因になつて居るのでは無かつたらうか。

狐退治によってもたらされた心性が裁判や懲罰を憎む心ではなく、「疑ふ」という語によって表現されている点に注意したい。現在の「自分」は、狐退治をめぐって何らかの判断を下すための基準が存在しているのかどうか、判断を決することができない状況にある。右の言葉は、たとえば同じく「裁判」と「処分」に言及した幸徳秋水『帝国主義』（明治三四年四月、警醒社書店）の次の一節とどれほど近く、そしてどれほど遠いことだろう。

○近時世界の耳目を聳動せる仏国ドレフユーの大疑獄は、軍政が社会人心を腐敗せしむる較著なる例証なり。

／〇見よその裁判の曖昧なる、その処分の乱暴なる、その間に起れる流説の、奇怪にして醜辱なる、世人をして殆ど仏国の陸軍部内はただ悪人と痴漢とをもって充満せらるるかを疑わしめたり。

回想のなかに現在の自己の未決状況を指し示していった『狐』と同じ試みを、明治末における自伝文学のうちに見出すことは不可能ではない。

一体吾等の如き、凡庸なる、愚劣なる、名もなき者、者の数にもあらぬ者が、自伝を公にしやうなどとは、烏滸《おこ》がましき次第である、僭越至極の沙汰である。古より自伝の作者は多く、賓《すぐ》れたる、著《あらは》れたる大人物である。〔略〕セント、アウガスチンでも、ルーソーでも、フランクリンでも、ギヨエテでも、アンデルゼンでも、近くはトルストイの如き、クロポトキンの如きでも、其の自伝を書くに至つた動機に相異はあらうが、併し何れも皆吾等の如き吹けば飛ぶやうな人物とは其選を異にしてゐる。（田岡嶺雲『数奇伝』明治四五年五月、玄黄社、「一　即ち凡人伝也」）

この章の冒頭に触れた内田魯庵の文章にも「自己の告白」の例としてルソーやトルストイの名が挙げられていたように、自伝はしばしば西洋世界の自伝類を範型として語られる。(14) しかし『数奇伝』の特徴は「賓《すぐ》れたる、著《あらは》れたる大人物」との対比が自己の卑小さを際立たせるといった謙辞では必ずしもなく、むしろ西洋自伝文学の系譜を批判的に眺めようとする野心的な試みである点に存していた。嶺雲は著名人の自伝がしばしば含む「露骨な懺悔」を、「今の小説家が所謂自己告白なる者」と結びつける。自伝がしばしば「露骨な懺悔を敢てする」のは執筆者のうちに「天才を自覚した誇」が潜んでいるからで、「誇」の上に立って自らの生涯を客観化した自伝とは、実は「小説家が其の材料に対すると同一の気分を以て之を取扱」ったものにほかならないというのだ。

あえて「名もなき者、者の数にもあらぬ者」であることを自称し「語る可きにあらざる隠秘」については語らないと宣言する嶺雲には、したがって告白小説の赤裸々な表現よりもむしろ、隠蔽や沈黙を含んだ叙述こそ「無名の一小凡夫」の「精神的に苦痛の大なるもの」、赤裸々な告白さえできない自己の現状を描きうるものだという確信がある。『数奇伝』はいわば歪曲された自伝を標榜する書物であり、自伝から俯瞰的な視座を取り外してみせたその記述形態は、「告白」の完結性を攪乱することによって現在の自己の不定型な姿を表出することを目論んでいた。

ツルゲーネフの自伝に誘われつつ曖昧な自己の位置を炙り出していた『狐』の場合、伝承によって過去の一部分を拡大し、あるいは覆い隠す操作が、現在の判断停止状態をより強調して伝える効果を持っていたことを指摘しておこう。過去を語り出そうとする「自分」が物語のなかのいくつもの「記念」に目を奪われ、物語のなかの物語に振り回されてゆく事態——そうしたなりゆきには、おそらく前代の物語を小説のなかに布置してゆく際の、荷風独特の小説作法が既にあらわれていた。小説の言葉は、伝承世界に積極的にのめりこむこともできず、伝承から切り離されたレベルを立ち上げることもできない。幻想譚に荷風が近づいた珍しい例である『狐』には、やがて引用を通じて近代における小説言語の創出の不可能を主題化してゆこうとする、この作家の志向が刻印されているのである。

※『狐』の描写が同時代への意識を強く示していることを考え、本文は現行流布する初刊本ではなく初出に拠った。

第二章　暗 黒 面――『すみだ川』

一　浅草の位置

『すみだ川』（明治四二年一二月「新小説」）第一章のうち、俳諧師松風庵蘿月《らげつ》が妹のお豊を訪ねて今戸へと歩いてゆく場面を、まずは読んでみることにしよう。

今戸橋を渡つて真直な道をば自分ばかりは足元の確なつもりで、実は大分ふら〳〵しながら歩いて行つた。名物の今戸焼を売る店の其処此処に見られる外には、何処《いづこ》も同じやうな場末の横町の、低くつゞいた人家の軒下には話しながら涼んで居る人の浴衣の白さが、薄暗い軒燈の光に際立つばかり、あたりは一体にひつそりして何処かで犬の吠える声と赤子のなく声が聞える。（一）

語りは小説冒頭から蘿月の視点に寄り添いつつ空間描写を行っており、すでに小梅瓦町の夕涼みや待乳山の夕景といった、いかにも蘿月の「江戸気質の風流心」にふさわしい情景を描いている。(1) 続く右の箇所でも、今戸橋を渡り、「今戸焼を売る店」を眺め、常磐津の師匠を訪ねる蘿月の足取りには、江戸情緒の残る地域の雰囲気が感じられるかもしれない。

しかしながら蘿月の歩調を「自分ばかりは足元の確なつもりで、実は大分ふら〳〵」していると明かす語り口が示すように、『すみだ川』は蘿月の「江戸気質」からわずかに離れた視点に立って今戸の街景を切り取っていた。今戸町一帯は維新以降の人口が「全市中実に其の増加率第一位」（大正三年二月、浅草区役所『浅草区誌』）であった浅草のなかでも、とりわけ高い増加率を示した地域である。(2) 確かに今戸町は一旦寺社地・町地として区画された場所であり、作中にも隅田川東岸の「迂曲した小径」とは対照的な「真直な道」が示されているが、しかしその内実たる家作は明治初頭以後の人口再流入によって埋められている。こうした今戸一帯の流動的な様相は、作中でもたとえば「小石川表町」から「御維新此の方時勢の変転で」今戸に移り住んだというお豊の事情、あるいは「何処《いづこ》も同じやうな場末の横町」という街景の表現などにも示唆されていよう。

「江戸気質」に同じることのない語りは、一方で〈近代〉をも、必ずしも江戸の対立物として明確に描き出してはいない。作品のなかの〈旧時代〉がひとまず蘿月の心情によって体現されるとするならば、その対蹠点は「わが児を大学校に入れて立派な月給取にしねばならぬ」と意気込むお豊の期待ということになるだろうか。確かに、「長吉の帰りが一時間早くても遅くても、すぐに心配して煩く質問」（三）するほど「時計ばかり気に」（五）しているというお豊の時間意識は、蘿月宗匠の「極つて八時か九時の時計を聞いては吃驚《びつくり》する」（一）という呑気なそれと対照をなしてはいる。しかし長吉の学業を成就させようとするお豊の希望は、「お豊は［略］金ボタンの学生を見ると、それが果して大学校の生徒であるか否かは分らぬながら」（八）という一言にも示される通り、はなはだ曖昧なものでしかない。

「旧時代の人物を捉へて来て、新しい息を吹き込まうとした」（蒼瓶「新聞雑誌こゝかしこ（上）」明治四二年一二月一日「東京朝日新聞」）、あるいは「旧くさいことに新しい生命を吹き込んだ」（「合評記　三人会」明治四三年一月「新潮」）といった発表当初以来の評価軸にそって『すみだ川』を読もうとするとき、本作がこうした中間的な状況を配した事実は、なお看過しがたい問題を提起しているように思われる。もちろん、作品の解釈を強固に統御してきた「いにしへの名所を弔ふ最後の中の最後の声」（大正二年三月「第五版すみだ川之序」）という理解から逸れる細部を言いたてること自体に、さしたる意義はあるまい。しかし他方、同時代の資料や回想と並べて『すみだ川』を読み進めてみる際、いわゆる〈新―旧〉対立軸においてどちらにも分類しがたいこれらの細部が、かえって魅力的なパースペクティヴを用意しているようにも思われるのである。

本作は、荷風の江戸趣味鼓吹時代における代表作であるとしばしば言われる。本作における長吉の「江戸趣味」が「自然成長」的であって「目的意識」ではないというすぐれた指摘が既に中島国彦にある（「すみだ川の流れ」昭和四六年一二月「日本文学」）が、ここでは、そうしたいわば不定型とも見える江戸の引用方法に何が託されており作中においてどのように機能していたのかという点を探りたいと思う。以下、まずは作中の空間描写を整理検討しつつ、『すみだ川』における描写の視角を探ってみることにしよう。

二　〈省略〉の意味

『すみだ川』には、同時代の東京が示しつつあった変貌、市区改正事業と競争するように膨張してゆく都市・

東京の状況が、意外なほど詳細に描きこまれている。次に引くのは、蘿月と長吉が連れ立って本所から亀戸へと歩く場面である。

何処からともなく煤煙の煤が飛んで来て、何処といふ事なしに製造場の機械の音が聞える。［略］小家の曲り角の汚れた羽目には、売薬と易占の広告に交つて至る処女工募集の貼紙が目についた。（九）

しかし「市街《まち》からは遠い春の午後《ひるすぎ》の長閑さは充分に心持よく味はれ」る隅田川東岸部にさえ「製造場の機械」や「女工募集の貼紙」を描き込んでいる語り手は、浅草から葭町にかけての西岸地域を取り上げる際にはこうした新時代の細部を慎重に回避してゆく。市区改正の進捗状況が「駒込のお寺が市区改正で取払ひになるんだとさ」（一）というお豊の台詞に触れられる程度であることは象徴的だが、他にも長吉がお糸の面影を追って隅田川西岸を歩き回る第三章では、長吉の視界に映る馬喰町の「電車」通りや鉄橋になった吾妻橋・両国橋・新大橋といった表象はすべて固有名が挙がるのみであり、描写は「どん〳〵歩」く長吉の足取りのなかで省かれてしまうのである。

一方で同じ隅田川西岸でも、たとえば葭町については一軒一軒の芸者家を言葉で確かめるかのような「見たまゝ」の「写生」（荷風「日和下駄（東京散策記その四）」）[3]があったことを考えるならば、空白化はやはり西岸の北部、浅草界隈について顕著であると言えよう。たとえば長吉とお糸が今戸橋から葭町に向かう第二章では、二人の会話や長吉の物思いが前景化する一方で、通り道の「聖天町」や「仲店」の情景は隠される。長吉が今戸を歩く場面はほとんどなく、蘿月が眺める今戸は「夜」（「一」「十」）であり、お豊の目に映る今戸も「いつも両側の汚れた瓦屋根に四方の眺望を遮られて居」（八）た。

このような空間構成において『すみだ川』が現実の浅草から抜き取ったものとは何か。浅草近辺の空間がやや詳細に描写される箇所は第三章における浅草観音堂裏の広場と第六章の浅草公園裏手の通景だが、ここで共通して後景に押しやられているモチーフにこそ、本作における〈省略〉の意味を読むことができるように思う。

・朝露の湿りを残す小砂利の上には、投捨てた汚い紙片《かみきれ》もなくて、いつも賑かなだけに朝早い境内は妙に広く高々しく寂《しん》としてゐる。本堂の廊下には此処で夜明しゝたらしい鵜散臭い男が、今だに幾人《いくたり》も腰をかけて居て、其の中には垢じみた単衣の三尺帯を解いて、平気で褌をしめ直してゐる奴もあつた。（三）

・細い通りの片側には深い溝があつて、それを越した鉄柵の向うには、処々に冬枯れして立つ大木の下に、六区の楊弓店の汚らしい板造りの裏手がつゞいてゐる。（六）

長吉は「鵜散臭い男」達の姿にも「楊弓店」の「裏手」の光景にもさしたる注意を払っていないが、観音堂裏は「灯《あかり》なんぞ点けて置くと巡査に見付かるぜ。今夜此処を逐払はれたら、行く処はありやしねえ」（吉井勇『浅草観音堂』明治四二年六月「スバル」）とも表象される「漂泊者」たちの場であった。「楊弓店」が持ったエロティックなイメージについては多言を要すまでもない（小杉天外『楊弓場の一時間』明治三三年七月「新小説」）し、右に示された「深い溝」が「時々酔つ払ひなどが、逆さにぶち込まれたりした」「例の不潔極まる溝」として知られる、銘酒屋の密集地帯だった（石角春之助『浅草経済学』昭和八年六月、人文社）ことも指摘しておこう。

『すみだ川』は、「いにしへの名所を弔ふ最後の中の最後の声」を作る過程で、整備された橋梁や鉄道、あるいは活動写真常設館やブラスバンドの音といったさまざまな表象を浅草から消去している。この操作は、物語の前景におかれてはいないが消去されてもいない、幾つかの細部を際立たせてゆく効果を持つのではないだろうか。見世物小屋や活動小屋と表裏一体となって興亡した楊弓場や銘酒屋、浅草の北部で「巡査」の眼を恐れつつ日を送る「漂泊者」達、「ホーカイ節」を語る門付けの人々、「世人」をして「東京府下十五区の内にありて他の十四区を堕落せしむるものは浅草なり」（渡辺為蔵「貧童の堕落」明治三〇年五月、民友社『社会百方面』所収）と嘆ぜしめた浅草の「暗黒面」、犯罪と隣り合わせになった享楽と貧困の挿話群である。「浅草区こそ最も多く細民の住める地」だと述べた横山源之助「浅草の底辺」（明治二八年一二月一七日「毎日新聞」）は、「貧民の最も多く住する地」の中に「今戸町」を数えていた。

いま、これらの遠景化された細部を重要視するのは、それが本作について従来指摘されてきた内在的な問題と関連を持つためである。「哀愁の籠るべき脚色であるが何《どう》も明る過ぎる」（霹靂火「十二月の小説界（二）」明治四二年一二月一五日「国民新聞」）とされる通り、『すみだ川』はしばしば題材と物語の間にある違和の感覚を語られてきた。この際評価の分かれ目となるのは「腸窒扶斯」になった長吉の「手紙」を読んだ蘿月が「長吉、安心しろ〔略〕と心に叫」（十）ぶ結末部分だが、本作に肯定的な論者にさえこの結末が甘く感じられるのは、身を売って芸者になる女性と芸者に惹きつけられる青年という本作の組み合わせが「哀愁の籠るべき脚色」を予感させるためにほかなるまい。母親の「認印を盗んで届書を偽造」（八）して学校を休み、吉さんと接触して役者を希望する長吉の姿は、教育家の眼から見れば「色情に溺れるとか遊惰に流れるとか、又既に堕落した者の誘惑に依つて、其の仲間入りをする」「堕落学生」（石川天崖「男女学生の状況」明治四二年六月、育成会『東京学』）のそれでもあるはずで、現にお豊は母親の認印を盗み出した長吉に「暗黒な運命の前兆」を読みとってもいた。実のところ本作に瑕瑾を指摘する論は、こうした「哀愁」のモチーフの稀薄さ、芸者になるお糸の身の上が「金銭上の義理ばかりでなくて相方の好意から［略］誰れが強ゆるともなく決つて居た」(二)と「自然」さを強調される点や「山谷堀」の床屋から「新俳優」になって芸者と遊ぶ吉さんの描写(4)(長吉はこれを「幸福」と表現する)などの、「自然主義の作品はもとより一時代前の硯友社の小説などにもよく扱われた題材」(坂上博一「「すみだ川」の意味」昭和四六年一二月「日本文学」)の取り扱い方に集中してきたのである。

おそらく本作の意義は、こうした読者の期待から身を逸らしつつ別のかたちでこれらの題材と向き合おうとした膂力にこそ求められるはずである。佐藤春夫は『すみだ川』について「この製作のために再三その地を事細かに踏査した事があつたとそぞろに壮時を追想してなつかしげに語る荷風を自分は十年ばかり前に見た」と述べる(「永井荷風――その境涯と芸術」昭和二三年一二月、国立書院『荷風雑観』所収)。天外の『楊弓場の一時間』に繰り返し言及してもいる荷風(5)にとって、享楽や貧困や犯罪の挿話を作中の現実から抜き取る作業が意図せざるものであったとは考えにくい。それだけでなく、省略が積極的な意図のもとに行われたという視座に立って本作をみるならば、これらの挿話が決して『すみだ川』から完全に姿を消しているわけではなく、仮構の空間――默阿弥劇――の形を取って挿入されているという事実に気づくのではないだろうか。

浅草を視座として『すみだ川』の物語空間を見る際に見えてくるのは、隅田川を「欲望と犯罪の川」(久保田淳『隅田川の文学』平成八年九月、岩波新書)として描いた默阿弥劇や、江戸の「堕落腐敗の極」(幸田露伴「一国の首都」明治三四年一一月、春陽堂『長語』所収)とされた人情本の物語が、作中の現実において薄められた悲惨小説や暗黒小説のモチーフを舞台や想像の上で展開する役割を担っているという本作の構造である。作家自身が「明治三十五六年の時代」に舞台をとった(「はしがき」昭和一〇年一一月、小山書店『すみだ川』)と後に念を押してもいる本作には、暗黒小説のモチーフをどう受け止め、小説の言葉にしてゆくかという問題に再びとりくんでいる表現主体の姿を見てとることもできる。江戸の引用は、どのように浅草の物語に光を当てているのか——そのように問うてみることで、高等学校の受験を嫌がり落第した青年の物語としての『すみだ川』の占めた独特の位置が、見えてくるのではないだろうか。

三　悲劇の輻輳

本作の語りは、長吉が後に印象深く想起することになる長吉とお糸の逢引の場面において、長吉の「悲哀」を次のように説明していた。

長吉はいつも忍会の恋人が経験するさま〴〵の掛念や、待ちあぐむ心のいらだちの外に、何とも知れぬ一種の悲哀を感じた。（二、傍点引用者）

「お糸がいよ〳〵芸者になつてしまへば［略］それが万事の終り」とも感じている通り、長吉の「悲哀」はお糸との「忍会」ではなく、あくまでもお糸が「芸者にな」るという出来事に向けられている。お糸が現れた後、彼女の「はしやぎ切つた様子」（傍点原文）を「少しも悲しくないのか」と「憎らしく思」い、お糸の声が「長吉の満足するほど充分の悲愁を帯びてゐなかつた」と不満を洩らしさえする長吉の意識は、芸者という境遇に「悲し」い何かを読みとる視線が彼にあることを物語っていよう。この、眼前にいるお糸その人を離れて漂い出るかのような長吉の感性にメスを入れてみせたのは菅聡子である。[6]

『すみだ川』の男たちにとって必要なのは、自らの浪漫のよすがとなる芸者という〈型〉、芝居や人情本といった過去の文芸において一定の性格を与えられた表象それ自体なのであって、一人の娘としてのお糸の姿は、もともと彼らの眼中にはないのである。（「ヒモと〈女〉と――荷風小説の夢のあと」平成二一年三・四月「文学」）

ここでは菅の指摘を踏まえながら、菅自身も言及する、「芸者という〈型〉」についての長吉と蘿月の理解にズレがあるという事実を考え合わせてみることで、長吉が「過去の文芸において一定の性格を与えられた表象」に何を読みとっていたのかという点をさらに掘りさげてみたいと思う。なぜ長吉は、芸者としてのお糸を目にして「娘であつたお糸、幼馴染の恋人のお糸はこの世にはもう生きてゐない」（三）とまで断じるのか――あらためてそう問うてみるとき、彼の「悲哀」に含まれた芸者への憧れと忌避意識の二重構造が浮かび上がる。

あゝお糸は何故芸者なんぞになるんだらう。芸者なんぞになつちやいけないと引止めたい。（二、傍点引用者）

繰り返される「芸者なんぞ」という言葉――長吉はもう一度、お糸に「なぜ芸者なんぞになるんだ」（同）と言葉を投げつける――には、「もと〳〵芸人社会は大好き」（八）だと述べる蘿月のような花柳界への好意を読むことはできない。お糸が「自分の知らない如何にも遠い国へ帰る事なく去つてしまふ」という長吉の予感にすくなくとも嘘はないので、長吉にとって葭町に行くことは、端的に「遠い下町へ行つてしまふ」「向うの人になつちまふ」（ともに傍点引用者）こと、遠ざけるべき社会の住人になることであった。

「芸人社会」に対する長吉の否定的な視線はおそらく母親から受け継がれたものであり、それゆえに強固に長吉を縛るものでもある。「お豊は自分の身こそ一家の不幸の為めに遊芸の師匠に零落したけれど、わが子までもそんな賤しいものにしては先祖の位牌に対して申訳がないと述べる」（八、傍点引用者）。日頃から母の言葉にさらされていた長吉にとって、お豊が示す「遊芸」を活計にする人々への蔑視は、常磐津の師匠たる彼女が表向き「芸人」たちと親しくつきあっているだけにいっそう深いさげすみを長吉の心に刻印していたはずで、そのことは長吉が母親と蘿月の妻・お瀧を比べる際、「正等な身の上の女」と「或種の経歴ある女」（四）といった比較の言葉によってしか思考できない点にも窺われよう。

お糸が芸者になるという事実が開示しはじめる、憧れと禁忌の二重の意識――それが長吉にとって意味しているのは、忌避意識の対象である人々の側、あるいはそうした人々の物語の側へと、かれが抗いがたく引き込まれつつあるという事態であるはずだ。以後語り手は、この意識にとらわれてしまった長吉が、小説の節目ごとにたちあらわれる江戸の物語を自らの身の上に引きつけ、意義深く眺めてゆく様を描き出す。そこに立ちあらわれる心象は、江戸への憧ればかりではあるまい。『すみだ川』は、母親や蘿月の言葉や書籍のなかにしかなかった物語が、急にリアリティをもって長吉の身にはたらきかけ、ぬきさしならぬ関係を取り結んでゆく様を描き出してゆくのである。

はじめに長吉に見えていたお糸と長吉自身との関係の印象は、月夜の待ち合わせの場面で長吉が繰り広げる「数々の記憶」（二）のなかに隠されている。

三社祭の折には或る年お糸が踊屋台へ出て道成寺を踊つた。町内一同で毎年汐干狩に行く船の上でもお糸はよく踊つた。（二）

長吉のイマージュは、お糸に「道成寺を踊つた」清姫の役柄を付与する。僧・安珍に恋い焦がれ、ついに蛇身へと変ずる清姫の激しさの印象が、「お糸が遥か年上の姉であるやうな一種の圧迫を感ずる」という言及によってさりげなく強調されていることを指摘しておきたい。道成寺の踊りそのものは道成寺説話の物語を断片化しているのだが、お糸の像が長吉の心象風景に描き出されるものであるかぎりで、清姫の物語は舞台から言葉の側へと立ち戻っている。この情景を想起することは長吉自身を安珍の側に置くことをも意味していよう。長吉を「づんく〳〵」外の世界に連れ出して行くお糸の華やかな姿と、お糸に惹かれつつも立ちすくまざるをえない長吉の自己像が、心象風景のうちに浮かびあがる仕掛けである。

ここで引用された道成寺説話と、六章と七章で長吉が観劇する「十六夜清心」とが、ともに僧侶の恋を題材とする物語であることは偶然ではない。(7) 二つの引用は、その内容がともに許されざる恋の物語であることによって、長吉の春恋と禁忌の二重意識を照らし出してゆく効果を持っている。その一方で、二つの物語の間にある微妙なニュアンスの差は、長吉の自己イメージの変容を物語る機能を持つのである。

今戸の月明かりの下、長吉の想念に映し出されつつあるお糸の清姫は、三社祭の絢爛たる光のイメージのなかで、芸者になるお糸の姿への連想を格段に鮮やかに導きはじめる。(8) お糸は実際に「別の人のやうに」艶やかな姿で長吉の前にあらわれてもいるのだが、同時に長吉の自己像には、どこか破戒僧のそれにも似たみすぼらしさと後ろめたさのイメージがつきまといはじめていた。長吉とお糸の夜の散歩の場面でも、「立派な紳士」を見かけた長吉は「自分は何年たつたらあんな紳士になれるのか知ら」と独りごちつつ、「兵児帯一ツの書生姿」のまずしさに目覚めている。お糸を松葉屋に送り届けた長吉が「弓張提灯」の光を受けて「顔を見られるのが厭さに、一散に通りの方へと遠かつた」場面は印象的だが、学校をエスケープした日に「何だか気まりが悪くつて、誰か見てゐやしまいかときよろ〳〵四辺を見廻し」ている長吉の姿にも、いささか過敏ながら罪の意識は読み取れよう。お糸のいる松葉屋の前を日中に通ってみるだけで「まるで破天荒の冒険を敢てしたやうな満足」を覚えるという長吉の意識のなかで、「不成績」をとって「落第」してゆく自らのイメージは、「放蕩三昧」の蘿月とも重ねうる、落魄者のそれへと変貌してゆくのである。

ただ語り手はこうした変容を描く際、長吉の胸に育ちつつある落魄者のイメージが、現実の落魄者たち――「堕落学生」――と重なり合うことを、注意ぶかく避けてもいた。次に引くのは、長吉がお糸の「面影」を追って葭町に向かう場面である。

> 東京に生れたものだけに道をきくのが厭である。恋人の住む町と思へば、其の名を徒に路傍の他人に漏すのが、心の秘密を探られるやうで、唯わけもなく恐しくてならない。（三）

ひとたび「葭町」の名前を「路傍の他人に漏」してしまえば、長吉の行動は花柳界を訪ねてうろつきまわる「堕落学生」達のそれへと転落してしまう（「見ろ〳〵、ジンゲルだ。わるくないなア」（二））はずで、しかし長吉が「人目」を憚って「づん〳〵」歩くことによって、長吉の「心の秘密」は外的な視点からの意味づけを免れる。浅草界隈の風景が微妙に朧化されていたことの意義も、この点にあった。語りは浅草という享楽の場のなかで長吉のふるまいがどのように映るかという点から読者の意識を遠ざけ、長吉のなかの罪の意識をあくまでも幻想の領域において育んでゆくのである。

だからこそ『十六夜清心』の劇は、彼自身の劇として長吉の胸に映し出されなければならなかった。

余りに月が大きく明いから、大名屋敷の塀の方が遠くて、月の方が却つて非常に近く見える。然し長吉は他の見物も同様、少しも美しい幻想を破られないばかりでなく、去年の夏の末、お糸を芳町へ送るため、待合した今戸の橋から眺めた彼の大きな円い〳〵月を思起すと、もう舞台は舞台でなくなつた。（六）

「舞台は舞台でなくなつた」とき、長吉は月夜の川端で体験した時間をもう一度生きる。ただし今度は遊女からの誘いを拒みつづけた安珍としてではなく、遊女との心中を決意した清心として。語りが説明する十六夜清心の舞台進行が、本来この幕の眼目であるべき清心（後の鬼薊清吉）の変心と殺人を少しく簡略化し、また十六夜を避けようとする清心の台詞を割愛することによって「相愛する男女の入水」の挿話に焦点を絞っていることも付け加えておこう。[9]〈行為の人〉としての清心の造型は、ここで金銭をめぐる細部を切り落とされ、積極的に罪を引き受け心中を選んでゆく男の悲恋の物語へと整えられている。「初めて発見した云ふべからざる悲哀の美感に酔」う長吉のまなざしは、僧侶と遊女の恋という主題を禁忌に怖れまどう男の物語から禁忌へと突き進んでゆく男の物語へと変容させ、それを「憎い程」の羨望をもってみつめはじめる。道成寺から十六夜清心へと移行した引用は、悲惨な運命に身を投じる人々の物語を禁忌であるがゆえに選び取られるべき悲劇とすることによって、落魄者としての長吉の自己イメージを最大限にはげまし慰めるものとなっているのだ⑩。

四 「目的のない時間」の輪郭

おそらく『すみだ川』の悲劇は、これまで見てきたような長吉の幻想が、膨れ上がってゆくそのただなかにおいて長吉を疎外してしまうなりゆきにあった。次に引くのは長吉が『十六夜清心』を観劇する前の第五章、芸者になったお糸が長吉の家を訪ねる場面である。

「観音さまの市だわね。今夜一所に行かなくつて。あたい今夜宿つてもいゝんだから。」／長吉は隣座敷の母親を気兼して、何とも答へる事ができない。お糸は構はず、／「御飯たべたら迎ひに来てよ。」と云つたが其の後で、「おばさんも一所にいらつしやるでせうね。」／「あゝ。」長吉は力の抜けた声になつた。(五)

「悲しい」運命を読み取られるはずのお糸の「境遇」は、踊りの「地は出来てゐ」て「あつちの姉さんも大変に喜んで」いるというものであり、長吉へのあしらいは「あら、長ちゃんも居たの」という程度でしかなかった。

ここでの長吉の「悲惨《みじめ》」なありようは、「おばさんも一所にいらつしやるでせうね」というお糸の一言に対して長吉が「力の抜けた声」で応じている箇所に、もっとも良く示されている。「障子の外」にお糸の声が響いた時「顫へて」いたという長吉は、右の引用中にも「母親を気兼して」とある通り、お糸との恋へのあこがれと、母親による抑圧への怖れの緊張関係のなかに置かれている。あるいは、そうした緊張関係を自らの幻想として抱いていると言ってもいい。先に見た通り、「幼馴染」としてのお糸に執着し「芸者」との恋に踏み込むことをためらう長吉のタブー意識の根拠となるのは、母から繰り返し聞かされた言葉であったはずだからだ。(11)「おばさんも一所にいらつしやるでせうね」というお糸の一言はこうした長吉の幻想の挫折を決定的に告げる言葉であったはずで、「力の抜けた声」で答える長吉の声には、実はお糸との恋にはぐくみつつある幻想の根拠などなかったという絶望がふくまれていた。

たとえば「月の夜」においてお糸が月に注意を払っていなかったように、あるいは宮戸座の舞台上に観られた「夜」が結局舞台の夜でしかなく、芝居小屋を出た長吉が「夕暮を恐れてます〳〵歩みを早め」ていたように、長吉は決してこれらの幻想を自らの物語として生きることができない。「現実」が江戸からの落差として示されることで、結局「役者」にも「芸人」にもなれなかった長吉の物語は悲劇を選びえなかった男の物語として立ち現れるのである。

あゝ、薄命なあの恋人達はこんな気味のわるい湿地の街に住んでゐたのか。見れば物語の挿絵に似た竹垣の家もある。垣根の竹は枯れきつて其の根元は虫に喰れて、押せば倒れさうに思はれる。潜門の板屋根には痩せた柳が辛くも若芽の緑をつけた枝を垂してゐる。冬の昼過ぎ窃かに米八が病気の丹次郎をおとづれたのも、かゝる侘住居の戸口であつたらう。半次郎が雨の夜の怪談に初めてお糸の手を取つたのも……矢張かゝる家の一間であつたらう。(九)

語りは「気味のわるい湿地の街」に「梅暦」の物語を見る長吉の視線を通じて、ここでもやはり春水人情本に悲惨小説の世界を隠微に重ね合わせつつ、「零落」者たちのゆくたてを美しい幻想と化す。(12) しかし、すでに長吉が蘿月によって「役者か芸人になりたい」という希望を一旦斥けられ、したがって「梅暦」中の人物となることはもはや不可能になっている以上、長吉はこの〈悲惨幻想〉のどこにも自らを見出すことができないはずだ。「お糸」の「手を取」ることが許されない長吉の悲劇は、悲惨小説とその源流たる物語世界にさえ居処を持ちえぬ者のそれとして現出せざるをえない。

語りは長吉の物語を、〈悲惨〉を語る物語群のはざまへと追い落とされてゆく過程として描き出す。江戸文芸の引用によって浅草の「暗黒面」を憧憬の対象へと変換してみせた本作の試みは、この、長吉の「悲惨《みじめ》」さを悲惨小説中の人間たちの悲劇にも劣らぬほど深いものとして描出してゆく操作にこそ賭けられていたはずだ。小説の主人公は、悲惨な物語に身をゆだねる最後の悦楽さえ許されず、うつろで完結性を欠いた物語の時間のなかに放り出される。「役者か芸人になりたい」と望んで果たされなかった青年の話としても読みうる物語は、彼の幻想の内実が悲劇であることによって、いわば「悲哀」の成立しない悲劇を作り出しているのだと言えよう。

江戸の物語に身をやつすことさえできず、何処へもたどりつかないまま〈悲惨〉な物語からはじき出されてしまった者の物語——本作の結末部は、この主題を保ちつづけようとするものとして読むことができる。次に引くのは、出水のなかを歩き回った長吉が腸チブスにかかって運ばれていった後、あとに残った蘿月が読む長吉の「手紙」の記述である。

長吉は一度別れたお糸とは互に異なる其の境遇から日一日と其の心までが遠つて行つて、折角の幼馴染も遂にはあかの他人に等しいものになるであらう。よし時々に手紙の取りやりはして見ても感情の一致して行かない是非なさを、こまごまと恨んでゐる。それにつけて、役者か芸人になりたいと思定めたが、その望みも遂に遂げられず、空しく床屋の吉さんの幸福を羨みながら、毎日ぼんやりと目的のない時間を送つてゐるつまらなさ。今は自殺する勇気もないから、病気にでもなつて死ねばよいと書いてある。（十、傍点引用者）

「手紙」を読んだ蘿月は、「長吉が出水の中を歩いて病気になつたのは故意にした事」ではないかと推測し、お糸と長吉の「二人の姿をば、人情本の戯作者が口絵の意匠でも考えるやうに、幾度か並べて心の中に描きだ」し、「長吉、安心しろ。乃公がついてゐるんだぞと心に叫」ぶ。

この箇所については甘口と評する見方がある一方、磯田光一に、「まさに消えなんとする〝人情本〟の世界を、あえて引きとめようと試み」たものであるとする論[13]がある。「一見してハッピー・エンドを目ざすかとみえる結末のうしろには、じつに荒涼たる風景しか残されてはいな」い以上、蘿月の叫びに終わる幕切れは、「反語的に虚構の世界によみがえった隅田川のイメージ」を指し示しうる「鮮やかな象徴性」を獲得しているという読みである。

この磯田の意見が前提とする長吉への哀悼のモチーフを肯定した上で、私はこの蘿月の叫びの切実さが物語の分裂ぶりを小説空間に確保しようとする語りの方法にかかわるものだと考えたい。ここに引かれた「手紙」は「書き終らずに止めたものらしく、引裂いた巻紙と共に中途で途切れて」いるため全体像は不明であり、したがって「手紙」に託された長吉の意図や、長吉が「出水の中を歩い」た理由は曖昧なままに残されている。蘿月の思い描く「人情本」の「口絵の意匠」のイメージは「出水の中を歩いて病気になつたのは故意にした事」だという解釈に端を発しているが、もしそれが「故意」だとしても、引き裂かれた手紙を通じて母親や蘿月に狂言をしかける長吉の意図があった可能性[14]も含めて、どのような「故意」だったのかを突き止めることはおそらくできなかった。

重要なのは、長吉をめぐって幾つもの〈解釈〉がうみだされうる〈空白〉が導入され、一方に蘿月の明快な〈解釈〉が引用を通じて打ち出されることによって、長吉が手紙を残して腸チブスに罹るに至る一連の出来事が解釈のとどかぬ場として立ち上がってゆくプロセスであろう。蘿月の叫びが象徴的な意味をもちうるのも、これが不安定な状況のなかでの決意の宣言であることによる。実のところ長吉の手紙はお糸との「感情の一致して行かない是非なさ」を語っていたらしく、したがって長吉が万一回復して「役者か芸人」になったところで事態は解決しないのではないか、いやそもそも同時代において書き置きとその読者という趣向は物語空間からの悲劇的な退場のイメージを喚起する道具立てだった[15]ことを考えれば、すでに町に響く「百万遍の声」が象徴するように長吉の悲劇はカタルシスを得つつあるのかもしれず、人情本についても場面ごとに見てみれば書き置きの趣向は存在する[16]、といった読みが、人情本の口絵に示された明快なハッピー・エンドの図柄をめぐって交わされうるのだが、やはり手紙とそれを書いた長吉のありようが空白である以上、これらの解釈は噂話めいた響きから逃れることができない。

こうした噂のかずかずを身にまとってゆくとき、長吉の物語は、悲劇やハッピー・エンドを語る言葉、物語に帰結を求める解釈の言葉が及びえぬ場であることを、あらためて印象づけられることになる。おそらくその中心にあるのは、長吉が生きてしまった「ぼんやりとした目的のない時間」である。この時間が悲劇から疎外されてしまった者の悲劇であった以上、小説に可能な方法は、おそらくこのように幾つもの言葉で長吉を飾り立てること以外にはなかったのではないだろうか。

五　引用の乱反射

引用によって先行する物語を取り込みながら、引用の齟齬を通じて言説空間の不完全さに意味を付与すること――『すみだ川』が暗黒小説の時代に舞台をとり、浅草にひしめいていた〈悲惨〉な挿話群を引用によって変換しつつ用いていた点は、これらの題材に関する荷風のこだわりを物語っているように思われる。おそらく明治三〇年代の初期小説群からこの遅ればせの小説の時期にいたるまで、一貫して問われつづけていたのは、小説の言葉にとりこんでゆくことの困難な題材に直面したとき、語りえぬ言葉の側にどのようにして悲劇をつくりだしてゆくかという課題であったはずなのである。

こうした『すみだ川』における引用の手法が、かつて暗黒小説はなやかなりし頃の課題にとりくむものであったと同時に、既存の主題が新たな小説様式を胚胎してゆく、同時代の表現史における転回点を示すものであったことも、指摘しておきたいと思う。引用が引用をなす主体とのズレを通じてもう一つの物語を析出してゆくという、モダニズムの手法にも通じる物語構成が本作にはある。こうした引用の方法を受感し、創作に吸収しえた作者は同時代にもたしかにいた。

珍しくもない趣向だが刀の祟りといふことが、重吉の神経に鋭く触れた。［略］生中祟りを避けやうと工夫して、却つてその為に祟りを受ける人間の運命の恐ろしさ、人間の智慧の浅墓さが、其処の舞台に片影をみせてゐるやうに思はれた。重吉は電気で明るい小屋の中を見下しながら、恐ろしい連想を追ふた。最早舞台も舞台でなく、役者も役者でなく、彼れ一人の心の目にいろ〳〵の暗い影が徂徠した。（正宗白鳥『泥人形』明治四四年四月「早稲田文学」、傍点引用者）[17]

『泥人形』と『すみだ川』の類似は、「最早舞台も舞台でなく」と「もう舞台は舞台でなくなつた」（六）という語句の類同にのみとどまるものではない。重吉の一見平凡な結婚譚を「恐ろしい連想」の傍らに置く『泥人形』の構図は、〈平凡〉な青年達の虚無意識を悲劇との差異によって浮き彫りにしている点で、たしかに『すみだ川』と共通するモチーフを内在させていた。

本作に見たような引用と引用をなす言葉とのズレというモチーフは、一過性のものではおそらくない。むしろ、引用が物語のなかで乱反射しはじめてゆく構造にこそ、この作家の特質は認めうるように思われる。こうした引用をめぐる手法は、後年の『雨瀟瀟』や『濹東綺譚』において、さらに複雑な形で展開してゆくことになるのである。

※『すみだ川』本文は初出に拠り、明らかな誤植を正し、適宜ルビを省いた。

第三章　議　論——『冷笑』

一　「議論」と「小説」

永井荷風が帰朝後初めて執筆した長篇小説『冷笑』（明治四二年一二月一三日—明治四三年二月二八日「東京朝日新聞」）は、瀧亭鯉丈『花暦八笑人』を模した催しのために参集した五人の登場人物と彼らの「議論」を描き出す小説である。本作を「幾人かの荷風的人物をして明治の文明批評を企てた」（秋庭太郎[1]）とする解釈は、今日定説化していると言えよう。

発表当初から個々の人物が発する議論に注目が集まった本作にあって、しかし評者たちは本作を失敗作と見なすことが多かった。「冷笑愉快に拝見仕居候」（森鷗外[2]）という私信が作家に伝えられてはいるが、一方で「あまり談理の分子が多くて情味の方はむしろ乏しい」（安倍能成[3]）とされる他、「皮肉冷笑はあるが底にかくれてゐる熱烈の反抗はない」点を批判する片上天弦「快楽主義の文学[4]」が、多く賛同を呼んでいる。とりわけ中心人物である吉野紅雨の「議論」が次第に江戸芸術への憧憬を語り始める部分には批判が集中し、「只現代の日本が気に喰はぬので、これが江戸時代の仏蘭西なら何の不足もないのであらう」（森田草平[5]）と揶揄する評者さえいた。

『冷笑』をめぐる評価には、現代日本への不満が空転しており主人公が江戸に回帰する行き方もあまりに安易であるという、後々まで荷風小説が引き受けつづけた評価の原型を見ることができるのである。

「観念の氾濫が様々の叙事文の芸術的統一をさまたげ」、作中の諸処に矛盾を生じた「思想小説」（中村光夫）[6]。荷風自身が「現代の西洋文明輸入は皮相に止まつてゐ」る点を書き、「乱雑没趣味なる明治四十三年の東京生活の外形に向つて沈重なる批評を試み」（同）たと書き残している（「冷笑につきて」明治四三年一〇月「三田文学」）通り、本作の主眼が「文明批評」にあることはまぎれもない。ただ、この言葉に同時期の荷風のもう一つの言葉、「小説のみならず、総て芸術の形式に依つて表現する場合には、その材料が必ずある一つの形式に適して居る」「小説の方から言つても［略］必ず小説でなければならぬ特別な材料があるに違ひない」（「芸術品と芸術家の任務」明治四二年五月「文章世界」）という文章を並べてみるとき、『冷笑』という文章はなぜ「小説」欄に掲載され、のちに「小説」の角書《つのがき》を付して出版されなければならなかったのか、という疑問があらためて立ち上がってくるのではないだろうか。

『冷笑』には小説の形をとってのみ表現しうる批評が存していたのだとすれば、個々の議論の妥当性や整合性のみを点検しようとする従来の読み方は本作における形式の要素を取り落とさざるをえず、したがって小説への批評たりえぬ地点へと追い込まれてしまうのではないだろうか。たとえば荷風『帰朝者の日記』（明治四二年一〇月「中央公論」）で日記の書き手が語っていたのは、帰朝者の言葉を外在的批評として切り捨ててしまおうとする人々への嫌悪であった。

　自分はもう人中に顔を出したくない。「西洋はどうです。」「何を御研究です。」「日本は駄目でせうな。」［略］

彼等は洋行した人とさへ云へば、希臘の太古から幾千年たつた今日までの何から何までを、僅か数年間にして知り尽してしまつたやうに問ひかける。そして若しか自分が、知識の交換を重んじて其の知る処を秩序立てゝ弁じやうとすれば、忽ち飽きて直ぐ又他の事を問ひかける。（『帰朝者の日記』）

書き手である「自分」の苛立ちは、日本の皮相な近代化よりもむしろ日本への批評の言葉がこうした形で聴き手に先取りされ失効してしまう状況に向けられている。おそらく『冷笑』の場合、作中における批評の分裂や空転が意図された方法として機能していたのではないかという仮説の検証作業に一度立ち戻ってみなければなるまい。

佐藤春夫は、複数の人物に焦点化しながら個々の主張を描いてゆく本作の構成を「新聞小説としては型破り」のものであると評している。春夫の指摘はメディアの側から見た『冷笑』の特性のみならず、本作の物語構成が同時代と共有した界面をも示唆する貴重な論である。『冷笑』は同時代の、「議論」と「文明批評」に充ち満ちたテクストの系譜に連なる小説でもあった(7)。「幾人かの荷風的人物をして明治の文明批評を企てた」『冷笑』は、その形態によってどのような批評を試み、時代の表現と交差していたのか。本章はこうした疑問を軸として『冷笑』における批評の内実を問い直す試みである。まずは作品の題名でもある「冷笑」の語に注目することから、検討を開始したいと思う。

二 「冷笑」の機能

『冷笑』の登場人物にとって「冷笑」とは、対面した相手に見せる嘲るような笑いでは必ずしもない。冒頭に登場する小山銀行頭取・小山清の場合、「最初からして先づ失望を予期して、覚悟して、冷笑的に理想の程度を高め」(二)る日々を送ってはいても、「世の中を渡」ってゆく際に人々の眼に映る小山の表情は、ぼんやりとした「不得要領の態度」でしかなかった。

私は相変らず不得要領の態度を取つてゐるのです。〔略〕日露戦争の時分に東郷大将が外国人に対して取つたやうな極めて茫然《ぼんやり》した、つまり喜怒哀楽の感情を現さない態度が一番策の得たるものです。(六)

「胡座をかいて眼を閉《つぶ》つて居る、起きて居るのか眠つて居るのか分らない大仏様の顔」に「処世の奥義」があると述べる小山清が見せていたのは、たとえば鷗外『あそび』(8)が描く、新聞を眺めて「極《ごく》apathique な表情をするか、そうでなければ、顔を蹙め」た後、「すぐにまた晴々とした顔に戻る」官吏・木村の日常をさらに徹底したような、ごく恬然とした顔つきだったのではないか。歌舞伎の劇場と花柳界を根城にしながら舞台の袖で貴顕紳士を嘲る狂言作者中谷の場合でも、貴顕紳士との同席を極端に忌み嫌う彼の日常を考え合わせるならば、相手の目に「冷かな笑ひ」(五)が映ることはほとんどないと判断して良いはずだ。むしろ彼の笑いは「他人と自分と両方に対する二重の意味が含まれ」(同)た自嘲でもある。

「冷笑」の用法をさらに追ってみる際にもう一つ浮かびあがってくるのは、本作の中心人物である吉野紅雨が他の人物に「冷笑」される存在だったという一事である。

　「ぢや、近代詩人の紅雨君は以後近代思想と訣別して、大和心の敷島の道に戻ろうと云ふんですかね。」／清は戯談《じやうだん》半分いくらか冷笑の気味を加へて云つたけれど、紅雨には通じなかつたのであらう、矢張真面目な調子で、「戻る事ができたら無上の幸福でせう〔略〕」（十二）

語りは、吉野紅雨が「真面目」に「郷土の美に対する芸術的熱情」（十二）を説きはじめようとする時点で唯一、対面する相手に向けられた「冷笑」を描き出す。紅雨にはしばしば「真面目」で「感情的」であるという形容が冠せられるのだが、同時代において「真面目」は「冷笑」と正反対の態度をあらわす言葉でもあった[9]。

　吉野紅雨の熱っぽい長台詞や綿々とつづく思索には、「冷笑」の枠組みから少しだけはみだす役柄の造型が意図されていたはずだ。語り手は、もともと「一度び追慕の一念が其の方に向ふと極端まで憧憬の情を沸騰させるのが感情的な紅雨の性癖」（五）であり、彼の言葉がしばしば「岐路《わきみち》にそれて仕舞」（四）うことを指摘する。紅雨の長広舌が時折相手を「辟易」（一）させてしまうことを指摘する語りの言葉には、戯画化のニュアンスさえ読み取ることができるだろう[10]。

　ただしこうした描写は、必ずしも『冷笑』が吉野紅雨を滑稽に描いた小説であることを意味しない。茫洋たる「不得要領」な顔つきの人物が腹の底に「冷笑」を秘めているという事態が一方にある以上、滑稽にも見える「真面目」なふるまいを「真面目」な内面の反映と断じることにも留保が必要になるはずである。事実語りは、紅雨のふるまいが紅雨自身によって選び取られた態度であることを示していた。次に引くのは、小山清と徳井勝之助の議論を聴く紅雨が「清の議論にも又勝之助の議論にもさしたる価値を認めない」まま、「独りで葡萄酒ばかり飲んでゐ」る場面である。

全体、紅雨は芸術上の形式技巧の方面には随分やかましい議論を持つて居る人でありながら、案外に宗教や哲学的の問題には興味を持たない傾きがある。で、清の如くに冷淡皮肉に人生を観て居るのでもないし、又勝之助の如く絶望的な高い倫理観を抱いてゐるのでもない。紅雨には要するに、年に春夏秋冬の差別があり時に昼夜の分ちがある如く、人生には美徳悪徳地獄極楽ともぐ〳〵に並び存してゐて、自から其の間に生ずる変化と調和の現象の能ふ限り複雑多面である事を希つてゐる。つまり人生は自分が役者であると共に観客であつて、演ずるにも見物するにも、成るたけ面白く賑かで華美《はで》な芝居であつて欲いのだ。（十）

吉野紅雨の人物造型の力点は「宗教や哲学的の問題」に対する一貫性には置かれていない。紅雨は右に引いた場面で、勝之助の「鉄色した額と頬の血色」から「かの明《あか》い熱帯の景色」を思いやり、勝之助の言葉を「何処か遠い国から来た別人種の夢の譫言のやうに懐しく」聞いている。作中のそこかしこで不意に「聯想」（十三）を紡ぎはじめ、「欄干《てすり》の鉄の冷さが感じられ」（七）たり音曲が一区切りついたりする（十二）まで「考へつゞけ」（十三）る紅雨の「美的恍惚」（七）状態こそ、忍耐や自嘲や放浪、隠棲といった他の人物の「処世術」との差異において彼を特徴づける「傾き」であった。紅雨のうちに作り出されているのは、「現象」を「能ふ限り複雑多面」に眺めようとする「空想」家のまなざしなのである。(11)

本作が随処に描き込む紅雨の恍惚状態は、彼の言葉を他の人物の言葉とは異なる位相に置く効果を持っている。

彼は次第に自分の国に居るとも他国に居るともつかぬ旅愁のやうな一種の感動の蠢いて来るのを覚えた。つまり、夜の寂寥に対する美的恍惚が、自分の生きてゐる時代を意識させる周囲の生活から一歩離れた別の世界に連れて行く。そして其処から彼は眼に映ずる夜の現象ばかりでなく、己れ自身をも他人であるやうに振返つて見るからであつた。（七）

紅雨が「己れ自身をも他人であるやうに振返つて見」ているかぎりで、右の一節以降に展開するモノローグは、彼自身の表白であると同時に紅雨によって読まれる言葉としても展開する。たとえば小山清も「自分の国に居るとも他国に居るともつかぬ旅愁のやうな一種の感動」を別の箇所で覚えるのだが、冷静な知識を身上とする清の言葉がこうした不安定な位置に置かれることはついにない。⑫紅雨の言葉は彼自身のいいかたで言えば「自分が役者であると共に観客でああ」るような言葉、夢想のなかでなかば対象化された言葉として、読者に呈示されるのである。⑬

『冷笑』は作品の基調に紅雨のモノローグを置きながら、読者が紅雨の声に没入し同調してしまうことを慎重に避ける。眼前の風景や他の人物の言葉に触発されながら、独自のイメージを紡ぎ出してゆく言葉の物語――こうしたモノローグの配置は、「近代的と云ふあの熱病」⑭（四）を言語のレベルで展開しようとする、意図的な試みだったと考えられる。紅雨が小山清と中谷丁蔵に向かって自らの文学観を説明する箇所を見よう。

官能の刺戟に対する欲求は単に物質的たるに止まらず、いつも空想と知識の欲求を伴はすものである。だから必ずしも現実に於て色を視たり音を聴いたりしなくても、それ等の実感を挑発すべき何物かを見出す事に於て却てよく満足させられる。「何物か」とは乃ち、詩人の詩を読んでそれによつて現出される無限の幻影に接する事だ。文学は此処に於て全然実感から生れて其れを満足せしむる刺激性のものでなければならぬ。

（六）

語りは、文学に「実感と空想の交叉」（六）を要求する紅雨の台詞を「紅雨の鴉片論」と概括する。紅雨の台詞に見当たらない「鴉片」の語が用いられたことの必然性は、ボードレール『人工楽園』（Charles Baudelaire, *Les Paradis artificiels*, 1860）[15]が描く鴉片体験を参照することで明確になるだろう。[16]アヘンは吸飲者の「人間的な感性部分が明らかにその頂点に達」する高揚のはてに幻影をもたらす。「鴉片を飲むと、音楽が、快い楽音の単なる論理的連続としてではなく、一聯の覚書のやうに、その内心の眼前に過ぎし日の全生涯を喚び起す魔術の音調として聞えてくる」。紅雨のいう「技巧的《アルチフィシエル》な生活」を「鴉片論」と名づける操作からは、ボードレールによって描き出された薬物体験――「詩的な記憶」を「果てしない享楽の源泉」とする「人工楽園」（Les Paradis artificiels）のヴィジョン――を、紅雨の言葉に託す意図が窺えるのである。

つまり本作には「空想」を媒介として紅雨の「議論」を「刺激性の文学」へと転化してゆこうとする志向が内在していたわけで、おそらく『冷笑』が小説として呈示されていることの意味も、こうした幻影の呈示方法に見ることができる。紅雨が「小説家」であることを随所で強調する語りの方法[17]は、紅雨のモノローグを鴉片がもたらす陶酔体験の表現に限りなく近接させる。ここにはアヘンに憧れた明治後期の青年達の言葉を小説技法に結晶させようとする荷風の試みを認めることができる[18]のであって、「小説家」ないし「詩人」である紅雨は、鴉片抜きで「無限の幻影」を呈示する言葉を持つ存在として登場するのである。[19]

『冷笑』において紅雨に用意された役柄とは、分析的批評を繰り広げる人物像であるよりもむしろ、「恍惚」状態のなかに「日本的感覚《サンシビリテエジヤポネエズ》」の言葉をフィクショナルに作りあげてゆく幻視者《ヴィジオネール》のそれである。彼の言葉が捉えてゆく音やイメージ、ないし言葉や物語は、その齟齬や分裂の意味にこそ目を向けるべく読者をうながしたてているのだと言えよう。この「物語の中に自己の感想を交へる事の余りに激し」（四）い小説家の言葉[20]を読む際に必要となるのは、そこに見出された世界像を復元すると同時に、言葉が「議論」と「物語」のあいだで揺れ動いていることの意味を探る作業であるはずだ。

三　幻影と言葉

「私は一体東洋思想が何う云ふわけで恋愛や詩歌の歓楽を罪悪の如くに厭み嫌ふのか殆ど其理由が分らない」（二）と述べ、「東洋の土上には永久芸術の花は咲くまいとまで絶望した」（五）ことさえあるという紅雨は、本作の展開のなかで次第に「自分は現在に対する絶望と憤怒から解脱して、ひたすら過去の追慕と夢想の憧憬に生きる事ができるやうになつたのかも知れぬ」（十二）と「望みを込めた諦め」（同）について語りはじめ、「東洋的悲哀」の内実へと思考をめぐらせてゆく。こうした経緯について、「享楽主義の主人公が、風土の空気に余儀なくせられて、川柳式のあきらめと生悟りに入らうとする苦悶と悲哀とを語らうとしたものである」（前掲「『冷笑』につきて」）という作家の自評は広く受け入れられてきた。

ただ、同じ「「冷笑」につきて」の「わが純良なる日本的特色の那辺にあるかを考究模索せんとした」という言葉については、作品の論理とのわずかな齟齬が認められることも事実である。たしかに、「豊富なる色彩」に満ちた江戸時代の諸表象を思いやって「路易《ルイ》十四世の御代の偉大《グランドウル》に比するも遜色なき感」（五）を抱く紅雨の言葉が示す通り、紅雨の江戸への接近には「郷土主義」（十二）の影響が顕著であり、本作に江戸への回帰の身振りがあることは動かない。異郷のように描き出された「郷土」江戸への憧憬を深める紅雨の言葉の枠組みは、たとえば第十二章、紅雨が「基督教の寺院」と「仏教の寺院」を比べる箇所にユイスマンス『大伽藍』(21)のモノローグが用いられる点を見ても、最後まで失われてはいない。

しかし「日本的感覚《サンシビリテエジヤポネエズ》」に迫ってゆく際の紅雨の言葉は、一方で異郷としての過去の姿を変形しつつ、現在との境目を朧化してゆく志向をも併せ持つものでもある。新橋から「濠端の停車場」へと歩く紅雨が、清元を耳にする場面を見よう。

吾々の祖先は［略］恋愛と称して其の素質に於ては同一と見るべき感情の流露に対しては無理無体の沈圧を試みるのみであつた。［略］恋愛の夢を見ることはあつても其は決して、今日の吾等が遠い西洋思想から学んで見たやうな、希望の光明ではなくて、寧ろ現世の執着から脱離すべき死の一階段である。彼の女と彼の男等は遺伝的精神修養の、驚く程堅固な忍耐と覚悟を以て、いさゝかも無惨なる運命に対して見苦しい反抗や浅果敢な懐疑の狂声を発せず、深く人間自然の本能を罪悪だと観念し、過去一切の記憶を夢と諦め、現実の自己を恐怖嫌悪の中心と見定めて未来永劫の暗黒に手を引合つて落て行く。（十二）

はじめ清元に「羅典人種に特有なる祭礼の狂楽」「愉快なる音楽」（五）を聴いていた紅雨は、江戸の殷賑の裏側に「暗黒」の世界を読みとりはじめる。この感想を導く清元の詞章は『重褄閨小夜衣』であるが、紅雨が耳にしている切れ切れの部分に、実のところ情死を語る箇所はない。紅雨は『小夜衣』が鈴木主水と遊女白糸、さらに主水の女房お安の三人心中を扱った曲であることを前提としつつ、ここで情死の物語を自らの内部に再構成しているということになる。

併せて言えば、『重褄閨小夜衣』に関する紅雨の解釈は清元の詞章そのものに比しても格段に絶望的な世界像を描き出すものである。明治後期に散見する情死論にしても、徳川時代の社会が恋愛感情を抑圧したことへの疑義として読むものはあっても、情死そのものには来世への憧憬を読みとる場合が多い。[22]対して紅雨の思索は『トリスタンとイゾルデ』を引き合いに出しながら、清元が語る情死に、死に行く男女が「未来永劫の暗黒に手を引合つて落て行く」物語を読み込んでゆくのである。

本作の空間表現にはこうした「空想」を準備する仕掛けが凝らされていたことを指摘しておこう。『冷笑』の叙景表現に最も多く用いられた語は「水蒸気」であった。この語自体は志賀重昂『日本風景論』（明治二七年一〇月、政教社）以降明治三〇年代の小説にも多く登場する表現だが、[23]本作の用法の特徴はこの言葉が実景の一部を覆う目隠しとして用いられた点にある。紅雨が目にする景にはしばしば「水蒸気」が立ち籠め、隅田川では「鷗の群」（七）や「今戸一帯の眺望」（十四）を隠し、小山清の庭では「桜の花」や「常磐木」を視界から遮る（十五）。たとえば両国橋の欄干にもたれた紅雨の「「東京」と云ふもの」に関する思索（七）が「二階つゞきの燈影も大方は消えてしまつ」た「闇」のなかで展開している点にも窺われる通り、『冷笑』はこうした空間構成によって紅雨の「空想」の増殖ぶりを助けるのである。

吉野紅雨が音曲や闇夜のなかに見出す江戸の「日本的特質」は、近代からの「純良なる」避難先では必ずしもない。紅雨の江戸への回帰とみえる運動のなかに陰鬱なヴィジョンを描き出す『冷笑』の構造には、現代日本へのより深い諷刺を読むことさえ可能であろう。江戸と現代の日本をともに「東洋」と名指す紅雨の語法は、現在と江戸の「幻影」とを結びつけ、「東洋的悲哀」が連鎖してゆく場としての日本を立ち上げているからである。

一方で紅雨の言葉をこのように眺める場合、過去の都市を死と絶望のイメージで彩る『冷笑』の操作そのものが作中にも言及があるロオデンバック『死都ブリュージュ』などにも見出しうるものであり、『冷笑』の描く江戸は紅雨のいう「郷土主義」の枠組みのなかで見出されたイメージでしかない、といった見方もおそらく成立する。作中に「埃及古代の都の風俗を書いたもの」(十三)への言及が垣間見える通り、紅雨の見る「幻影」にはオリエンタリスムの援用の跡があきらかで、西洋と東洋の対比でさえもユイスマンスが行ったロマネスクとゴシックの比較を移したものにすぎない。つまりは江戸の引用によって紡ぎ出されたイメージも所詮〈近代主義〉の産物なのだから、江戸を現在と結びつける『冷笑』の批評など実効性を欠いたものでしかあるまい――そのようにこのテクストを見限ってしまう読者を、止めることはおそらく難しい。

しかしここに描かれたヴィジョンの内実によってのみ諷刺の質を語る議論は、それに可能性を見る場合であれ、限界を見る場合であれ、この幻影の表現形態が孕むもう一つの意味を取り落とすことになるだろう。この点について、紅雨の言葉を作中に引かれた小泉八雲の方法と比較しておこう。十三章「都に降る雪」の終わり近く、寝室に横たわる紅雨は、日本の夜をめぐる「豊富な怪談や迷信の逸話の聯想」に思いを馳せつつ「犬の遠吠する声」を聴き、「小泉八雲先生が、日本の暗夜に響く梵鐘とこの痛ましい犬の声をばいかなる感想を以て聞いたか」

を思い起こしている。

・あの梵鐘の、あの大波のような音を耳にすると、わたくしは、わたくしの魂の奈落の底にじっと潜んでいるものが、むくむくと頭をもたげようとして、しきりと立ち騒ぐのをはっきりと感じる。それは、さながら幾百千万の生死の闇を越えて、遠い彼岸の光明に達せんとして、しきりにもがき悶えている記憶にも似た衝動である。（『蚊』平井呈一訳㉔）

・この白い動物の深夜の遠ぼえは、どうも彼女がほんとうにこわい物を――われわれがわれわれの道徳意識から絞め出しておこうと思つても、どうしてもそれができずにいるようなものを、――たとえば、食人鬼のように死骸を食つて生きて行くという「大自然の法則」を、あるいは心のなかに見ているのではなかろうかと、そんな疑念をわたくしに起させる。（『遠吠え』同㉕）

八雲の描く彼岸の世界像が紅雨の言葉にない「光明」を含み込んでいるといった差はあるが、鐘の音や犬の声の奥に語られざる意味を読みとってゆく八雲の方法は音曲や闇夜によって「聯想」を紡いでゆく紅雨の言葉に近い。ただ、音や眼前の景色によって顕現してゆくイメージの具象性は、紅雨の言葉に独特のものだった。

日本の暗夜には反抗のできない制度の下に、幾人となく無実の罪に死んだものゝ死代り生代り恨みを晴らさでは置かぬ怨霊の気が満ち〳〵てゐるやうに思はれるではないか。井戸の中へ切落された妾、橋普請の時杭と共に河底へ打込れた旅商人、雨の夜の竹藪から突然閃き出る近江槍に横腹をえぐられて死ぬ返打の忠臣孝子、夫の危急を救ひに行く畷道の駕輿の中から引摺り出されて絞め殺される貞操の妻——吾々は一度此処に思ひを廻らすならば、吾々はどうして斯くも無数に戦慄すべき物語を持つてゐるかに驚かざるを得ない。（十三）

右の一節に引用される断片的な挿話は、音曲や芝居で繰りかえし演じられた物語である。「井戸の中へ切落された妾」は言うまでもなく『番町皿屋敷』、「橋普請の時杭と共に河底へ打込れた旅商人」は藤野古白『人柱築島由来』、「近江楦に横腹をえぐられて死ぬ返打の忠臣孝子」は『絵本太功記』十段目の武智十次郎であろう。紅雨の言葉のなかにあるシェイクスピア（「マクベスの妃」・「リチヤアド三世」）との比較は、これらの引用が持つ視覚性を引き立たせる効果を持っている。「聯想」によって紅雨の省察を導く物語は、いずれも過剰なまでに鮮やかなイメージのもとに呈示されるのである。

八雲のテクストと『冷笑』とのこうした差異は、「西洋」と「東洋」との「遺伝的修養」（十二）の差というよりも、『冷笑』のなかに設定された紅雨の言葉の歴史的位置に由来していると考えられる。「空想」の持つ視覚性とはうらはらに、紅雨の物思いを綴る言葉は、引用された物語群の言葉とはおよそかけはなれたものであった。

穏な優しい古老の声。いつの世に誰が作つたとも知れぬ民族特有の物語を子孫から子孫に伝へて行くものは此声である。厳しい大学の講座に立つ史学家の説明よりも更に一種の神秘と愛情を持つて滅びし過去を活すのも此声である。若き人々の新しい心の悩み心の悶えに対して無頓着である代りに、いつでも反き去つたものゝ帰つて来た時、寛恕の慰藉を伝ふべく待つてゐるのも此の声である。（十三）

「である」の連続によって「古老の声」のイメージを塗り重ねる叙法は紅雨の思考が修辞学やエロキューションを潜り抜けた言葉によって支えられていることを明かしている。江戸文芸に拠るところの多い紅雨の「空想」が、江戸文芸の言葉からこぼれおちるものとして呈示されていることも、併せて指摘しておこう。たとえば狂言作者の中谷から届いた手紙の「まるで戯作の序書《はしがき》か狂言の角書のやうな、づる〳〵引掛た昔の修辞法《レトリック》」（十三）に、紅雨はうまく応じることができない。

紅雨は返事の代りに歌でも発句でも何なりと使ひの者に渡してやりたい、風流と称されたさう云ふ文学的遊戯を試みたいと思つたが、久しく俳句の運座などにも出た事がないので、つまり即興詩創作の修業に馴らされてゐない処から、さま〴〵な空想が却て有りあまるほど湧いて来るだけ、其れをどうしても短い詩形の中に軽妙に云ひすてゝ仕舞ふ事ができない。（十三）

狂言や戯作の修辞から紅雨を隔てているのは「却て有りあまるほど湧いて来る」「空想」の連鎖である。中谷に芸術家としての「自覚」を促した紅雨がかえって「居候角な座敷を円く掃きも君に云はしたら、弱者と強者の悲惨な関係かも知れない。［略］今ぢや麦酒の広告も医学の説明と化学の分析で行くやうな始末だ」（三）といなされてしまう経緯はことのほか重要で、紅雨の言葉は自らが引用する江戸の物語を適切に言い表すことのできない文体として呈示されるのである。紅雨の物思いを描く言葉は漢語の連続がもたらす装飾性を特徴とするが、たとえば紅雨が父親の漢詩趣味をどこか気疎いものとして眺めている（十四）ように、この言葉は漢文脈の系譜とも似て非なるものであった。

本作の冒頭近くで紅雨が「一体、文学者の一番苦心する処はどう云ふ処です。思想ですか。」という小山清の問いに答えて「私の考へぢや思想よりも文章ですね」と述べる箇所は、紅雨の言葉におけるこうした内容と形態の分裂をあらかじめ指し示すものであった。

日本の文学者は一体日本語の将来についてどう考へてゐるのか知りませんが私の眼だけには今の処では何だかまだ一向に自覚が薄いもののやうに思はれて成りませんよ。私は此れまで何か云うと新聞記者から非愛国の思想を歌ふと攻撃されて居ますが、日本語を綴る文章家たる以上は近来の極めて乱雑な、格調の整はない文章を、あの錬磨された墺州語に比較して、いかにすべきものかを思はない時はないです。（二）

最終章でも、中谷丁蔵と桑島青華を「一人は芝居の狂言作者、一人は日本の画家……。」と説明しようとする小山清の言葉に押し被せて「江戸頽廃期の耽美的平民主義の代表者に、其れから、何と云つたら好いか知ら、貴族的孤立主義の楽天家で同時に温厚篤実な君子……。」と「云ひ加へ」ずにはいられない紅雨（十五）は、一貫して「日本語を綴る文章家」としての「自覚」にこだわり言い淀む人物として設定されていたと言えよう。

現代の閉塞状況を江戸に由来するものとして示しながら、江戸の言葉との距離を埋めることのできない紅雨の言葉――実体としての現代日本に対して空転する紅雨の批評は、彼自身の批評の言葉そのものへと内攻する構造を持っていた。『冷笑』が吉野紅雨の「空想」を通じて語るのは、自らの病巣と病理が鮮明に見えているにもかかわらず適切な処置を見出しえない医師の苦しみである。「吾々はどうして斯くも無数に戦慄すべき物語を持つてゐるか」という紅雨の驚嘆は、「無数」の「物語」のイメージと言葉の間で引き裂かれた「吾々」の位置、状況を語るべき言葉を持たない文学者の窮境を語るものであったと言えよう。

四　言葉への不信

『冷笑』の末尾近く、小山清の自邸における会合の場面で、語りは登場人物たちが「互に其の根本に於て或る連絡を持つてゐる思想」の持ち主であると説明していた。作品の言葉から推察するかぎり、彼らの「思想」の「連絡」とは「目的のない空論に興味を感じ」る点であったと考えられる。

「吾々の如くに世間一般が目的のない空論に興味を感じて月日を送るやうになつたら、其れこそデカダンスだ。晋の天下を滅したのは清談だと支那の経世家が恐れたのも無理はないね。」（十五）

「支那の経世家」の言を引くこの台詞は、晋の世に「清談」を流行させたという竹林の七賢人のイメージを透かし見せている。小山清は風変わりな会合の直接の動機を瀧亭鯉丈『花暦八笑人』に求めているが、『八笑人』と梅亭金鵞『七偏人』が滑稽茶番物語の典型として並び称されており（「『七偏人』や『和合人』や『八笑人』に現はれた人物を見ると、何れも似寄つた類の人物と思はれる」高須芳次郎『滑稽趣味の研究』明治四四年三月、実業之日本社）、『八笑人』にもまた、七賢人との連絡を読みとって良いのだろう。(26)

阮籍や王戎などの「竹林の七賢人」が愉しんだ「清談」とはもっぱら老荘思想の鼓吹であり、「後進莫レ不三競為二浮誕一、遂成二風俗一」（『二十二史札記』「六朝清談之習」）という事態を引き起こした。このとき西晋は滅亡の階梯を歩みはじめたという。

・濤昔シ在テ二魏晋之間ニ一與二嵆康。阮籍。籍カ兄ノ子咸。向秀。王戎。劉伶一。相友タリ。号ス二竹林ノ七賢人一ト。皆ナ崇二尚シ老荘虚無之学ヲ一。軽二蔑ス礼法ヲ一。縦酒昏酣シテ。遺二落ス世事ヲ一。士大夫皆慕二效ス。之ヲ一。謂フ二之ヲ放達ト一。（大郷穆纂『標注刪訂十八史略副詮』「西晋」、明治一七年、金港堂）

・鄒九峯曰、王戎任テレ情ニ曠達。與カル二七賢之列ニ一。西晋ノ弊風実ニ首ム二奬階ヲ一。（曠敏本編、阿部修助注『増注標記二十二史略』「晋紀」明治一四年、青山清吉）

あるいは竹林の七賢にまでさかのぼらずとも、『八笑人』に時代を覆してゆく「浮靡」のエネルギーを認めた論もある。

蓋し所謂茶番なるもの、天明の後より漸く世に行はる、文化文政を経て鯉丈の時に及び、其の盛を極む、初は座して之を演ずるもの、後には起つて之を演じ、初は室内に演ずるもの、後には野外に之を演ずるに至る。こゝに於て終に時に八笑人篇中の人物の如きものあつて世に実存し、八笑人篇中の人物の為さんと欲するところの如きの戯をなすもの有り。予これを古老に問ひ雑書に徴するに、化政以後、天保弘化に及び、士女の演劇を愛尚する、実に其の頂巓に達し、浮靡俗をなし、而して徳川氏大に衰へ、江戸竟に潰ゆと。（幸田露伴

「新訂八笑人に題す」明治四四年八月、東亜堂『花暦八笑人』所収）

そして、「何れも親がゝりの部屋住連で、生活の圧迫を知らず、毎々〔ママ〕々如何して面白く可笑しく時間を費さうかとのみ焦慮し、屈託して居る手合」（前掲、高須）を模倣しようとする小山清の心性は、ある意味で八笑人や七賢人のありかたを突きつめたところに存していた。彼らの「目的のない空論」は、決して「世間一般」へと出てゆくことがない。

沈黙ほど圧制者に対して恐ろしい武器はない。私がもし露西亜の虚無党員であつたならば、露西亜の政府を顚覆しやうとはしないで、露西亜の政府と社会の腐敗を飽まで教唆さして、根本から露西亜帝国全体の滅亡すべき起源を一日たりとも早めるやうにする。屈従と沈黙が復讐的悪意の精神の最後の勝利である。（六）

「八笑人の加盟」の傾向を極端までおしすすめてみるならば、そこに見出されるのは「享楽主義《ぢれつたんちずむ》」[27]とはほど遠い、行動と言葉を欠いた「虚無党」とも呼ぶべき心性である。結果的に「空論」が「復讐的悪意」の雰囲気を波及しうるか否かは別として、彼らは「加盟」の外に出れば「大仏様の様な顔」の下に「冷笑」の心性を秘めつつ、あくまでも「屈従と沈黙」の態度を貫かねばならない。この「空論」家の言葉への絶望と、たとえば上田敏『うづまき』における牧春雄の楽天的な姿勢との隔たりは大きい。

成程自分の年来執つて来た享楽主義の態度は、この平凡無味の世界に於て、少しでも感情の鋭敏な者が自然足を向けて行く避難処《かくれが》かも知れない。〔略〕然し少しばかりの飛泥《はね》を恐れて、雨の日は外出が出来なくなると、終にはいつも籠勝《こもりがち》の不精者になつて了ふに違ひない。人生の光栄は瞑想にあると同時に、力行にもある。あまりに分析し思考して行くと、或は実行の能力を萎縮させないとも限るまい。（上田敏『うづまき』四十五、明治四三年六月、大倉書店）

「瞑想」と「力行」の間で揺れ動く牧春雄が「積極の享楽主義」に転じてゆく『うづまき』の結末は希望に満ちているけれども、小山清の集まりは「積極」的な実行の不可能を前提として共有するものであった。いわば「空論」に孕まれた言説の力はどこまでも「空論」としてのみ発揮されざるをえないという自縄自縛の状態に置かれているのである。

小山清の会合に小説家紅雨を配し、彼の言葉を「恍惚」状態における「刺激性の文学」として呈示してみせた語りの方法は、「八笑人の加盟」の「根本に於て或る連絡を持つてゐる思想」をまざまざと示すものであったはずだ。紅雨の言葉は引用によって直観的なヴィジョンを描き出し、「東洋」の物語群を「人を諦めさせる」力を持つものとして描き出す一方で、これらの物語を批評すべき言葉を持たない現在の言語状況を、自らの言葉の矛盾や欠格によって指し示すのである。

状況への不信が照らし出す、自らの言葉への絶望――こうした『冷笑』の表現構造が、同時代文学に伏在した課題を露出するものであったことを、最後に指摘しておきたい。たとえば『冷笑』の第二章、小山清が吉野紅雨に出会う場面。逗子の海岸に朝の散歩に出かけ、砂山の上の枯れ草に腰を下ろしていた清は、同じく腹ばいになっている紅雨と視線をぶつかり合わせている。

幾箇となく乾してある藁の束の間から見知らぬ人の眼がぎろりと輝つた。綿天鵞絨の洋服を着て、頭髪を長く額に垂した男が、腹匐になつて、頬杖をついて、矢張清と同じやうに虫の音を聴きすまして居るらしい。互に一人だとばかり思つてゐた処へ、藁の蔭と蔭から顔を見合せて、二人は視線を外向ける事さへ忘れて了つた。（『冷笑』二）

この箇所は国木田独歩『運命論者』の冒頭、語り手の「自分」が「日は暖かに照り空は高く晴れ」た「汀」で「砂山に靠れ」ているとき、「他を眺る眼にしては甚だ凄味を帯」びた眼つきの男と出会う場面に似る。

時々凄い眼で自分の方を見る、一たいその様子が尋常でないので、自分は心持が悪くなり、場所を変る積で其処を起ち、砂山の上まで来て、後を顧ると、如何だらう怪の男は早くも自分の座つて居た場所に身体を投げて居た！　そして自分を見送つて居る筈が、さうでなく立た膝の上に腕組をして突伏して顔を腕の間に埋めて居た。／余りの不思儀さに自分は様子を見てやる気になつて、兎ある小蔭に枯草を敷て這ひつくばい、書を見ながら、折々頭を挙げて彼の男を覗つて居た。（独歩『運命論者』明治三九年三月、左久良書房『運命』）

「枯れ草」の上に横たわりながら無言で眼を見合わせる男たちの物語。いずれの場合にも、ふとしたきっかけで、おもむろに一方が熱意にみちた口調で語りはじめることになる。行文の違いからみて『冷笑』を書く作者の机上に『運命論者』が置かれていたとまでは考えにくいが、ここでの構図の一致を偶然として片付けることはできない。小山清はこの場面の少し前に、次のような心境を吐露してもいたからである。

かの生存の失敗者が夜寒の木賃宿に落合つて、暗澹たる燈火の下にしみ〴〵と互の身の上を語り合うやうな、真率深刻な情味に触れる事ができないものとするならば、彼は寧ろ理想的の幇間がほしいと思つた。（一）

「夜寒の木賃宿に落合」った人々が「しみ〴〵と身の上を語り合う」という結構は、『忘れえぬ人々』をはじめとする独歩の諸作を喚起するものであろう。㉘

『冷笑』と『運命論者』との類似が浮かびあがらせているのは、対話の「真率深刻な情味」を希求しつつ信じえぬ、『冷笑』の表現主体の姿だった。『運命論者』の高橋信造は「秘密の杯を受けて下さいませんか」と「自分」に「僕の物話を悉皆聴」くことを求め、「自分」もまた「可しい！　何卒か悉皆聴かして貰ひましよう。今度は僕の方からお願します」とこれを受け取り、「一言も交えず」信造の議論に聞き入る。肝心な箇所で「この先を詳しく話す勇気は僕にはありません。事実を露骨に手短に話します」と述べた信造がはたして本当に「物話」を「悉皆」話していたのかどうかといった第三者からの疑問とは別に、『運命論者』では「成程悲惨なる境遇に陥つた人であるとツク〴〵気の毒に思」った「自分」と信造との間に一回かぎりの議論の共有の劇が演じられている。

これに対して『冷笑』の小山清が他の人物に求めていたのはせいぜい「理想的の幇間」でしかなかった。「段々調子高く論じだした」紅雨に「少しく辟易」し、「この頃は何か新しいものをお書きですか」と「遮る」清の姿を描く語りは、「しみ〴〵と身の上を語り合う」言葉の可能性などはじめから信じていない。言葉は「八笑人の加盟」のなかでさえ共有されえないものとしてデザインされているわけで、紅雨の言葉が含む矛盾や過剰は『冷笑』にとって必然の形であったと言える。

独歩が驚くほど巧みに操った「しみ〴〵と身の上を語り合う」「生存の失敗者」たちの物語を横目に眺めつつ、「真率深刻」な言葉を語りうる境遇にはない人々を主人公とし、なおかつ彼らの言葉を語り紡いでゆこうとすること――こうしたモチーフを明治四〇年前後の小説群に見出してゆく視点を、『冷笑』は与えてくれる。先に引いた『うづまき』とともに、ここではより『冷笑』に近い主題を持つ作品として、『吾輩は猫である』を挙げておこう。(29)

呑気と見える人々も、心の底を叩いて見ると、どこか悲しい音がする。悟つた様でも独仙君の足は矢張り地面の外は踏まぬ。気楽かも知れないが迷亭君の世の中は絵にかいた世の中ではない。寒月君は珠磨りをやめてとう〳〵御国から奥さんを連れて来た。是が順当だ。然し順当が長く続くと定めし退屈だらう。東風君も今十年したら、無暗に新体詩を捧げる事の非を悟るだらう。〔略〕猫と生れて人の世に住む事もはや二年超しになる。自分では是程の見識家もまたとあるまいと思ふて居たが、先達てカーテル、ムルと云ふ見ず知らずの同族が大気焔を揚げたので、一寸吃驚した。〔略〕こんな豪傑が既に一世紀も前に出現して居るなら、吾輩の様な碌でなしは、とうに御暇を頂戴して無何有郷に帰臥してもいゝ筈であつた。（『吾輩は猫である』十一）

笑いのなかにしだいに「関係への恐怖」（越智治雄「夏目家の猫(30)」）が浮かびあがり、言葉への不信があらわになってゆく『猫』の語りと、熱に浮かされたような口調のなかに言葉の不可能を描き出してゆく紅雨の語りと——迷亭や猫の乾いた笑いからすれば、紅雨の言葉は「もつとも逆上を重んずるのは詩人である」（八）と揶揄されざるをえまい。しかし一方で「思想」を語る言葉をもはや信じえず、なお〈物語ること〉の可能性を模索していった『冷笑』の方法は、『猫』の最も深いところにあるモチーフを指し示しているように思われるのである。

※『冷笑』本文は初出に拠り、ルビは調節した。

第四章　制　度――『戯作者の死』

一　「戯作者」荷風

永井荷風の文学は戯作者的である、と言われる。明治四〇年代、大逆事件や検閲を経験した荷風は、精力的な執筆活動を行った帰朝直後の時期から一転して『新橋夜話』や『腕くらべ』といった江戸情調と花柳小説の世界に傾斜してゆく。作家が雑誌「三田文学」の編集業務から遠ざかり、やがて慶應義塾を辞するに至るゆくたてと合わせ、荷風の戯作への愛好に時世へのひそかな侮蔑、ないし諦念を読む読者は多い。

「兎に角小生此後は専ら三味線ひいて暮すべき覚悟に御座候」という籾山梓月宛書簡の文言(1)が示すように、個人としての荷風の江戸には、たしかに隠遁の気味合いがある。しかしながら浮世絵から音曲、演劇、地誌、そして戯作や漢詩文にまで及んだ荷風の旺盛な江戸受容ぶりは、それがいくつかの作品に結実していったことを考えるかぎりでも、単なる好事家の営為としては清算しえぬものを含んでいたのではないだろうか。荷風自身、作品における江戸への態度を「江戸趣味の古老」とは微妙に異なるものであると表明していた。すくなくとも荷風小説における江戸の意味は、作家が徐々に〈江戸趣味〉へと傾斜してゆくその各段階において、微視的に測ってみることが必要であろう。

本章では、江戸の戯作者・柳亭種彦の死を題材とする小説『戯作者の死』（大正二年一・三・四月「三田文学」）を取り扱う。この作品は戯作者を描いた唯一の小説であり、荷風の「戯作者的態度」をめぐる議論の渦中において発表された作品であり、主人公戯作者種彦の像は検閲に直面した荷風の自画像であると評される。(2)『戯作者の死』が描く「戯作」と「戯作者」に検閲に遭った書物と文学者のイメージが刻印されていることはたしかで、明治四三年には葵文会が復刻した葵文庫版の『偐紫田舎源氏』が実際に発売禁止になってもいる。(3)

荷風の江戸趣味を時代の流れのなかに捉えてみようとする場合、「戯作」あるいは「戯作者」という語の意味と志向性を、書かれた言葉の実質に即して解明する作業が不可欠のものとなるであろう。大逆事件や検閲を通過した荷風はなぜ、自らを戯作者に擬えなければならなかったのか。「戯作者的態度」とは、同時代の状況における自らの位置を示すための、すぐれて操作的な作業概念ではなかったか。このように問いを掘り下げることによって、荷風文学に内在する批評はいっそう奥深くわれわれに迫るのではないだろうか。本章の目的は、この作品における「戯作」あるいは「戯作者」の意味を探り、明治末から大正初期における荷風の「戯作者的態度」の持ちえた批評の質を明らかにすることにある。

制度と文学の関係に測鉛を降ろそうとした本作の試みは、同時期における小説群の主題と不可分のものでもあった。「皇室の藩屏」たることを期待されながら「神話」にメスを入れようとする自己に怯える五条秀麿（森鷗外『かのやうに』明治四五年一月「中央公論」）を筆頭に、時代は文筆活動と政治との関わりを主題にする文学に充ち満ちている。「小説禁止」などに記事で触れながら給金の不足を嘆き「正義呼《よば》はりもないもんだ」と独りごちる黒塚白雨（正宗白鳥『彼れの一日』明治四一年三月「趣味」）、「危険人物」と目されつつ刑事との奇妙な交歓を演じてしまう

「私」(白鳥『危険人物』明治四四年二月「中央公論」)、社会主義への興味によって「社会《よのなか》からは蛇蝎のやうに嫌はれ」、「自分の過去の生涯、若しこれを一篇の小説に綴つて見た処で、誰が自分に同情して呉れるものがあるだらう」と吐き捨てる辻村雅夫(白柳秀湖『黄昏』明治四二年五月、如山堂)、「法律家」と「詩人的気分」の違いにこだわって小説をものせぬ「私」を「或る裁判事件」を背景に置いて描いた平出修『未定稿』(明治四四年七月「スバル」)、社会主義者の方がデカダン作家と呼ばれる自分より頽廃的な生活を送っていることへの戸惑いを語る「私」(近松秋江『刑余の人々』大正二年五月「新日本」)……。驚くほど素樸に一族の過去を語ってみせる「私」(志賀直哉『憶ひ出した事』明治四五年二月「白樺」)の存在もまた、小説の言葉に蔽い被さる禁忌の重みを、やや特殊な方法で証しているはずだ。荷風自身の問題意識がこうした作品群のただなかから生まれ出ていることは、『暴君』(明治四五年一月「中央公論」)や『わくら葉』(明治四五年一月「三田文学」)において父祖の歴史を書きえぬ主人公や子息の詩集出版について思い惑う父親を登場させている点に窺うことができよう。

　これらの作品群のなかにあって、江戸を媒介項として導入した本作はどのような相貌をもっていたのか。この章では、右の問題を作品の構造を解明するところから考えてみたいと思う。そうした作業はおそらく、同時代の創作者達がひとしく直面した課題を探る作業にもなるはずである。まずは「戯作者」柳亭種彦の造型を、作品の表現に即して探ってみることにしよう。

二　種彦の懊悩——本文改訂の問題

『戯作者の死』は、天保一三年五月に始まる、いわゆる天保の改革に取材した小説である。主人公は『偐紫田舎源氏』の作者柳亭種彦。小説は同年六月に種彦が遠山左衛門尉景元の屋敷を訪れた日を発端とし、「禁令の打撃」を受けた種彦とその周囲の人々が苦悩する様を改革の進行とともに描き、七月半ば過ぎ、主人公の死をもって終わる。

本作を『散柳窓夕栄』と改題して同名の単行本に収録する際、荷風は連載第一回に当たる一から三章の部分に大幅に手を入れた。おびただしい斧鉞の跡は、たとえば種彦が遠山左衛門尉景元の屋敷から戻り、改革における戯作の扱いについて人々に告げる場面にも見ることができる。

・［初出『戯作者の死』——］真白な髪をうつくしく撫付け、袴羽織に大小をさした姿は、いつも一同が堀田原の偐紫楼で見受けるやうな、大和屋の親方そつくりな、意気な好みの戯作者ではなく、一度形を正せばいかに身を持崩しても流石に犯されぬお旗本八万騎の一人たる高屋彦四郎。それを見ると、侍に対する町人の遺伝的恐怖心が、自然と一同をして言語をつゝしみ頭を垂れさしてしまふのであつた。（二）

・［初刊『散柳窓夕栄』——］静かに船宿の店障子へと歩み寄る一人の侍。これぞ当時流行の草双紙田舎源氏の作者として、誰れ知らぬものなき柳亭種彦翁であつた。細身造りの大小、羽織袴の盛装に、意気な何時もの着流しよりもぐつと丈の高く見える痩立の身体は、危いまでに前の方に屈まつてゐた。早や真白になつた鬢の毛と共に、細面の長い顔は、傷いまで深い皺にきざみ込まれてゐたけれど、然し、日頃の綺麗好に、身じまひを怠らぬ皮膚の色は、いかにも滑かにつや〳〵して、性来《うまれつき》の美しい目鼻立の何処やらには、さすがに若い頃の美貌の程も窺ひ知られるのであつた。（一）

右の書き換えについて、訂正が種彦の描写をより詳細にしたとする見方は成立する。服装と役者の比喩に頼った初出本文に比して、顔立ちにまで立ち入った単行本本文の種彦像ははるかに生々しい。加えて単行本『散柳』では冒頭の鶴屋主人や歌川国貞、種彦の門人たちによる対話を長く取ってあり、噂によって種彦登場の印象を引き締める仕掛けが利いている。④ 時代考証の点でも、歌川国貞を「気の早い江戸ッ子」の一人として描く初出本文から「品の好い四十あまりの男」に変更し、一勇斎国芳との対比によって隠士の表情を与えた単行本本文の操作は、より当時の理解に近づいたものと見てよいだろう。

ただし描写の粗密、あるいは時代考証の深浅とは別のところで、右の書き換えには作品全体の構図にも影響しかねない変更が含まれていた。初出本文における種彦登場のいでたちは、ふだんの「意気な好みの戯作者」姿とは異なり、「お旗本八万騎の一人」にふさわしいものであることが強調される。語りははじめに種彦を「戯作者柳亭種彦」と紹介し、その上で「町人風情の、頼りない行末を気遣ふ心」（一）のもとに種彦を待ち設けていた人々の「町人の遺伝的恐怖心」に彩られたまなざしを描き込む操作によって、戯作者としての種彦と旗本としての種彦の両様のイメージを描き出すのである。一方単行本本文では旗本と町人、あるいは旗本と戯作者の対照は弱い。店障子に歩み寄る男が「侍」の風俗であることはまぎれもないが、人々の眼前に現れた種彦の姿は「草双紙田舎源氏の作者として、誰れ知らぬものなき柳亭種彦翁」のそれであり、描写の軸はむしろ、深く刻まれた皺と滑らかな肌の色の差、老いと若さの対立へと移っている。

最も多く訂正が施されたのは情景描写の部分だが、初出本文はここでも戯作者であることと種彦自身との間の齟齬を、情景描写と心理の関係に埋め込んでいる。たとえば右の箇所に続く、隅田川の船遊びの場面（二）。ここで一同に「御府内の繁昌」と眺められた夕景が名所絵的な構図を持つ一方で、「土蔵の白壁に映ずる夕焼の色」から「青い〳〵夕靄」「十日頃の月光《つきかげ》」そして「暗く淋し」い「夜釣の船の燈火」への暗転をも時間軸上に織込んでいる点に注意したい。初出本文はこれに先立つ部分で「青々と晴れ渡つてゐ」る六月の空に「真赤な夕陽の影」や「強い涼しい夕風」を書き込み、「淋しい秋の心持」が「身に浸み」はじめる契機を与えてもいた。この結果、種彦の心理は深まりゆく闇とともに「妙に気が滅入つて物思ひ深く」内攻しはじめる。「格別の御咎もなからうといふ」種彦の言葉に「安心して仕舞」った一同が「地口や洒落」や噂話に打ち興じるのに対し、「御咎」がなかったにもかかわらず憂いを消すことのできない種彦の、改革をめぐる独特の位置が映し出されるのである。

もちろん単行本本文においても種彦の懊悩は描かれているが、夕景の色調はより晴れやかであるだけでなく、戯作者仲間と種彦の関係にも変更がある。門人の台詞は江戸っ子風の砕けた口調を改められ、国貞や柳亭仙果、種員が屋根船の中にあぶな絵風の情景を窺う挿話が削られた。単行本本文では種彦の台詞をも侍の言葉に改めて威儀を正しているが、国貞が芭蕉の句を口ずさむことなども含めて、種彦以外の人物から俗の要素が取り去られ、結果的に門人たちと種彦の距離はむしろ近接したと見てよいだろう。

前述の通り、本作はしばしば「ささやかな抵抗」(伊藤整)のモチーフを読まれてきた小説だが、初出本文の段階では禁令を怖れつつ、どこか「繁昌」の享楽に打ち興じる人々にも同調しえぬ種彦の二面的なありよう、武士と戯作者という二つのステイタスの葛藤や交錯に、力点が置かれていたのである。本文改訂の操作に、江戸空間や戯作者の姿を〈正確〉に描き出そうとする志向があることはまぎれもない。さらに単行本本文が種彦の葛藤を老残の感懐へと溶かし込んでいることにも後述するように理由があるが、しかしその結果として失われたものがあることもまた確かである。種彦の懊悩の起点となる、遠山左衛門尉景元の言葉を見ることにしよう。

遠山は〔略〕太平の世は既に過ぎ恐るべき外敵は北境を犯さうとしてゐる今日、世は上下とも積年の病弊に苦しんでゐるさまを観ては、われ人共に徳川の禄を食むもの、及ばずながら其れ〴〵一廉の御奉公を致さねばなるまいといふ武士の赤心を見せ、此度上下御倹約の御触が出た其の本旨のある処を説明して、町人どもの誤解を招かぬやう、其れについては下民の情には殊更通暁してゐる足下等は、それ〴〵陰ながらお上の御趣意を助けるやうにとの事であつた。（二）

単行本では右の引用の末尾、「下民の情には殊更通暁してゐる足下等は」云々の文言が削られている。遠山の言葉は種彦を「陰ながらお上の御趣意を助ける」べき存在として位置づけているわけで、おそらく旗本にして戯作者である種彦が小説の主人公に選ばれたことの理由の一つはここにあった。「三田文学」掲載作である本作の主人公に慶應義塾教授としての荷風を重ね合わせて読むことは当時ごく自然な読み方だったと考えられるが、種彦に荷風を読む場合も、そうでない場合にも、初出『戯作者の死』に指導者の逡巡が書きつけられていることは動かない。改革を非常の施策として捉えた遠山の言葉は、ひとしく「戯作者」であるはずの人々を「武士」と「町人ども」へと分かつものであり、虚を衝かれた種彦は「子供の時から耳に胼胝のできるほど」聞かされ、内面化した「武士の赤心」「武士《さむらい》の心得」を突きつけられる。改革に対する種彦の内面は、「画工が絵をかいて身を滅ぼすなア、仕事師が火事場で死ぬのも同然。なに悔むこたア無えのさ」（二）と叫ぶ国貞や「手前共にやどうもお上の御趣意が分りかねますね」（四）と述べる弟子達とは異なり、戯作者としての意識と改革への理解との相剋の場として描き出されているのである。

本作の依拠資料を検討するかぎりでも、こうした内面の創出は意図的な方法であったと考えられる。本作の典拠についてはじめて詳細な探査を行い、作中の記述が『武江年表』に多く拠ることを指摘したのは中村幸彦だった。(6) 中村の論は作中の天保期風俗にまで及んだ詳細かつ具体的な調査だが、荷風の物語創出がどのような視角から行われていたのかという点、つまり本作の時代認識の問題を探るためには、さらなる探索が必要であるように思う。この際手がかりとなるのは、大正二年三月一一日付、黒田湖山宛荷風書簡である。

拝呈梅花の候と相成候小生も此頃は追々に頭もよくなり「戯作者の死」もやつと書上げ申候。御拝借仕候水野様伝記大に参考と相成申候。〔後略〕

「水野様伝記」は、角田音吉『水野越前守』（明治二六年二月、博文館）を指すと考えられる。初出本文が、『田舎源氏』の版元鶴屋喜右衛門を鶴屋嘉右衛門とする該書の誤記を踏襲していることが根拠である。『水野越前守』には本作が改革中の事件として挙げた挿話がほぼ全て備わるだけでなく「遠山景元の逸事」をも記載する点、『武江年表』と並ぶ根本資料であった可能性もある。

『武江年表』『水野越前守』とともに挙げられるもう一つの依拠資料は宮武外骨『筆禍史』（明治四四年五月、雅俗文庫)。本作冒頭部分に記された寛政改革に関わる事項のうち、「豊国が絵本太閤記の挿絵の事から〔略〕遂に入牢に及んだ」という記述は前掲中村論にも指摘がある通り厳密には「挿絵」ではなく「錦絵」だが、これを「挿絵」と表す資料は本作の他に『筆禍史』のみである。(7) 天保改革に関する事項の記述は『武江年表』他の通史とほぼ同様であるものの、寛政改革に関する記述(英一蝶や京伝手鎖の件)や国芳の諷刺画の件は『筆禍史』によるところが大きい。

両書の資料的特徴は、改革の通史を記す『武江年表』とは異なり、天保改革に対する評価をそれぞれ明瞭に示していた点に存する。しかもその評価は双方相異なるものであった。改革を悪政と捉える外骨の見方は「筆禍」の語にあきらかだが、『水野越前守』の趣旨は、むしろ水野忠邦の改革を「先見の明」として評価することにあった。

忠邦か先見の明ありし事は前後施為たる事業に由りて之を推すことを得べし〔略〕着々皆当時の要務にして外侮を禦き内備を完ふする是より急なるはなし世人忠邦か節倹を強行せしめたることを知りて其節倹は武備振張の為に出てしを知らさるもの多し

「忠邦の如きは亦半途にして敗れたる者の一」とも述べる角田は、天保改革を不幸にして挫折した外交経済政策と捉え、挫折によって隠された「英雄の微旨」を明らかにしようとする姿勢を、全篇にわたって貫いている。『水野越前守』の刊年は本作の時期からやや遠いように見えるけれども、天保改革を対露政策の一貫として捉える認識は日露戦争を通過した明治末の国家意識においてかえって強い喚起力を持っていたはずで、(8) 先に見た一節で遠山が「外敵は北境を犯さうとしてゐる今日」と述べていたことも偶然ではない。『戯作者の死』には、『水野越前守』におけるこうした改革への評価を武士の眼から見た忠誠の言葉へと変換しつつ、「筆禍」を受ける戯作者・種彦の内部における二つの時代認識の齟齬として示す構成意識を読むことができるのである。

種彦の意識を食い破ってもう一つのドグマが浮上する無意識の劇――そのように主人公の内面を作り出した初出段階の本文が、戯作弾圧の実状よりも戯作者の想念を多く描く本作の構成に釣りあうものでもあることを指摘しておきたい。本作は、種彦が書斎にこもり、戯作者と戯作の内実に思いをめぐらせる場面をくりかえし描く。種彦の物思いは、「未練らしく首を延し」て「机の上なる草稿を眺めや」(三)る戯作者の意識を「武士の赤心」が睨み据える構造のなかで、あくまでも揺れうごくもの、「一種云ひやうのない苦しいやうな、切ないやうな、気恥しいやうな心持」(二)として描かれるのである。単行本では遠山の言を受けた種彦が「そも〳〵自分から意識して戯作者となりすました己れの現在」を顧みる一節が加わっているが、こうした種彦の冷静なまなざしが届かないところで膨れ上がる想念の側にこそ本作の初発のモチーフがあるのだとするなら、姿勢を決しえぬ種彦像が意味するものはさらに詳細な検討を必要とするだろう。

三　二つの秩序

見廻せば八畳の座敷狭しと置並べた本箱の中の書籍は勿論、床の飾物から屏風の絵に至るまで、凡て偐紫楼と自ら題したこの住居のありさまは自分が生れた質素な下谷御徒町の組屋敷に比べて、そも何と云はうか。

身に帯びるそれも極く軽い細身の大小より外には、物の役に立つべき武器とては一ツもなく、日頃身に代へてもと秘蔵するのは、古今の淫書、稗史、小説、過ぎし世の婦女子の玩具、傾城遊女の手道具類ばかり。（二）

船遊びから戻った種彦が修紫楼のなかで回想に耽りはじめる場面である。語りはあえて種彦を「うつら〳〵と」した無気力状態に陥らせ、門弟たちとの交歓という戯作者本来のありかたから種彦を遠ざけることで、修紫楼を孤独な想念の展開する場へと変貌させている。座敷に置かれた書籍や飾物が「自分が生れた質素な下谷御徒町の組屋敷」との差異において意味を浮かびあがらせるものであることはいうまでもない。武士の意識を呼び覚まされつつ過去を思い返す種彦の視線は、室内の眺めを、実際以上に豪奢なイメージのもとに描き出す効果を持っているのである⑨。

ここで、戯作者の享楽と武家の倫理との桎梏が、あくまでも言葉ないし統辞の対立のなかに立ち現れている点に注意したい。修紫楼のなかのモノを羅列する文体（「書籍は勿論、床の飾物から屏風の絵に至るまで〔略〕古今の淫書、稗史、小説、過ぎし世の婦女子の玩具、傾城遊女の手道具類」）は、それらを「物の役に立つべき武器」や「組屋敷」と対比する言葉があってこそ意味を結び、修紫楼の内景をいっそう豪奢に描出する効果を持つのである。こうした二種類の言葉の相互干渉は、たとえば種彦が戯作者に身を転じた頃を思い返す箇所にも見ることができる。

芝居帰りの廿歳の夜、野暮な屋敷の大小の重苦しさを覚えて以来、御奉公の束縛なき下民の気楽を羨み、いつとしもなく身を其の群に投じて茲に早くも幾十年。（二）

ここには小唄を思わせる一節（「芝居帰りの廿歳の夜」「野暮な屋敷の大小」[10]）と「下民の気楽」という小唄ではありえない語彙とが同居している。身を「下民」の「群に投じ」る、という選良意識にみちた表現が過去を堕落として規定する一方、戯作者生活の追憶を小唄めいた語彙で彩る文体が「早くも幾十年。」と余韻を持たせつつ享楽を印象づける構造である。[11] 以下、戯作者としての過去をめぐって展開する追憶の叙述は一文を句点で切ることを避けるかのような長いセンテンスを持ち、「そも何と云はうか。」「戯作のかず〳〵。」「ばかり。」「何としやう。」など、体言止め、ないし意味の定着を避ける助詞や副助詞を文末詞に選ぶ。イマージュが連鎖してゆく追憶の構造にふさわしいこの文体は、戯作者を武士の道から外れた存在と決めつける言葉との不調和を伴いながら、本作における戯作と戯作者の意味を少しずつ変奏してゆくのである。たとえば種彦の言葉が語る、心中物語への憧れ。

身の上知らず遊び歩いてゐた其の頃には、どういふ訳か、人の道を忘れた放蕩惰弱なものゝ厭しい身の上が、入相の鐘に散る花かとばかり美しく思はれて、われとても何時か一度は無常の風にさそはれるものならば、今も猶箕輪心中と世に歌はれる藤枝下記、又歌比丘尼と相対死の浮名を流した某家の侍のやうに、せめて刹那の麗しい夢に身を果してしまつた方がと、折節に聞く宮古路が一節にも、人事ならぬ暗涙を催した事も度々であつた。（二）

回想主体である種彦は始め「人の道を忘れた放蕩惰弱なものゝ厭しい身の上」と心中譚を突き放しているけれども、語りが引用の連続によって示してゆくのはむしろ、種彦における放蕩への憧れが現在からの意味づけを踏みこえて形象化される様ではないだろうか。とりわけ種彦自身の「入相の鐘に散る花かとばかり美しく思はれて」という言葉がもつ形象性は、死にゆく者たちの行為に壮麗なイメージ――この語が謡曲『三井寺』や『道成寺』の詞章にも引かれた能因の歌によることを参照するまでもなく、語の喚起する輝かしい映像によって明らかであろう――を付与する。さらに「無常の風」の語が用いられることで、心中という行為には既に定まった虚無へと歩みを進める、いわば典雅な快楽といった表情が刻印されていると言えよう。

この引用の操作は心中物語そのものの内容に改変を加えてもいる。右に挙がる二つの心中物語のうち、歌比丘尼と侍の物語は明示されていないが[12]、「藤枝下記」の挿話は岡本綺堂『箕輪心中』（明治四四年五月「演芸画報」、同年一〇月、明治座初演）によって、明治期にも知られていた。たとえば綺堂の劇が愛と栄達との間で心中を選ぶ男の物語であるのに対し、種彦の言葉における箕輪心中には、男女の愛のモチーフが薄い。心中は、あくまでも「刹那の麗しい夢に身を果」たした男、すなわち快楽と死の幻想を完遂しえた男の物語として現れる。二つの心中譚が宮古路節とともに回想される点は象徴的であって、種彦の心中譚への憧れは物語のなかの愛欲への憧れであるより、心中を語る様式への憧れとして構成されるのである。

物語を逸脱と捉えるまなざしが逸脱のうちに見出す、もう一つの秩序――本作における天保期の江戸のそこかしこに、異国情緒を思わせる細部が配されていることを見逃すべきではあるまい。ここに引用を通じて編み上げられているのは様式的な放蕩とも呼ぶべき秩序だった快楽への憧憬なのであって、様式の根拠は種彦自身の戯作『偐紫田舎源氏』をめぐる言葉に求めることができる。

偐紫田舎源氏の著者は、光源氏の昔に例へて畏れ多くも大奥の秘事を漏したによつて、必ず厳しいお咎めに

なるであらうとの噂が頗る喧しいのであつた。（一）

種彦自身が「己れがまだ西丸の御小姓を勤めてゐた頃」の「記憶の夢」と述べている点を見ても、『田舎源氏』を大奥の内幕に材を取った作品として示そうとする語りの志向はたしかである。右の引用に伝えられる風聞は明治末年に『田舎源氏』をめぐって繰りかえし語られた説を巧みに織り込んだものでもある[13]。

ただし本作における種彦の言葉は、たとえば頼光の絵を描いて時世を諷したとされる一勇斎国芳の挿話とは異なり、『田舎源氏』を腐敗の暴露や諷刺といったニュアンスで語る風聞の言葉とは微妙に齟齬している点に特徴がある。「噂」が「畏れ多くも」「厳しいお咎めになる」等の現在の制度に囚われた語彙を用いるのに対し、種彦の回想は戯作の物語世界について「若い美しい世界」「華やかな記憶の夢」というやわらげた表現を用いていた。

それ〔『偐紫田舎源氏』〕は実に文政の末つ頃、ふと己れがまだ西丸の御小姓を勤めてゐた頃の若い美しい世界の思出されるまゝに、其の華やかな記憶の夢を物語に作りなして以来、年毎に売出す合巻の絵草紙（三）

自分を育んだ文化文政時代をなつかしんでさえいる種彦の言葉が示すのは、『田舎源氏』が文化文政期の政治世界——角田『水野越前守』によれば天保改革が顚覆しようとしたもの——を前提として描かれている様である。ここで本作における『田舎源氏』は風聞のなかの『田舎源氏』からはもちろん、現実に書かれた『田舎源氏』からも離れる[14]。回想内の『田舎源氏』は、デカダンスこそが秩序であった時代の記憶を広めてゆく書物として指し示されるのである。回想のなかで、種彦はこうして作り出された幻想の使徒として現れる。

心なき世上の若者、淫奔なる娘の心を誘ひ、猶それにても飽き足らず、是非にも弟子にと頼まれる勘当の息子達からは師匠と仰がれ、世を毒する艶しい文章の講釈、遊里劇場の益もない故実の詮議、今更にそれを悔やんだとて何としやう。(二)

種彦は注釈や考証といった営為さえも「世を毒する」「益のない行為」であると指弾するのだけれども、先に確認した通り右の言葉には現在からのバイアスがあると見て良い。種彦の営為を無用のものとして数え上げる言葉は「艶しい文章」や「遊里劇場の詮議」を行い門弟を持った種彦の過去を通じて、「大奥」を震源とする頽廃の体系が作りあげられ具現化する様を浮き彫りにしてみせているのである。

本作が描く戯作と戯作者は、体制からの逸脱によって抵抗の象徴となるといった英雄、あるいは犠牲者では必ずしもない。むしろ秩序から逸脱した存在を描くように見える本作は、戯作者がもう一つの、現在から見ればたしかに「病弊」なのだけれどもかつては確かに存在理由を持った秩序に属していた様を描き出してみせる。政治の主調音が頽廃であった時代の頽廃した芸術。弾圧する者たちと弾圧される者たちの関係を二つの時代意識の相剋として描き出す本作は、戯作さえも一つの価値体系のなかに属するものであるという認識を透かしみせるのである。

ただし本作における引用の氾濫ぶりが示すように、本作における幻想の生成は、二つの制度を等分に見渡すといった醒めた相対主義に由来するものでは断じてない。むしろ戯作幻想とそれを「積年の病弊」と捉える意識との乖離は、双方の論理に肉薄し抜きがたく囚われてしまっている種彦の造型を通じてはじめて描きうるものであった。一例として、種彦の幻想が戯作の流通のなかで純化してゆく様を見ることにしよう。

老朽ちて行く此の身体とは反対に、年と共に却て若く華やかになり行く我が文名をば、さしもに広い大江戸は愚か、三ヶ津の隅々までに喧伝せしめた一代の名著（五）

戯作に関する言葉には多く「夢」の語が用いられる（「華やかな記憶の夢」「思出の夢」「追憶の夢」「空しい痴情の夢」）が、戯作のなかの種彦のイメージは常に「日毎に剃る月代もまだその頃には青々として美しく、すらりとして丈高く」、まさしく夢のように若い。回想中の現在にあって種彦の眼の前に置かれた著作は確固として存在する書物の形によって種彦の意識の奥深くに食い込み、頽廃の時代の記憶を強く喚起してゆくのである。

種彦の老いのなかにある奇妙な若さを冒頭に描いた単行本本文には、こうした幻想の非時間的な増殖ぶりへと読み手の注意を喚起する効果があると言えよう。しかし綿密な本文修訂の操作によってもなお、種彦が戯作者であることに対して覚えたよそよそしさを拭いさることはできなかった。いずれの本文においても、種彦のモノローグ後半部で描かれるのは種彦の意識の亀裂の広がりなのである。語りは種彦が自作を他人の著作のようにうち眺めていると述べる。

何一ツ将来に対して予期する力のなくなつた心の程のいたましさは、己が書斎の書棚一ぱいに飾つてある幾多の著作さへ、其等は早何となく、自分の著作といふよりは、寧ろ、既に死んでしまつた或る親しい友人《ともだち》——其の生涯の出来事を自分は尽く知り抜いて居る親しい友人の遺著であるやうな心持がする。（五）

眼の前の書物はまぎれもない自身の著作として過去の幻想を誘う一方、それがどこか自分のものとは思われなくなってしまった現在の位置を炙り出してもいるのである。『戯作者の死』は種彦の「何一ツ将来に対して予期する力のなくなつた」無気力な心をスクリーンとして、この乖離を未解決のままに展開してゆく。

著作の全部をば、一冊々々取出して読み返しつゝ、あゝ、この双紙を書いた時分には何をして居た。あゝ此の物語を書いた頃には自分はまだ何歳であつたかと、徒に耽る追憶の夢の中に、唯うつら〳〵とのみ其の日其の夜を送り過した。宛ら山吹の花の、実もなき色香を誇るに等しい放蕩の生涯からは空しい痴情の夢の名残はあつても、今にして初めて知る、老年の慰謝《なぐさみ》となるべき子孫のない身一ツの淋しさ果敢さ。それを堪へ忍ばうとするには、全く益もない過去の追憶に万事を忘却するより外はない……。（五）

語りは自作を読む種彦のうちに、二重の意識を同時に現出してみせる。「山吹の花」の比喩は「放蕩の生涯」に横溢する生命力のイメージを与えつつ、「実もなき色香」という限定によって「子孫のない身一ツの淋しさ果敢さ」、老残の孤独を導き出す。自作を再読する種彦の身振りはかつての「夢」をいくたびか反芻するのだけれども、その際にも「追憶の夢」の語に「痴情の夢」の語が重ねられる点に、語られざる変質を見ることができよう。修辞の技法は、甘美な幻想に浸ろうとする言説と老いの寂寥をかこつ言説がすれ違う様を表現することに捧げられているのである。

『戯作者の死』は、「世は上下とも積年の病弊に苦しんでゐる」様を理解する言葉と、戯作が体現していたデカダンスの美学に身を浸す言葉とを並列的に展開しつつ、双方の言説が結果的に機能不全に陥ってゆく様を描き出す。種彦の追憶はたしかに戯作をめぐる幻想の強度を高めているのだけれども、種彦の想念の展開に従って描き出されてゆくのは、過去の幻想と現在の制度とのあいだで引き裂かれた言葉の乖離状態である。

江戸の引用を通じて戯作者のイメージを操ってゆく『戯作者の死』の手つきに弾圧への反感や戯作への擁護のみを読みとる理解は、おそらく本作の持つもうひとつの面を取り落とすことになるだろう。種彦の独白の特徴は、改革と戯作の間で板挟みになった種彦の意識を通じて、弾圧する者と弾圧される者、双方の言葉が挫折してゆく様を描いた点にある。改革への諷刺は、同時に改革をめぐる言葉をも批評の射程に収めているのである。

四　夢の意味

前節までに見てきた種彦の想念の構造は、第六章以後、一度影を潜めるように見える。たとえば問屋株の廃止に起因する柳絮とお園の心中事件は、改革下にいかに身を処すべきかという問いを種彦に突きつけるものであるはずだが、「歩いて行く中には何とか、よい考が出るかも知れぬ」と散歩をはじめた種彦は「何時ともなしに［略］安楽な逸民であると云はぬばかり、知らず〳〵いかにも長閑な心になつてしまふ」（六）。

「今更にこと〴〵しく時勢の非なるを憂ひたとて何にならう」と問題を放棄し、「お上にはそれ〴〵お歴々の方々が居られる」のだから「われ〳〵は［略］いつ暮れるとも知れぬ長き日を、われ人共に、夢の如く送過すのが、せめてもの御奉公ではあるまいか」（六）と独りごちる種彦の像に、作品論理の弛緩を見る見方はありうるだろう。ただし語りが後半でも「さすがに心の憂苦を忘れ果てると云ふではないが」・「知らず〳〵いかにも長閑な心になつてしまふ」（六）といった表現で種彦の「長閑」なありかたを相対化している点は、なお注意されて良いのではないだろうか。無気力な心に映し出された言葉のすれ違いは、見失われてはいない。そのことを示しているのが、散歩から戻った種彦の、夢の場面である。

「怪し気なる夢の世界」において種彦が見る様々な幻影は、作中に引用された国芳の「頼光土蜘蛛の図」のなかの形象とも類似する箇所がいくつかあるが[15]、ここでは先行する書物や芝居の所作から、コンテクストを取り出しておきたいと思う。まず、「大きな橋」を渡ろうと走り出す種彦の袖を橋袂に縛りつけられた柳絮とお園の口がくわえて引き止める場面は、怪異譚の「袖くわえ女房」の話型に似る[16]。荷風がこの話を何によって知ったか定かではないが、次に見る通り山東京伝の逸話が利用されていることを考えるならば、京伝『敵討《かたきうち》衛《ちどりの》玉川《たまがは》』（文化四［一八〇七］年蔦屋重三郎板、北尾重政画）中、生首が「盗人」黒瀧雲八の袖に食らいつく場面を挙げることができるかもしれない。それと気づかずに二人の首を切り落とした種彦が「二つの首級《くび》を交々に抱上げ、活ける人に物云ふ如く詫び」る場面は、九代目団十郎の腹芸で知られる『松栄千代田神徳』中、信康の首に語りかける家康の所作などを思わせる。「孤を抱えた夜鷹の群が雲霞の如くに身のまはりを取巻いてゐて、一斉に手を拍つて大声に笑ひ罵る」箇所は、依田学海『譚海』中「京伝」が伝える、『絞染五郎強勢談』で夜鷹をグロテスクに描写した山東京伝を、夜鷹が責め「慢罵嘲謔」したという逸話[17]。「夜鷹の顔が、どうやら皆一度はどこかで見覚えのある女のやうに思はれた」は、西鶴『好色一代女』「皆思はくの五百羅漢」の挿話を利用していようか[18]。

ほうほうの体で河岸にたどり着いた種彦が七代目海老蔵に出会う場面で、海老蔵が保存を願い出る「珊瑚、ぎやまんの類、又は古人が一世一代の名作と云はるゝ細工物」についての記述は三島屋児「近世名優伝」（一九一〇

［明治四三］年四─一二月「演芸画報」）の「舞台に於ては、珊瑚の珠をつけた衣裳や、ギヤマンの燈籠などを使ッたと伝へられてゐる」という所伝と合致する。また海老蔵に「御殿女中と町娘と芸者らしい姿した女」が「しなだれ掛つてゐ」る情景は、角田音吉『水野越前守』に「三ヶ所の別宅に妾三人を分ち置といふ」とあるところからの連想で、人情本風に身分を振りわけたものであろう。海老蔵の場面の直前に想起される「紀文が盃流しの昔」は大田南畝『仮名世説』（一九〇八［明治四一］年一一月、国書刊行会『新燕石十首　蜀山人全集』第三巻所収）等に記載、海老蔵の屋根船が岸を離れた後、水辺に「またしても怪し気なる女の姿が、幾人《いくたり》と知れず彷徨ひ出で、何とも云へぬ物哀れな泣声を立て」る泣き女のエピソードは、水辺と女の取り合わせ、さらに〈子〉と〈宝〉との比喩的な互換関係から、産女の説話を連想させる。⑲

もっともこれらの物語が明示的に引かれてはおらず、これらの挿話自体が世上に流布していたとも言えない以上、夢の意味するものは小説の記述そのものから解き明かされなければなるまい。そのように見るとき、夢に描かれた幻影の群れが、種彦が戯作者であった日々経験し描いたものでもある点が注目される。聖なる書物を開いたとたん異端の幻影に惑わされはじめる聖アントワーヌの挿話よろしく、悪夢となって種彦に襲いかかるのは、かつて種彦が戯作者として生み出したイメージの群れなのである。あやまって柳絮とお園の首を切り落としてしまう場面にも、「心なき世上の若者、淫奔《いたづら》なる娘の心を誘」い「勘当の息子達からは師匠と仰がれ」た種彦が、戯作者としての過去をつきつけられる構図を読み取りうる。

戯作に復讐される戯作者──こうしたモチーフが最も鋭く展開するのは、夢のなかに海老蔵が現れ、禁令によって失われつつある宝を守るよう種彦に願い出る対話の場面であろう。

わが国は無論、唐天竺和蘭陀に於きましても、滅多に二つと見られぬ珊瑚、ぎやまんの類、又は古人が一世一代の名作と云はるゝ細工物に至りましては、いかにお上の御趣意とは申ながらむざ〳〵と取壊されるがいかにも無念で相成りませぬ。人の生命《いのち》には又生替《いきかへ》る来世とやらも御在ませうが、金銀珠玉の細工物は一度破るれば再び此世には出て参りませぬ。（八）

「金銀珠玉の細工物」を、ただちに戯作の比喩と取ることは早計に過ぎるとしても、「わが国は無論、唐天竺和蘭陀に於きましても」の一言にジャポニズムへの目配りが利かせてあることを考え合わせれば、改革によって「取壊される」もののアレゴリーとして読むことは許されよう。海老蔵は夢のなかで、遠山左衛門尉とは正反対の形で、種彦に改革と芸術家の関係を問いかけている。「一度破るれば再び此世には出て」こない宝玉が「人の生命」よりも重要だとする夢のなかの言葉は、現実において「治る御世の楽しさを、歌にも唄ひ、絵にも写して〔略〕夢の如く送過」そうとしはじめた種彦に、ときに命を賭して芸術を守ろうとする芸術家のイメージを差し向けるのである。

しかしこの意識の最深部においてさえ対話や議論のドラマを描き出そうとはしなかった点にこそ、本作の最も深いモチーフが存していたように思われる。種彦はあくまでも「まア〳〵暫くと声を上げ、岸の上をば行きつ戻りつ」するだけの存在として描かれ、海老蔵の言葉は夢の展開のなかで置き去りにされてしまうのである。

わが佇む地の上は一面に、踏砕かれた水晶、瑪瑙、琥珀、鶏血、孔雀石、珊瑚、鼈甲、ぎやまん、びいどろ杯の破片を以て埋め尽されてゐるのだ。そして一足でも歩まうとすれば、此等の打壊された宝玉の破片は、

身も戦慄《おのゝ》かるゝばかり悲惨な響を発し、更に無数の破片となつて飛散る。(八)

ここに芸術が「打壊され」ることへの怨嗟のみを読みとってはなるまい。「宝玉の破片」が散乱する光景は、状況に対して態度を決定しえぬ種彦自身によって現出している。夢が無意識の幻想を何ほどか明かすものであり、とりわけ明治後期においては人物の職業にまつわる〈業〉の表現として用いられたこともあったとするなら[20]、ここには種彦の意識せざるグロテスクへの願望さえ、窺うことができるのではないだろうか。

本作は芸術を抑圧する側の言葉にも、芸術至上を語る言葉にも、決して作品論理を決することはない。本作の結末部における表現に賭けられていたのも、種彦の位置をどこまでも宙づりにしつづけてゆく試みであった。

抑も柳亭先生は昨夜の晩おそく、突然北町奉行所よりお調の筋があるにより、今朝五ツ時までに通油街絵本問屋鶴屋喜右衛門同道にて、常盤橋の御白州へ罷り出よとの御達しを受けた。それが為めか、あらぬか、先生は今朝病中の髪を結直して居られる時、突然卒中症に襲はれ、

散るものに極る秋の柳かな

と云ふ辞世の一句も哀れや、六十一歳を一期として、溘然この世を去られたとやら。(九)

種彦の死の真相は「それが為めか、あらぬか」という推定によって巧みにぼかされ、「この世を去られたとやら」という伝聞表現によって曖昧にされる。種彦が呼び出しを受けた上で死した事情については、死の当時から様々な風説があり、前述した『水野越前守』や『筆禍史』にもその幾つかが載せられているが、『戯作者の死』はそ

れらの説のいずれからも微妙に距離を取るのである。

この結果、読者には、「御達し」の直前まで「相も変らずおのが戯作のあれこれをば、彼方を一二枚、此方を二三枚と読返」していた（八）種彦の姿だけが残される。種彦の報を聞いて走り出す種員は「秘密出版の草稿に流れる涙を押し拭つて走り出」す（八）のだが、種員の原稿が決して「戯作」とは呼ばれない点にも留意しておきたい。語りは「御達し」と種彦の死の内実を一義的に決定しないことで、戯作が「秘密出版」へと堕してしまうことを避ける。種彦の死が最後に照らし出すのは、わが身を死に至らしめる滅亡のイメージが、ぎりぎりまで種彦を誘いかけていた様なのである。

五　小説の位置

以上『戯作者の死』を、制度の言葉と戯作をめぐる言葉との間で引き裂かれる男の物語として読んできた。本作が幾つもの引用によって作りあげた戯作と戯作者のイメージは、体制によって抑圧された弱者の言葉であると同時に、現在の制度とは異なる、もう一つの秩序に属するものとして表象されている。このように戯作をめぐるイメージをつくりあげることによって、二つの言葉が解決点を見出すことなくすれ違いつづける言説構造は、改革に関する言葉が説得力を持ちえない言語状況を描き出すのである。

不完全な言葉が行き交う場として〈小説〉を演出してゆく、語りの膂力——思うに、政治をめぐる言葉が一方の主張を是とし、論争的な言葉で語られるかぎり、言葉は状況からついに自由ではありえない。異なる立場の対話や衝突を描くのではなく、相互の言葉の決定的なズレを浮き彫りにしてゆく本作の方法は、政治変動下の言葉が社会参加という機制を対象化する、一つの方策を示しているのではないだろうか。

この点に関して、本作を『かのやうに』をはじめとする、鷗外の歴史にかかわる小説群と比較しておきたい。「かのやうに」の哲学を友人綾小路に説明しようとする五條秀麿は、神話を扱う歴史家の態度を説明するにあたって小説と神話の相違に触れていた。

小説は事実を本当とする意味に於いては嘘だ。併しこれは最初から事実がらないで、嘘と意識して作つて、通用させてゐる。そしてその中に性命がある。価値がある。尊い神話も同じやうに出来て、通用して来たのだが、あれは最初事実がつた丈違ふ。(『かのやうに』明治四五年一月「中央公論」)

「これが小説なら、わたくしは只さうだと書いて、上の如く辞を費さぬであらう」(『都甲太兵衛』大正六年一月一日―七日「東京日日新聞」)とも後に書くことになる鷗外のテクストは、時折、小説の虚構性をあえて強調しつつ歴史との差異を際立たせる場合がある。結果としてこれらの作品群は「西洋の諺に二つの床の間に寝ると云ふ」(同)言説構造を演出していて、たとえば五條秀麿の言葉がそうであるように、「歴史離れ」と「歴史其儘」という語について語った随筆がそうであるように、二つの言説を折り合わせることは決してない。いかにも事実であるように見えるひとつながりの事象を取り扱いうるジャンルなど果たして存在するのか、あるとすればそれは何か。明治三〇年代に発する鷗外の歴史への取り組みは、そうした言葉そのものへの問いかけを発してもいたのである。

このように見るならば、小説の中に小説と歴史との齟齬を作り出す鷗外と、戯作者の言葉と制度の言葉との差異を小説に描く荷風とは、同じ問題意識を共有する書き手として捉えることができるのかもしれない。一方が博物学的なジャンル認識によって、一方が引用の技法によって言葉のすれ違いを作り出し、ともに解決しえぬ問題のありかを示した小説である、といった具合に。この章の冒頭に触れた平出修『未定稿』が主人公の言葉を法律家と小説家の間で揺らぐ存在として設定することも合わせて、『戯作者の死』を鷗外の文学圏のなかに見ることはおそらく不可能ではない。

しかしながら、種彦の虚脱のなかに相反するヴィジョンを描き込んだ『戯作者の死』と、自嘲を含みながらも「かのやうに」の哲学について「前途に光明を見て進んで行く」と繰りかえし述べる秀麿を描いた『かのやうに』との差異もまた、見のがすことのできないものではある。種彦のうちに展開した二つの言葉は、種彦――あるいは種彦の言葉を操る主体――が「何一ツ将来に対して予期する力のなくなつた」状態に陥り、鷗外のいうéditeur（『津下四郎左衛門』大正四年四月「中央公論」）の位置から降りることによって、より双方の限界を明瞭にする構造を持っていた。鷗外小説が他のジャンルとの衝突を通じて〈小説〉という言説領域を動かし、制度を語りうる言葉のありかを模索しようとするのに対し、『戯作者の死』はそうした言葉の統合の可能性を放棄した地点から出発している。しかも制度への肉薄を一度放棄し、弾圧への逡巡と逸脱へのおののきばかりを語るように見える『戯作者の死』には、その不完全な〈小説〉空間の形態によって、制度をめぐる複数の言葉を視野に収めうる場、より広角な批評の視座を獲得する契機があったように思われるのである。

もちろん、鷗外におけるこうした言説の分割と再統合のゆくたてについては、次第に比重が大きくなる史伝小説の文体についての再検討が必要であろう。荷風が『戯作者の死』において示したような批評の両面性もまた、作家の江戸への傾斜にしたがって失われてゆくものであったことは、『戯作者の死』の分裂が『散柳窓夕栄』の駘蕩たるデカダンスへと改訂される過程が端的に示している。したがって両者の差異、あるいは荷風自身の初発の表現に過剰な意味を与えることは、大逆事件以後の歴史の展開、しかもその一部分を拡大することでしかないのかもしれない。

ただ、少なくとも荷風小説のより大きな展開を眺め渡そうとするかぎりにおいて、『戯作者の死』が見せたわずかな表現の歪みが貴重な示唆を与えてくれることもまた事実である。状況の批評から、状況を語る言葉の批評へ――荷風小説にとっての江戸は、逃れゆくべき避難所でも、時世を誹るエチカでもついにない。おそらく自家全集の校訂作業に取りかかる時期にいたって、荷風小説は再び、状況を語る言葉が呈する諸問題に直面するだろう。そのとき荷風小説は、江戸趣味の崩壊ぶりを物語化してゆく方途をあらためて模索しはじめることになるのである。

第五章　文　体――『雨瀟瀟』

一　「デアル」の位置

『雨瀟瀟』（大正一〇年三月「新小説」）には、作中に設定された書き手「私」が自家の文体論を展開する箇所がある。横井也有『鶉衣』の文体を絶賛する「私」は、同時に「現代小説の定形の如くなつた言文一致体の修辞法」への嫌悪を露わにしていた。

このであるといふ文体については私は今日猶古人の文を読み返した後なぞ殊に不快の念を禁じ得ないのデアル。私はどうかしてこの野卑乱雑なデアルの文体を排棄しやうと思ひながら多年の陋習遂に改むるによしもなく独り空しく紅葉一葉の文才なきを嘆じてゐる次第であるノデアル。（傍点原文）

「であるといふ文体」を厭う言葉には、自らが生きる時代への否定的態度を読むこともできるかもしれない。事実、「禁酒禁煙の運動に良家の児女までが狂奔するやうな時代」に倦んで「衣は禅僧の如く自ら縫ひ酒は隠士を学んで自ら落葉を焚いて暖むる」という境地に赴こうとする「私」の言は、現代からの逃避的傾向を見せてもいる。

しかし『雨瀟瀟』における文体の特徴は、右に示された文体論と「私」自身の文体実践が示す齟齬にこそあった。「古人の文」への憧れを表明する「私」は、一方でこの小説を「野卑乱雑」な「デアルの文体」によって書くのである。しかもその用法は、やむをえざる使用という域をややこえていた。

> 簾打つ風には悲壮の気満ち空の色怪しきまでに青く澄み渡るがまま隠君子ならぬ身もおのづから行雲の影を眺めて無限の興を催すもこの時節である。曇つて風絶れば草の花蝶の翼の却て色あざやかに浮立ち濠の面には城市の影沈んで動かず池の水溝の水雨水の溜りさへ悉く鏡となつて物の影を映すもこの時節である。（傍点引用者）

「である」は、二つの風景表現（「簾打つ～この時節」「曇つて～この時節」）を、対句のように縁取る。かつて荷風は「地の文の語尾」を「成りだけ同音の字で終らぬやうにしたい」と述べた（「小説の地の文の語尾」明治四二年四月一六日「国民新聞」）ことがあるが、そうした文章作法との齟齬を「私」の文に見てとることは難しくない。他に「一刻も早く眠りたいと思ひながらわけもなく思ひに耽ける思ひである。あくる日起きてしまへば何を考へてゐたのやら一向に思出す事の出来ない取留めのない思ひである」等、『雨瀟瀟』には、「である」の連続によって文にリズムを与える例を少なからず見るのである。

現代の絶望と江戸文化への憧憬を語る「私」の言葉がこうした表現によって語られているという事実は、本作の主題を考えるうえで重要な意味を持つように思われる。『雨瀟瀟』におけるこうした言表内容と形式の齟齬を、予期せぬ破綻ではなく、意識的な構成と捉えてみることはできないだろうか。「私」が「小説は西鶴美文は也有に似たものを一二篇なりと書いて見たい」と述べつつ下した、横井也有『鶉衣』への評を見よう。

鶉衣の思想文章ほど複雑にして蘊蓄深く典故に拠るもの多きはない。其れにも係らず読過其調の清明流暢なる実にわが古今の文学中その類例を見ざるもの。和漢古典のあらゆる文章は鶉衣を織成す緯となり元禄以来の俗体はその経をなしこれを彩るに也有一家の文藻と独自の奇才を以てす渾成完璧の語こゝに至るを得て始めて許さるべきものであらう。

「私」の論は、「元禄以来の俗体」（傍点引用者）を基調（「経」）としつつ、引用によって「和漢古典のあらゆる文章」を取り込んだ（「緯」）点を、『鶉水』への評価の前提としていた。作中に挟み込まれた文体論が、文体面に表出した時間意識の複層性（「古典」と「俗体」の交響）への注意を喚起していたのだとすれば、「である」への嫌悪を書き連ねつつ「である」を用いた作家の物語たる『雨瀟瀟』もまた、選び取られた営為として捉えることができるはずである。「私」の文もまた、「古典」を引用しつつ書かれていた。

彼岸前に袷羽織を着るなぞとはいかに多病な身にもついぞ覚えたことがないので、立つ秋の俄に肌寒く覚える夕といへば何ともつかず其の頃のことを思出すのである。

「立つ秋の俄に肌寒く覚える夕」は、『源氏物語』桐壺巻、「野分たちてにはかに肌寒き夕暮」を踏まえる。これを俳文に取り入れた例は、「いと〔ゝ〕しく虫の音しけくなりて、俄に肌寒しとは、けにふかくもかゝれたるかな」（禾葉「雨中の詞」蕪庵蟹守選『新選俳諧文集』所収、括弧内引用者補。引用は明治三四年六月、博文館、巌谷小波校訂『俳諧文集』による）。「私」の友人・ヨウさんは「旧派」の「俳人」だが、秋海棠が「西瓜の色に咲き乱れ」たというヨウさんの知らせを「私」が印象深く思い出す箇所にも、俳文脈の流入がある（芭蕉「秋海棠西瓜の色に咲きにけり」）[1]。本作が示すのは、こうした引用や模倣が示すはずの尚古主義を「デアルの文体」が絶えず現在へと押し戻してゆく、引き裂かれた文体様式であった。『鶉衣』に「読過其調の清明流暢」を読んだ「私」の論は皮肉な機能を示しているわけで、『雨瀟瀟』は、「和漢古典」を「デアルの文体」がリズミカルに隈取ってゆく「調」を基調とするのである。

荷風文学における端境期をなす時点で発表された『雨瀟瀟』には、しばしば心境小説の方法との類似が指摘されるけれども、ここには小説のなかで実践的な文体論に取り組み、自らの文体が意味するものを再確認してゆくモチーフが含まれている[2]。本章では、『雨瀟瀟』の表現を、異なる文体の桎梏を組織した前衛的な虚構の方法として評価するとともに、この文体様式によって呈示された小説の主題をあらためて検討しつつ、本作が持つ文体史上の意義を確認してみることにしたい。「言文一致体」や「古人の文」や「美文」「俳文」、漢詩、仏詩など、多様な文を作中に交錯させた『雨瀟瀟』の表現には、あえて季節はずれとも取れるような文体範疇を作品に持ち込むことによって得られる、アナクロニズムによる文体批評のモチーフを、読みとることができるのではないだろうか――こうした問題意識のもと、まずは書き手の「私」が、自らの文体を意義づけてゆく様を確認してみることにしよう。

二　引き裂かれた文体

書き手「私」は、小説冒頭に触れた「ある事件」――友人の彩牋堂主人（ヨウさん）が芸者小半を妾宅に囲い、江戸音曲・薗八節を保存すべく修業させるものの、小半が活動写真の弁士と関係したことを知り、暇を出す――を語る前に、自らの芸術家としての来歴を語りはじめる。

この話の順序について、菅野昭正に「中心に置かれているはずのその話［彩牋堂の「事件」］が、茫々とした位置風景として画面の奥のほうに埋めこまれているかのような、ある種の錯覚に似た感覚」を生んでいるという指摘がある（「『雨瀟瀟』の「私」――永井荷風巡歴（二二）」平成六年六月、岩波書店『荷風全集』月報二二）。この構図を踏まえた上で、ここでは「私」の経歴談が「中心に置かれているはずの」話に及ぼしている意味作用を考えることから始めてみたい。「私」の言葉には、ヨウさんと小半の「事件」が起こった時点のことを、明瞭なイメージのもとに語ろうとする志向が読み取れる。

> 私はその年の日記を繰り開いて見るまでもなく斯く明に記憶してゐるのは其の夜の雨から時候が打つて変つてとても浴衣一枚ではゐられぬ肌寒さに私はうろたへて襦袢を重ねたのみかすご〳〵夜の深けかけた頃には袷羽織まで引掛けたことがあるからである。（傍点引用者）

主語を二度用いる、破格に近い文のなかで、「記憶」を呼び起こしつつある現在の「私」と、「うろたへて襦袢を重ね［略］袷羽織まで引掛けた」「その年」の「私」、それぞれに主体の位置が与えられている。書くことを通じて、過去の「私」を現在の「私」から分節し、一人称の文に定着する操作と言ってもよい。この、やや過剰な主語の挿入によって、「その年」における「私」は、「明に記憶してゐる」という映像の明断さとともに、現在の自己とはやや異なる主体であるかのように現前するのである。

こうした明瞭な映像の印象にしたがって本作を読みすすめてみるとき、次第に浮かびあがってくるのは、「事件」をめぐる「私」の心理過程が作品から抜け落ちているという点であろう。「事件」の記述に先立って自らの経歴を語りはじめた「私」は、妻妾に別れた後「孤独の境涯」を送り、はじめ「寂寥悲哀の思」を「尽きせぬ詩興の泉」としていたものの、次第に「詩興更に湧き来らぬ」仕儀に陥り「憂傷の情こゝに始めて惨憺の極に到」ったという経緯を語る。これに対して、ヨウさんから事件の事情を聴いた「私」が、帰宅後、蚊帳の中で物思いに耽る場面を見よう。

一刻も早く眠りたいと思ひながらわけもなく思ひに耽ける思ひである。あくる日起きてしまへば何を考へてゐたのやら一向に思出す事の出来ない取留めのない思ひである。

「私」は小説冒頭で、ヨウさんの事件について「衣は禅僧の如く自ら縫ひ酒は隠士を学んで自ら落葉を焚いて暖むるには如かじ」と感じたと述べているのだが、この回想は実のところ、「事件」に対して不安定な時間関係にある。右の引用部分で「私」の心中に去来しているのは「一向に思出す事の出来ない取留めのない思ひ」である以上、「衣は禅僧の如く」以下の回想は事件から一定の時間が経過した後で加えられた感想であるはずだ。「その年」の記憶の映像がことさらに明瞭に示されていたこともまた、この〈語り残し〉を際立たせるものであったと考えられる。事件当時の「私」の心象は、語られぬままに終わっているのである。

このように本作の叙述をながめてみるとき、『雨瀟瀟』における事件の叙述のほとんどが引用によって占められている事実は、あらためて意義深いものとして見えてくるように思う。「私」は、事件をめぐる「私」の肉声を、一言も描いていない。事件に関する言葉は、「私」の書簡や書きかけの草稿、あるいは彩牋堂主人の書簡や台詞によって説明されていた。過去を語る「私」の言葉が二系列にわかれていることによって浮き彫りにされていたのが事件をめぐる心理の空白であったのだとすれば、ここには事件に立ち会った時点での「思ひ」を書かない――あるいは、書けない――自らの姿を示す語りの身ぶりを、読むことができるのではないだろうか。

引用の氾濫のなかに身を隠すようにして語る「私」は、事件の様相を言葉に定位できずにいる自らの姿を示していたのではないか。こうした仮説は、「私」自身が呈示している日記の記述によっても裏づけることができるように思われる。「憂傷悲憤の情」が極点に達した時点で書かれたという日記に示された文体観は、言葉の挫折が浮かびあがらせるもう一つの物語へと、読者の視線を誘う構造を持つのである。

> 久雨尚止まず軽寒腹痛を催す夜に入つて風あり燈を吹くも夢成らず。そゞろに憶ふ。雨のふる夜はたゞしん〳〵と心さびしき寝屋の内。これ江戸の俗謡なり。一夜不眠孤客耳主人窓外有芭蕉。これ人口に膾炙する老杜の詩なり。また憶ふ杜荀鶴が半夜燈前十年事一事随雨到心頭。然り雨の窓を打ち軒に流れ樹に滴り竹に濺ぐやその響人の心を動する事風の喬木に叫び水の谿谷に咽ぶものに優る。風声は憤激の声なり水声は慟哭〔ママ〕なり。雨声に至りては怒るに非ず嘆くに非ず唯語るのみ訴るのみ。人情千古易らず独夜枕上これを聴けば何

人か愁を催さゞらんや。況やわれ病あり雨三日に及べば必ず腹痛を催す真に断腸の思といふべきなり。

「日記」が「詩興」なき自己の表現であった以上、ここに表出する文体の構造に、『鶉衣』に読みとられた渾然たる文体の交響ぶりがどこかぎくしゃくした不協和音の音楽へと変調してゆく屈折の様相を読みとることは許されよう。「江戸の俗謡」や「老杜」「杜荀鶴」の詩を引き、文語体で「雨声」に思いをめぐらす「日記」の文章は、たしかに「和漢古典」の文を取り込んでいる。名文集を手にしたことのある同時代の文学青年にとって「一夜不眠孤客耳主人窓外有芭蕉」や「半夜燈前十年事一事随雨到心頭」に詠われた孤独の詩情を味わうことはさほど難しくなかったと思われるし、(3)そうした読者ならば、雨の音を叙す「雨声に至りては怒るに非ず嘆くに非ず唯語るのみ訴るのみ」の一節に「其の声嗚嗚然として怨むが如く慕ふが如く泣くが如く訴ふるが如く余音嫋嫋として絶ざること縷の如し」（蘇軾『前赤壁賦』）の残響を聞いたかもしれない。(4)しかし「古歌或は古文の句節を、序詞懸語などの如くに」（佐々醒雪『うづら衣評釈』明治三一年一〇月、明治書院）さりげなく使って典拠を変幻自在に織り込んでゆく俳文の修辞法からすれば、「俗謡」や「詩」の出典を逐一示す日記の引用ぶりは、やはり異質と言ってよい。(5)

「断腸の思」が「愁」と「腹痛」に掛けられた箇所を、縁語に近い修辞と見ることは可能であろう。しかし、也有の俳文における「円転滑脱」たるレトリックが「滑稽」の表現に多く奉仕するもの（「其文脈は、狂文に傾くの多き」）であったのに対し（岡野知十「也有が俳諧」明治三一年五月、博文館『也有全集』）、雨音が喚起する孤独の思いを肉体の苦痛に引きつける「日記」の諧謔は、主題との調和ではなく、むしろ呈示された主題からの逸脱を示している。書き手は、夜の雨音を聞きながら「しんく〳〵と心さびしき」「孤客」の「愁」を歌った「文」に思いをめぐらせつつも、「古人の文」の表現世界から滑り落ち、「われ病あり雨三日に及べば必ず腹痛を催す」という具体的な痛みに、呻吟しはじめるのである。この修辞は、佐々醒雪が『鶉衣』評釈中にしばしば指摘する「反《アンチ》漸層《クライマックス》の法」としてさえ、十全に機能してはいない。

日記の特徴は、俳文から見れば逸脱でしかないこうした文体様式が、次に引かれる漢詩によって内在的に意義づけられている点にあった。「日記」の文は、雨音が招きよせるはずの「愁」の表現論理と自らとの落差について無自覚ではないし、さらに言えば、「古人の文」からズレてしまった自己を悲しむこともしない。「日記」の末尾に示された「王次回疑雨集中の律詩」は、「聴雨」の時間からの逸脱――「病」――そのものを主題化するものだったからだ。

病骨真成験雨方。　呻吟燈背和啼螿。
凝塵落葉無妻院。　乱帙残香独客牀。
附贅不嫌如巨瓠。　徒癰安忍累枯腸。
唯応三復南華語。　鑑井蛢蠏是薬王。

一首の主眼は、病みつかれた体や雨がもたらす孤独の苦しみを、言葉のなかで逆説的なヨロコビへと転回してみせる点にある。首聯・頷聯において李賀や白居易の詩句を示唆しつつ[6]詠まれる病床の孤独の苦しみは、典拠を多用した頸聯・尾聯では積極的に肯定すべきものとして立ち現れはじめるのである。「癰」[7]を癒やそうとした薛伯の試みはしりぞけられ（「安忍累枯腸」）、病んだ自らを井に映してなお平静であった、子輿の故事[8]が称揚される。

詩の語り手は子輿の伝説を伝える荘子の言葉（南華語）を繰り返し服膺するのだが、この時、病や孤独を弱性と観じる意識はわずかに方向を転じる。荘子の論理を最もふさわしく感得しうるのは、むしろ醜く病んだ彼のような存在でなければならない。病に疲れ、孤独に呻吟する境位にあるものとしての自らを強く意識することは、病を語る言葉に共鳴してゆく特権を何よりも確かにする——そうした論理が自嘲を含みながら語られている。

ここで六句目「枯腸」が、詩才なき身の表現でもある点に注意したい。「病中独居の生涯を述ぶるもの」であるという王次回の詩にうたわれた病は「私」の文体についての引喩 allusion でもあるので、「古人の文」の領域から微妙にずり落ち、「憂傷悲憤」を言葉にできずにいる「私」の文のかたちが、病の比喩によって指示されていることになる。也有や西鶴の文に逢着しえぬ「私」の日記文は、「詩興」なき身の苦しみをさながらに呈するものであるのだが、まさにその事実が、言葉の挫折をあえて意識化しつつ見つめ直してゆくもう一つのまなざし、書けぬことによってこそ呈示しうる物語があったのではないかという視座を、要請しはじめる。日記の文章と引用された漢詩の組み合わせは、事件を語りえず、現在も「古人の文」と「である」の文体との間で引き裂かれつづけている「私」の言葉がそのようにあることの意義——〈なぜ書けぬのか〉という問い——へと、読者を誘う機能を持つのである。

荷風の文業に親しんだ読者であれば、作中に引かれた挿話をたどり、日記の文体といわゆる〈江戸趣味〉時代の文体の差を見ることも可能であろう。(9) いずれにせよ、修辞の破調を露出する日記の方法は、「好んで寂寥を追ひ悲愁を求め」「詩興」に浸る者の文ではもはやない。この、事件を語りえぬ「私」の物語を跡づけてゆくためには、先に〈何が書けぬのか〉を明らかにしておく必要がある。事件についてほとんど「私」が発言していない以上、手がかりとなるのは、作中に引用されたヨウさんの言葉や「私」自身の書簡の言葉であろう。本作に引用された台詞や書簡は、それ自体のなかにさらに引用を含む、重層的な構造を持っている。これら引用を可能なかぎり腑分けする作業を通じて、事件が持ちえた意味を検証してみることにしよう。

三　物語の〈見え方〉

彩牋堂主人・ヨウさんの書簡は、薗八節の詞章を引きながら、事件の経緯を次のように説明していた。

> 拙者とて芸者に役者はつきものなり大概の事なれば見て見ぬ度量は十分有之候況や外の芸事とはちがひ心中物ばかりの薗八節けいこ致させ惚れねばならぬ殿ぶりに宵の口説をあしたまで持越し髪のつやぬけて抔申すところは取分け情をもたせて語るやう日頃注文致居候事とて口舌八景の口舌ならねど色里の諸わけ知らぬ無粋なこなさんとは言はれぬつもりに候へども［略］自働車の運転手や活動弁士にてはいかに色事を浄瑠璃模様に見立てたき心はありても到底色と意気とを立てぬいて八丈縞のかくし裏なぞといふやうな心持には成兼申候［傍点原文］

「手紙」の主旨は「事件」を「浄瑠璃模様に見立て」る気が起きないことの説明なのだが、ここでは、書簡文ならではの親密さゆえに洩らされたとおぼしい引用が、書き手の言説の一貫性に微妙な揺らぎを生んでいる点に注意したい。引用された章句は薗八『里の色糸』と『口舌八景』に拠るが[10]、女性のクドキの一部であるこれらの章句において、女たちは、愛する男たちへの思いのたけを旦那に隠れて述べていた。「芸者に役者はつきものなり」とも語っていたヨウさんの言葉は、小半の事件と「心中物ばかりの薗八節」の物語が持つ類似へと、視線を誘うかのように機能するのである。

従来、彩牋堂主人の言葉は、「江戸趣味」への共感や時代に対する呪詛を語る人物像を読まれるとともに、時としてその「独善」性をも指摘されてきた。[11] しばしばヨウさんをめぐって両極端の解釈が存立しえてしまう事態を、ここでは本作の引用の構造と、それを指嗾する語りの方法にかかわるものとして捉えなおしてみたい。実際、ヨウさんを読者に紹介する「私」の言葉には、どこか判然としないところがある。

> 彩牋堂主人とは有名な何某株式会社取締役の一人何某君の戯号である。本名はいさゝか憚りあればこゝには妓輩の口吻に擬してヨウさんと云つて置かう。私とは二十年ほど前米国の或大学で始めて知合になつた。ヨウさんは日本の大学に在つた頃俳人としてその道の人には知られてゐた。今でも折々名句を吐くので若しヨウさんの俳号をいへばこの方でも知る人は必ず知つてゐるに違ひない。然し彩牋堂なる別号は恐らく私の外には誰も知らないであらう。

本名は「何某君」、俳号も伏せ、会社名も大学名も「何某株式会社」「或大学」、知らされるのは「妓輩の口吻に擬し」た仇名と「恐らく私の外には誰も知らない」別号「彩牋堂」だけ――「有名な何某株式会社」という奇妙な言い廻しまで用いるこの紹介の仕方には、よしんば「私」が彼の「懺悔」を「小説の材料」にしたことが理由であるにせよ、単なるモデル論議回避の操作をこえた曖昧さがある。[12] ヨウさんから「事件」の話を聞くことになる直前の部分において、「私」は物語空間を次のように表現してもいた。

> 曇つて風絶れば草の花蝶の翼の却て色あざやかに浮立ち濠の面には城市の影沈んで動かず池の水溝の水雨水の溜りさへ悉く鏡となつて物の影を映すもこの時節である。

「池の水溝の水雨水の溜りさへ悉く鏡となつて物の影を映す」という表現が、単一の鏡ではなく散在する鏡のイメージを紡ぎ出していることを指摘しておきたい。彩牋堂主人のどこかぼやけた人物像は、風景が鮮明に迫りくる「時節」のただなかに置かれている。「鏡ヶ池」に身を沈めた遊女の伝説[13]を薗八の文体にまとめあげることのできなかった「私」のエピソードは大変象徴的であるわけで、様々な文体を含んだ書簡や台詞を配列しつつ「事件」を説明してゆく「私」の叙述は、どの呼び方でもうまく捉えることのできないこの人物の〈見え方〉、単一の語りや文体によって統御しえぬ事件の多義性そのものを、描き出す構造を持つのである。[14]

　まず、彩牋堂の引用を通じて、「事件」の様相を「浄瑠璃模様に見立て」、薗八節の文体の側から眺めてみる。旦那に隠れて情人と忍び逢う、女たちの物語――それは同時に、女と情人をへだてるパトロンの物語でもある。「無粋なこなさん」であるかどうかは措くとしても、彩牋堂は「色と意気とを立てぬいて八丈縞のかくし裏なぞといふやうな心持には」ならなかったわけで、「浄瑠璃模様」を引き合いに出した彩牋堂の言葉は、自身の微妙な位置取りをあやうく映し出していることになろう。芸者と役者との恋という主題は明治末から大正初頭の小説にしばしば現れるものだが、『雨瀟瀟』の時代、浅草の活動弁士たちは「贔屓役者」に劣らぬ人気を獲得しつつあり、[15]新聞の雑報には「旦那」に隠れた恋の相手を役者ではなく活動弁士にする芸妓の姿も描かれていた。

◆渋谷　小富、青山館の活弁国本のスタイルに参つて了ひ、今晩旦那と行きますからお閑でしたらお話に・・・、旦那と一緒では国本先生どんなものか（「色元結」大正一〇年一月一三日「都新聞」）

「旦那」としての彩牋堂の姿は、「私」が彼を「ヨウさん」と「妓輩の口吻に擬して」呼ぶことによっても印象づけられる。女と情人の恋をへだてる、敵役の役柄——ヨウさんの言葉は、薗八によって語られる浄瑠璃の物語と自身の事件とが反復の関係にあるのではないかという問いを、手繰り寄せかけているように見える。この、薗八節の文体が映し出した彩牋堂主人の〈見え方〉は、彼自身の弁明のなかで、もう一つの像と結びつくかもしれない。

僕はもう事の是非を論じてゐる時ではない。それよりか吾々は果していつまで吾々時代の古雅の趣味を持続して行く事ができるか、そんな事でも考へたがよい。僕の会社でもいよ〳〵昨夜から同盟罷工が始つた。

「古雅の趣味」と「同盟罷工」を唐突に並立させたこの台詞を通じて、「事件」の背後に同時代の物語を透かし見ることも可能である。彩牋堂が「この分にてもう二三日晴れやらずば諸河氾濫鉄道不通米価いよ〳〵騰貴可致と存候」と述べる通り、本作が舞台をとる「二百十日」前後の雨の季節は、しばしば暴動の予感とともに語られるモチーフであった。[16] 雨を聞いて「同盟罷工」（ストライキは「昨夜」つまり雨の時点で始まっていた）を憂える彩牋堂の言葉は、資本家としての自らの姿を照らし出していよう。

主人は「資本のしつかりしてゐる」株式会社の取締役。「米国」留学の経験を持ち「自働車」を乗り廻す「紳士」でもある。[17]彼は断じて「成金ではない」が、「欧州戦争」後の「素破らしい景気」を受け、会社の「利益も定めし莫大であつたに相違な」く、彼一代の「趣味」を具現化した建築物「彩牋堂」もまた、「妾宅の新築には最も適当した時勢」の産物であった。しかもこの邸宅は、「旧華族」の「家什」を「引取」って造られている。

その頃旧華族が頻に家什の入札売立を行つたのもヨウさんの妾宅新築には甚好都合であつた。［略］勿論俳味を専とする処から大きな屛風や大名道具には札を入れなかつたが金燈籠、膳椀、火桶、手洗鉢、敷瓦、更紗、広東縞の古片なぞ凡て妾宅の器具装飾になりさうなものは価を問はずどし〳〵引取つた。

主人が買った品を「臚列」する「私」は、「有る限りの材料」を「悉く列べる」「Detail（細大挙げつくす）」の方法（五十嵐力『修辞学綱要』昭和一〇年三月、啓文社）を採る。修辞学者たちにあまり評判の良くない[18]この叙法は、建築をモノで埋めつくしてゆこうとする主人の「趣味」のかたちを露わにする。彩牋堂の細部は貴族階級の遺産を蚕食し組み換えることによって形成されていたのであって、妾宅の造営過程を語る「私」が見せる西鶴めいたスタイル[19]は、まぎれもない「今の世の中の紳士や富豪」の一人としての彩牋堂主人の姿を示唆しかねない方法であった。自らの「趣味」の物語を反復するように芸者に裏切られ、現代を罵倒する大尽の物語……。

事件を主として引用によりつつ語ってゆく「私」の言葉に示されていたのは、この、いくつかの〈書きえた事件の意味〉、事件が持ちうる多面的な相貌であったと、ひとまず言えよう。書簡や台詞や「私」の文に引用された文体は、現代を罵倒する彩牋堂の姿の向こう側に、可能的な複数の人間像を織り上げてゆく。右に見たような敵役としてのパトロンのイメージだけではない。小半を批判する主人の語り口は、さらに別の人物像を窺わせうる形で造型されている。

> 当人には自分の天分もわからず従つて芸事の面白味も一向に感じないらしい。たとへば用がなくて退屈だといふ時何といふ気もなく手近の三味線を取上げて忘れた手でも思出して見やうといふやうな気にはならないらしい。それなら何が好きなのかといふと別にこれと云つて好きなものもないらしい。針仕事は勿論読み書きも好きではない唯芝居へ行つて友達と運動場をぶら〳〵するとか三越や白木へ出掛けて食堂で物を食ひ浅草の活動写真を見廻るといつたやうな事がまづ楽しみらしい。（傍点引用者）

「今の若い女」たち全体を罵る言葉が明快な断言口調であるのに対し、小半を語る際に連続して現れる文末詞「らしい」は、小半の内面をついに窺い知ることのできない話者の心情をのぞかせる。「実の処銭三文落したよりは今少し惜しいやうな心持十文位と思召被下べく候」と述べてもいる主人の言葉は、表面上そう見えるほどには小半への憎しみを貫徹しえない自らの姿を示唆してもいるのである。

　あるいはこの「事件」は、「富豪も嫌ひなら社会主義者も感心しません」という彩牋堂の姿に「私」が見た、虚無的な美への志向の物語だったのかも知れない。

> 一体、一中だの薗八だのに耳を傾ける人はどうせあゝでもない、かうでもないと色んな道楽に行き詰つての揚句の果に足を辷らせる芸事のどん底なんでせう。（倉田啓明『春雨の寮』明治四五年三月「中央公論」）

「私」は、三味線音楽に「商女不知亡国恨隔江独唱後庭花の趣」[20]があると述べてもいた。薗八は「観客に聞えないほどの「極めて物静かな」「語り口」（渥美清太郎「解説」[21]）で語られる、「他が聴いては面白くないかも知れませんが、自分にやつて見れば、自分には確かに面白い」「独よがりの節」（金布袋屋さだ「薗八節と声の出し方」[22]）、「男女の情の世界をうたひ出でながら、何処か沈んで沁々とした気分の色一色に包まれた中にかぼそい情火のちらちらとゆらめく」（灰野庄平「薗八考」[23]）陰鬱な音楽である。「中年に芸事老いては普請庭つくりこれさへ慎めば金が出来るとやら申す」格言を知りつつもこうした「亡国」の音に熱中し、妾宅に巨財を投じてゆく彩牋堂主人の姿は、ポー『アルンハイムの地所』や谷崎『金色の死』の主人公たちにも似る。

こうした形で幾つもの〈書きえた事件の意味〉を示す一方で、『雨瀟瀟』は、それぞれの文体によって想定されうる物語からたえず逃れ去る「事件」のありようを描いてもいた。一度活動弁士と通じた小半はその後芸者に戻るようで（「両三日中には鑑札が下りませうから」）、そうであるならば三味線の稽古は続けることになる。小半の挿話は、薗八節の物語がうたう女性の悲恋のようにも、現代を罵倒する言説が前提とする「今の若い女」の姿にも収斂しない。ヨウさんと小半の年齢差が強調されているかぎりで、「小半」の名にはお半長右衛門の物語（近松『桂川恋理柵』、『恋硒柵』の題で薗八にも語られる）を連想することができるのだが、中年男と少女の心中という『桂川』の物語ほど、本作からかけ離れた筋書きもまたとない。浄瑠璃の引用によって示唆された物語は、すべて引用が現実に対して過剰であるさまを示しているわけで、彩牋堂が放棄されてしまった以上、ヨウさんの「趣味」や引用された漢詩が示唆する頽廃の美学もまた、完結することはないままに終わることになるようでもある。

しかし、浄瑠璃や漢詩や言文一致文体が描きえぬものとして〈現実〉を露出させていった物語、といった形で

『雨瀟瀟』を読むことは、書き手「私」の文体に内在するモチーフ、書けぬことの持つ意味を、取り落としてしまう危うさを孕んでいるように思われる。おそらく問題は、引用が挫折せざるをえないような形で実際の事件が語られるとき、事件とのズレによって引用に含まれた過剰な意味がいっそう露わになり、いくつもの〈書きえた事件の様相〉を「私」の沈黙のなかに映し出してゆくというプロセスの側に、存しているのではないだろうか。「私」が〈書けぬこと〉をめぐる意味づけをひそやかに読者に訴えていたことの意味も、このように問いを置いてみることで、初めて明らかにしうるはずである。事件の多面的な相貌をどうやら認知しているらしい語り手は、なぜ、あえて沈黙を守り、なおかつ自己の言葉の挫折にくりかえし言及するのか。こう問うてみるとき、『雨瀟瀟』の言説構成は同時代文体史のなかに占める特異な位置を示しはじめるように思うのである。

四　沈黙の意味

ヨウさんの「事件」を語り終えつつある「私」は、その頃読みかけていたアンリ・ド・レニエ *Marceline ou la punition fantastique* の「作意」と「ヨウさんの話とを何がなしに結びつけて思ひ返した」と、最後に述べる。「私」が読んでいた小説前半部の内容は、「伊太利亜もヴニズの古都を愛してゐた」男と「趣味を解せざる」妻の話である。「昔ヴニズの影絵芝居で使つた精巧な切子人形」を買った新婚旅行先の後、男と妻の仲はしだいに疎遠になり、妻は「下卑てゐながら妙に女の気に入る医者」と近づく。医者は男を「精神病の患者」と診断する。ある日男が帰宅すると、邸宅の内装はすべて現代パリ風の家具に取り替えられており、「男は憤怒のあまり周囲のものを打壊して卒倒してしまふ……」。ここには、「新妻」は小半、「主人」はヨウさん、「ヴニズ」を愛する「趣味」は江戸趣味、「先祖代々住み古した邸宅」は彩牋堂、といった対応関係を、ひとまず読みとることができる。「憤怒のあまり周囲のものを打壊して卒倒してしまふ」主人の姿が小半の事件に激したヨウさんの言動を彷彿とさせるかぎりで、『マルスリーヌ』の構図は、現代を痛罵するヨウさんの物語をなぞるように見える。このように見るとき、「私」が読みすすめた『マルスリーヌ』後半部の展開は、前節で見た引用と事件との微妙な関係を示すものとなる。

篇中の主人公がヴニズの骨董店で買取つた秘蔵の人形は留守中物置の中に投込まれてゐたのが折から照り渡る月の光に動き出して話をしだす。感情の昂奮してゐる主人公は夢とも現ともわけが分らなくなつて遂には何うやら自分ながらも日頃周囲のものゝ云つてゐたやうに真の狂人であるが如き心持になつてしまふ――というのが此の小説の結末であつた。

「私」がヨウさんの事件が持つ多面的な相貌を見通していたことは、『マルスリーヌ』の後半部を改変しながら紹介した「私」自身の言葉によっても見ることができるだろう。レニエの原作には全てが夢だったという結末部があるのだが、「私」はこれを削ぎ落としているのである。この操作によって、一篇は「趣味」の道具立てが不意に現実になってしまった物語へと変化し、「夢とも現ともわけが分らなく」なった主人公の「狂人であるが如き心持」に焦点が絞られる。『マルスリーヌ』後半部の展開もまたヨウさんの事件と「結びつけ」ることができるのだとすれば、「月の光に動き出」す「秘蔵の人形」に、薗八節の物語を反復しはじめた小半の姿を読むことは可能であり、たとえば先に見た、ヨウさんの言葉が浄瑠璃の文句を通じて自らに敵役を割り振ってしまうという事態をここに読むことができよう。

ここで「私」の言葉が置かれている苦しい状況は、「私」が『マルスリーヌ』の読後感を語っておらず、したがって寓喩と事件との意味の脈絡も示されず終わっている点に示されているように思われる。もし事件と薗八の物語との照応ぶりを語ってしまえば、「私」は、ヨウさんと薗八のなかのパトロンとの類似にひそむアイロニーを決定づけてしまうことになるだろう。「私」がヨウさんに劣らぬほど薗八を愛好しており、「私」の文体意識が「和漢古典の文」の自在な引用を理想とする以上、「私」がどれほど浄瑠璃の見立てと事件との差異を強調したとしても、その類似はかえって際立つことになる可能性さえある。

したがって「私」の沈黙は、薗八の物語を演じてしまったヨウさんの事件から距離を取り皮肉な眼で眺めるものの沈黙であるよりも、むしろヨウさんの事件が持つ意味を自らの言葉の問題として抱え込んでしまった者の沈黙であるはずだ。このことは、作中に埋め込まれたもう一つの言葉との対比からも明らかにしうるように思われる。『マルスリーヌ』を引用した「私」が寓喩によって小説世界の奥底に押し沈めなければならなかった言葉、『マルスリーヌ』の明晰な人物対応関係のなかで少しだけズレを示している、「新妻」に近づく男——『雨瀟瀟』では「医師」ではなく「活弁」——の言葉である。ヨウさんは活動弁士について「同じいやなものにても壮士役者か曽我の家位ならまだ〳〵どうにか我慢も出来可申候へども自働車の運転手や活動弁士にては」我慢ならない、と語っていたのだが、ここで「自働車の運転手」ではなく「活動弁士」を小半の相手とした『雨瀟瀟』の選択は、本作の文体意識にかかわる重要な意味を持っていたと考えられるのである。

当時の活動写真の弁士には、役者・俳優出身者が多くいた。[24]「前身を調べて見ると十中の八九迄は俳優である」

（筑紫二郎「スクリンの影武者声色生活」[25]）ことの理由は、役者たちの外見[26]とともに、「役者の方が、台詞の調子がよく呑込めて板の上でも気が合ふ」（筑紫）こと、すなわち台詞や「説明」をともかくもリズミカルかつ思い入れゆたかに語ることのできる駆けだし俳優たちの技術が重宝されたことにあった。

単に銀幕の背後で声色をつかいながら台詞を語る「日本弁士」と舞台に立って「説明」を行う「説明者」のうち、小半と関係を持ったのは後者であると考えられる。本作には、「私」の書き言葉とヨウさんの言葉が大半を占める一方で活動弁士や小半の肉声を慎重に刈り込んでいるという特徴があるのだが、小半の台詞に関しては「両三日中には鑑札が下りませうから」と一度手紙に引用があることを考え合わせれば、やはりここで消し去られているのは弁士の言葉、舞台上で鍛えられ、観客を魅了する言葉であったと言える。

この描かれざる活動弁士の言葉が、作中において重要な機能を果たしている点を確認してみよう。薗八にうたわれる、パトロンに隠れて情人と忍び逢う芸者の悲恋という物語は、旧劇・新派系の活動写真におけるレパートリーに入ってもいる[27]。楽隊の音楽とともに登場し、時にクドキを交えながら熱っぽい口調で「説明」を行う弁士のスタイルは、三味線をさらった後で「私」に現代への痛罵を語るヨウさんのスタイルと照応を示しているかもしれず、少なくとも「女中が欠伸をそつと嚙みしめ」るのも構わずに懸河の弁をふるうヨウさんと「私」の言葉は、語られた言葉の魅力という点で弁士に及ばないことを自ら明かしていた[28]。そもそもヨウさんの言葉と弁士の言葉の差は、小半が活弁と通じたという事態そのものに示されてもいよう。

江戸趣味に拠りつつ現代を批判するヨウさんの言葉は、活動弁士の言葉に及びえぬものとして呈示されている。この、批評の言葉の挫折という事態は、「私」が小説家であり『鶉衣』を景仰しているかぎりで、「私」その人の問題でもあったはずだ。当時の活動弁士たちの「説明」ぶりを示す資料は、たとえば落語の速記記録などに比してもやや少ないが、[29]そこに示された形式は「日本にしかない弁士といふ綴り目の毀れた美文辞典見たよな名文句を臆面もなく吐き出して無駄な説明をする偉い先生方」（吉岡鳥平「当世活動気質」大正八年六月「花形」）・「其用語には、漢語、英語、誤謬語、不文法、比喩、古諺、古小説の佳文、聖賢の格言、一つとして這入らぬものはない」（鈴木鼓村「活弁」大正二年六月、左久良書房『耳の趣味』）といった紹介に見られるように、名文句と現代の言葉[30]を自在に錯落させてゆく文体を採ることがあった。[31]もし活弁の言葉を作中に書き込んでしまえば、それは「私」のいう「和漢古典の文章」を「緯」とし「俗体」を「経」とする文体とどう違うのかという問いを、ひき起こしてしまいかねないのである。

読者の耳には聞こえない場所に置かれた活動弁士の説明の言葉は、作品の前面におしだされた浄瑠璃の文句とともに、ヨウさんや「私」の言葉が見えないところでおびやかされているという危機の予覚を作品内に行き渡らせる指標であったと言えよう。事件に関して沈黙を守る「私」が表現していたのも、この、批評の根拠となる文体意識そのものが何ほどか相手に共有されてしまっているという袋小路の感覚であったはずだ。美文調の文句を行文に裁ち入れながら「である」文末をくりかえし、引用によって〈書きうる〉ことを示しながら〈書けぬ〉空白を語るという本作の独特のスタイルは、こうした小説内部の言葉の構成に由来する。

蚊帳の外に手を延して燈火を消した時遠く鐘の音が聞えた。数へると二時らしかつた。秋も夜毎にふけ行く夜半過わけて雨のやんだ後とて庭一面蛼の声をかぎりと鳴きしきるのに私は眠つかれぬまゝそれからそれといろ〳〵の事を考へた。早く眠りたいと思ひながらわけもなく思ひに耽ける思ひである。あくる日起きてしまへば何を考へてゐたのやら一向に思出す事の出来ない取留めのない思ひである。

「鐘の音」・「夜毎」「ふけ行く」・「蝉」といった細部から、「君を松虫夜毎にすだく更けゆく鐘に雁の声」（端唄『萩桔梗』）を連想することは可能であろう。この道具立てが伴侶なき秋夜の孤独という主題を強く喚起するにもかかわらず、「物思ひ」の内実は書かれることがない。ヨウさんの事件に震撼させられている自らの思いを語る言葉が、その理想とする文体意識ゆえに、事態を語りえぬ諸刃の剣へと転じてしまう――『雨瀟瀟』に示された孤独とは、妻妾と別れた独居隠棲の実体的な孤独であるとともに、孤独の表現さえも奪われてしまった、言葉の喪失状況の謂でもある。こうした事態に直面してしまった『雨瀟瀟』にあって、「私」の言葉が随処で挫折し、黙り込んでゆく様（〈書けぬ〉自己）を描き込むことは、事件の相貌を言葉に残すための、唯一の身ぶりだったはずなのである。

五　文体創出という幻想

以上『雨瀟瀟』を、物語の言葉の喪失状況を表現する、文体の物語として読みすすめてきた。ヨウさんの言葉によって時代への痛烈な諷刺を語りつつも、同時にそうした批評の言葉そのものが陥ってしまっている膠着状況への絶望を映し出してゆくこと――異なる文体の交錯によって〈書きうること〉のヴァリエイションを示す一方で〈書けぬ〉言葉の様態を示してゆく本作には、特定の文体による物語創出が立ち至る隘路そのものを悲劇の表現とする志向を見ることができる。

こうした本作の表現が同時代に対して占めた位置を、最後に探っておきたいと思う。『雨瀟瀟』が発表された大正一〇年前後において、文学青年向けの投書雑誌「文章倶楽部」では、西鶴や近松、芭蕉、あるいは頼山陽の漢詩文といった古典の価値が見直されつつあり、これに付随して荷風再評価の機運が生じていた。「古文の新研究」（大正七年四・六月）・「如何なる文章を模範とすべき乎」（大正七年五月）・「漢文脈と欧文脈」（大正九年一一月）といった特集が組まれ、荻原井泉水「奥の細道物語」（大正八年八月）・江口渙「評釈『雨月物語』」（大正九年一二月）といった評釈が載るなかで、荷風の「時代錯誤《アナクロニズム》」に、あらためて注目が集まりつつあったのである。「現代文章の研究」の連載を行った小林愛川は、荷風「築地草」の冒頭を引きつつ、次のように述べる。

これは、江戸時代の小説などによく見るかけことば沢山の文章で、遊戯的の分子が多分に含まれて居るが、作者は今、実際かうした調子で無くては収まらない様な心持で居るらしい。時代錯誤《アナクロニズム》には違ひ無いが、単に狂言綺語を弄するものとして、之を斥く可く、作者の心持はあまりに真実である。（「永井荷風氏の文章」大正七年五月「文章倶楽部」、傍点およびルビは原文）

愛川は、「断腸亭雑藁」についても「作者の心持のうちに、この文体にぴたりとあてはまるやうな何物かが存してゐたのである」（同年四月「文章倶楽部」、傍点原文）とも述べる。「かうした調子で無くては収まらない様な心持」があることを認める評語は、川上眉山『ふところ日記』の美文体が「この文章の持つて居る持味は到底口語体などでは書き現はす事が出来ない」と評され（江口渙「名篇『ふところ日記』」大正八年九月）、花袋の文が「印象描写の手法は、殆どマンネリズムと云つてもよい位に、氏の文章につき纏ひ、そこに著しい特色を示して居る」（愛川

「田山花袋氏の文章」大正七年五月）と遠慮がちに評されていたことが示す通り、近代口語文に対する閉塞感を共通のモチーフとしていた。こうした動向と、「早稲田文学」があらためて「西鶴記念号」（大正一一年一〇月）を組み、さらに大阪朝日新聞社主催による近松二百年祭記念興行が行われた（『近松二百年祭記念興行脚本』大正一一年一〇月、大阪朝日新聞社）ことは無関係ではないはずで、口語文の表現を打破してゆこうとする試みのなか、「文章体」――そのほとんどは近世期の雅俗文学と漢詩文――の再評価が進みつつあったのである。

やがて室生犀星の多面的文体や宇野浩二の説話体に注目が集まる過程で自然解消してゆくこの運動は、おそらく同時代における坪内逍遙の動きと深いところで連動している。旧劇の改良を青年期からの悲願とした逍遙は、この時期、早稲田騒動をへて脚本の述作に戻りながらも、「我国」の「エロキユーシヨンらしい物」を精査し（「脚本の朗読法」大正九年四月「演芸画報」）、自作『法難』の脚本朗読会を行う（大正八年一二月一〇日）などして、旧劇の修辞を現代に活かしてゆく作業をたゆまず進めていた。新しい雄弁の様式の確立を提唱しつづける逍遙の計画は「文章倶楽部」の青年たちよりもさらに柔軟かつ貪欲であり、そこでは古い文体と時代の最先端を行く文体との融合さえもが視野に収められている。

我国の劇となると、浄瑠璃劇や歌舞伎劇は無論の事、明治に出来た活歴劇や新派劇、或は最近の新作の多数までが、幾ど悉く頭から活動写真式に出来上つてゐる上に、特に耳に聴かねばならぬ部分といつては、浄瑠璃劇の或一場又は或一章を除くの外は、頗る貧小なものだと言つてよい。だから若し彼の原色式や発声式の活動写真［草双紙や浄瑠璃を指す］を更に巧みに利用し、同時に厭ふべき非文学的な説明の内容や文士の口吻等を改良し、且つ特に劇として見せる用意をもして［略］映写するやうな活動写真が成立つことゝなつたな

らば、如何であらう？（「活動写真と我劇の過去と将来」大正六年九月、米山堂『劇壇の最近十年』所収）

すでに活動弁士のなかに「坪内先生の文芸協会」出身者が入り込んでいた状況[32]からすれば、活動弁士の言葉に旧劇の様式を与えるという、時代を遡る形での「改良」をはかる逍遥の「一種の劇界刷新」の発想は、あながち「私の只一時の空想」とは言い切れなかった。

　時代の言葉を離れた「文章体」によって新たな「心持」を表現し、あるいは様式混交によって新しい文体をつくりだそうとする試み——古典文によることで一見本作と軌を一にするように見えるこれらの試みほど、『雨瀟瀟』から遠い発想はおそらくなかった。文体間の桎梏の物語を織り上げた『雨瀟瀟』は、特定の文体や文体の複合によって新しい物語のモードを作り出しうるという発想そのものに対して、違和を奏でる作品だったのである。

　ただしそれがすれ違いであるかぎり、『雨瀟瀟』に逍遥のような試みへの相対化のモチーフを読むことも、また当たるまい。むしろ『雨瀟瀟』に示された文体交錯の試み——〈見え方〉の多様性を確保しつつ〈語りえぬ〉ことを主題化する方法——が、言文一致文の限界そのものを主題化し、多面的な物語構造に取り込んでいった宇野浩二や犀星の側に、やや違うやり方で近づいていること[33]の方が、ここでは重要であろう。『濹東綺譚』を「雨瀟々へ色をつけしやうなものに御座候」（昭和一一年一一月一七日付、竹下英一宛荷風書簡）とした自註の言葉は掛け値なしに読まれてよい。近代文学史の端境期に発表された『雨瀟瀟』は、アナクロニズムに徹することがモダニスムへの転回を胚胎してゆく、もう一つのありえた小説史の可能性を望見させてくれる作品なのである。

※『雨瀟瀟』本文は初出に拠った。

第六章　都　市――『雪解』

一　沈黙期の意味

荷風の小説史にはおよそ十年にわたる沈黙期間がある。単行本刊行時点を基準に言えば、大正一二年『雨瀟瀟』から昭和六年十月『つゆのあとさき』に至る期間である。雑誌掲載レベルで見ても、中央公論社編集長嶋中雄作が次々に荷風の原稿を掲載してゆく昭和四年まで、発表された小説の数は非常に少ない。

しばしば「スランプ」(1)であったと言われるこの沈黙期は、作家自身による私生活の報告から、「江戸趣味」が消えて行く時期でもある。小説執筆量が激減する約十年間を、伝記的な経緯と照合してみると、荷風は大正一〇年に偏奇館移住、独居隠棲を開始し、やがて関東大震災を迎え、偏奇館にあって東京の復興を目の当たりにしている。『断腸亭日乗』等の資料や回想を参照するかぎり、この過程で、歌舞伎界に関わり、音曲や浮世絵を愛好するような江戸芸術への志向は、影をひそめる。もちろん戯作の読書は引き続き行われているが、むしろ荷風の関心を占めるのは、幕末維新期の漢詩文であり、その周辺資料としての明治初期戯作である。日記や随筆の読書記録にも、私生活における江戸趣味の演技から、随筆考証における冷静な資料収集の態度への変化を読み取ることができる。

こうした変化は、荷風文学に対する評価軸にも影響を及ぼすこととなった。『つゆのあとさき』や『ひかげの花』の諸作が都市風俗を精細に描いたリアリズムとしての評価を受ける一方で、考証随筆において江戸・明治の面影を追い求める随筆家としての像が、この時期の荷風をめぐって立ち上がってくるのである。従って小説に残存する江戸芸術のイメージは、リアリズムの不徹底、あるいは旧時代の残滓として取り扱われることになる。

荷風の随筆や日記が示す、懐古趣味と現代批判が対をなした構図を参照するかぎり、小説の様式・モチーフ両面における江戸芸術の影響は、たしかに荷風の懐古趣味が蔽いがたく小説に浸透した結果であるかに見える。しかし、日記が公刊され、荷風の奇行が喧伝された戦後は別として、戦前までの荷風がともかくも十分に小説家として認知され、自身そのように任じてもいたという事実には、留意する必要があるだろう。昭和期の「文壇返り咲き」以降、荷風小説が多くの反響を巻き起こしたこと自体、荷風が問題的な小説家として意識されていたことの証左でもある。

作家活動の前・中期と後期を分かつ沈黙期は、作家を取り巻く外的な状況の変化とともに、内発的な表現のレベルにおける展開をも見据え、両者の相互作用を捉えてゆく視点によってこそ捉え直す必要がある。そうした認識に立って小説家・永井荷風の像を捉えようとするとき、彼が前・中期から持ち越しつづけていた江戸芸術の意義が、都市描写の方法をめぐって、改めて問題になる。

荷風の都市小説において、江戸の面影は、どのような効果を作品に与えていたのか。この問いを、彼が明治・大正期に作り上げた「江戸趣味」の変貌というかたちで探ってみるとき、昭和の「文壇復活」期作品群に潜んでいた主題と方法が、懐古趣味や都市風俗の記録といった作品像とは異なるかたちで見えてくる。そこには江戸芸術の世界観をふんだんに採用する既存の小説作法を巧みに活かしつつ同時代の表象に取り組んでゆく、荷風の新たな展開が確認できるはずである。

後期荷風における江戸受容とその表現の問題を問うことは、文学史をめぐる近世と近代の問題に、受容の側面から新たな光を投げかけることでもある。まぎれもない現代を描きながら、そこに江戸情趣を忍び込ませることには、どのような表現の可能性が存していたのか。また、そうした表現は、小説が現代を表象してゆくにあたって、どのような効用を持っていたのか。このような問題意識のもと、本章では、しばしば「江戸趣味」系列の秀作と評される『雪解』を分析し、荷風小説における江戸受容の、新たな展開を見定めてみたいと思う。

二　「江戸趣味」の位置

『雪解』（大正一一年三・四月「明星」）をめぐる同時代評には、大正文壇における、江戸受容の変化を読み取ることができる。この時期、江戸時代の事件・人物を素材にして小説を書いていた「新思潮」同人が、荷風の小説に、否定的な言葉を投げかけはじめるのである。

とりわけ同時代において最も論議を呼び、「芸術の内容的価値」論争の火蓋を切って落としたのが、『雪解』であった。あらかじめこの小説の梗概を示しておく。

第一次世界大戦後の不況によって身を持ち崩した主人公・兼太郎は、かつて世話をした芸者にも見放され、家屋売買の周旋人として勤めながら、築地本願寺横の路地裏、貸間の二階で日を送っている。物語は大正一一年正月「大寒」の朝に始まる。この日、兼太郎は、妻の実家に置き去りにしてきた娘・お照と、銭湯で偶然再会する。お照は同じ日の夜と翌日の夜の二度、兼太郎を訪ねる。兼太郎とお照の対話から、お照が現在実家を出て女給になっていることがわかる。二日目の夜、兼太郎が娘を「停車場」まで送る途中、偶然娘の恋人が来合わせる。物語は、兼太郎が二人を寒月の下に見送り、貸間に戻るところで終わる。

本作を「感心はしても、満足しない」と批判したのは、菊池寛「番外不同調[2]」である。菊池の批判の要点は、「三馬や、種彦や、春水などを読んで、感心しながらも、満足しないのと、丁度同じ」という一言が示す通り、本作が江戸芸術の世界に溺れ、その域を出ていないという点にあるだろう。「テエマ小説」を標榜し「題目一番」を唱えた菊池にとって、荷風小説は、江戸の「解釈」がない、江戸情緒に溺れた作品として映っている。以降、この作品は、高い評価を受けながらも、「人情咄の域を出ていない[3]」「あまりに人情本である[4]」といった批判を後々まで引き受けてきた。

興味深いのは、同じ時期、全く別の方向からも、荷風への批判が起こっていることである。『雪解』の発表時は、「江戸趣味」を標榜した個人経営の会員制雑誌が次々に廃刊し、メディアが総合雑誌の特集や単行本へと交代する時期でもあった[5]。ここで表舞台に登場してくる江戸研究家たちは、江戸をめぐる伝説や物語の虚構性を明らかにすることで、「江戸趣味」を批判してゆくのである。

廃刊してゆく雑誌群の執筆者における江戸観の特徴は、「江戸趣味」なる語の用例が示す通り、「江戸当時の趣味（雰囲気）」と「大正年間に江戸を愛好すること」の間を、たえず揺れ動く点にある[6]。あたかも江戸当時の雰囲気を美的に再創造したかのようなムードに包まれることこそ、これらの言説が目指したところであり[7]、したがって伝説や戯作が残す虚構性は許容される。雑誌内の考証的文章が着物・髪型、あるいは川柳・浮世絵に描かれた生活の細部など、モノ（風俗）の究明に執心し[8]、反対に虚構と史実の照合、思想・学問的な探求に向かなかったことも、同じ事態を示していると言えよう。

対して、単行本や総合雑誌の寄稿者は、モードとしての江戸愛好の側面を切り捨てるのみならず、伝説を許容する「江戸趣味」小説、あるいは伝説そのものについて、遊戯性・虚構性をチェックし、暴くことを旨としていた[9]。「江戸趣味の第一人者[10]」と称された荷風の作品にも、しばしば批判は差し向けられている。たとえば考証家の三田村鳶魚の場合、笠森お仙の事蹟の調査にあたって『恋衣花笠森』を痛烈に批判したことが知られており、『夜網捕誰白魚』にも、否定的な評を投げかけている。

「趣味」から「解釈」「研究」へ――大正一一年の江戸をめぐる言説は、文壇・出版流通・江戸研究の変化がもたらす、こうした二方向の変動のただなかにあったと言えよう。『雪解』が提出された時代は、江戸芸術に耽溺し、その虚構性に遊ぶことが戒められた時代だったのである。

後述する通り、たしかに本作には江戸文芸を参照した比喩が頻出している。なかでもほぼ半数を占める歌舞伎の比喩には、演劇研究会・七草会の一員であり、しばしば歌舞伎の合評を行った荷風の経験が活かされていよう。下町の路地裏に住む父親と女給になった娘の再会物語が、「人情咄」仕立ての物語であるかに見えることも事実である。しかしそれまでの「江戸趣味」小説と『雪解』を比較する際、本作にはやや異なる構造が認められるのである。

明治末から大正中期にかけて流行した「江戸趣味」小説[11]の特徴は、地の文の語り手や登場人物が、江戸時代の芸術作品を記憶あるいは知識のかたちで共有するところにある。これらの小説群は「遊蕩文学[12]」や後年の「花柳小説[13]」という総称が示すように、しばしば花柳界、あるいは明治・大正が江戸から引き継いだ芸能社会（歌舞伎役者、講釈師など）の周辺に舞台を取る。こうした舞台設定も、作中の会話や語り手の説明のうちに、江戸時代の物語や人物を抵抗なく登場させることに、その効用の一つがあった。時代を江戸にとった小説はもちろん、現代を描く小説群においても、登場人物たちは江戸期の文芸作品や人物の比喩を頻繁に参照する。彼らがそうした比喩を自在に着脱してゆくことで、小説内における江戸と現在の境界はかぎりなく朧化してゆくのである。

『雪解』とそれ以前の荷風作品、あるいは荷風が推賞する小説群との違いは、まずこの点に存する。『雪解』の舞台となった築地は、歌舞伎の関係者が住まう、江戸の面影を残す空間として描かれてはいる。[14] しかし、本作において、江戸文芸に関する比喩を共有する人物と彼らが了解可能なジャンルは、限定を被っているのである。江戸文学を引用し比喩に用いるのは多く主人公・兼太郎であり、他には貸間の女房（新富座の出方を亭主に持つ）が歌舞伎の評判を伝える程度である。そして兼太郎が行う江戸文芸への言及は、この貸間の女房にさえ無理解をもって迎えられるのである。兼太郎は、自らを人情本『春色梅児誉美』シリーズの主人公、丹次郎に見立てる。しかしこの主人公の発話は、娘のお照のみならず、中年に近い貸間の女房にも、理解されない。

こうした傾向は、登場人物相互のみならず、小説の語りと登場人物の間にも存する。本作の語りは、兼太郎が参照する作品やジャンルにほとんど説明や言及を加えていない。また、主人公・兼太郎の視点は、濃密に内的独白を描き込まれながら、つねに語り手との間に一定の距離を示しているのである。例として、兼太郎が路地裏から一歩踏み出し、銭湯に向かう場面の叙景を見てみよう。

向側は一町ほども引続いて土塀に目かくしの椎の老木が繁茂した富豪の空屋敷。此方はいろいろな小売店のつづいた中に、兼太郎が知つてから後自動車屋が二軒も出来た。銭湯も此の間にある。蕎麦屋もある。仕出

> 屋もある。待合もある。ごみごみした其等の町家の尽る処、備前橋の方へ出る通りとの四辻に遠く本願寺の高い土塀と消防の火見櫓が見えるが、然し本堂の屋根は建込んだ町家の屋根に遮られて却つて目に這入らない。区役所の人夫が掻き寄せた雪を川へ捨てにと車に積んでゐるのを、近処の犬が見て遠くから吠えて居る。太い電燈の柱の立つて居るあたりにはいつの間に誰がこしらへたのか大きな雪達磨が二つも出来てゐた。自動車の運転手と鍛冶屋の職人が野球の身構で雪投げをしてゐる。

視線を「向側」から「此方」へと移し、最後に二つの点景（雪掻きと雪投げ）を添えるこの描写は、狭い路地から表通りへと踏み出した兼太郎の視界に、忠実に対応しているかに見える。読み手は、体言止めや「…る。」「…い。」で閉じる描写文の効果によって、あたかも現在路地口に立ち、兼太郎の視点から本願寺門跡前の通景を目にしているかのような臨在感を、与えられもする。しかし一方、現在形で並列的に情景を呈示してゆくこの描写は、銭湯に向かって歩きつつある主人公の進行に対して、時間的な落差を生じてしまっている。右に引用した光景は、路地口の一点に立って少しずつ視線を滑らせてゆく静的な視点によっており、それゆえ兼太郎の動きつづける視点との間に落差を生じてしまうのである。

この主体は、小説の開始時点で既に存在を明示している。

> 兼太郎は点滴の音に目をさました。そして油じみた坊主枕から半白の頭を擡げて不思議さうに鳥渡耳を澄した。

目覚めの契機は、主人公の意識の側から描かれている（「点滴の音に目をさました」、傍点引用者）。しかし次の一文では、主人公の視界に映るはずのない、「半白の頭」や「不思議さう」な表情といった映像が書き込まれる。本作は、兼太郎の心理と発話によって色濃く彩られた物語であるかに見えつつ、主人公から一定の距離を保ったまま、描きはじめられている。

ここには、兼太郎の視点に随行し、彼の行う江戸文学の比喩に従って小説を進行するのではなく、兼太郎とは異なる視点を確保した主体が顔を出しているのではないだろうか。言い換えれば、兼太郎が江戸芸術に言及する際、沈黙を守る語りの態度には、何らかの意図を読むことができるのではないだろうか。

しかし『雪解』以降の新たな試みを読み解くためには、まず、かかる小説設定の上での冒険が何を変化させていたのかということに目を向ける必要がある。したがって、以下、本作に散在する江戸文芸の引用部分に着目し、それらが本作の物語にどのような効果を与えているのか、検討したいと思う。

三　〈人情〉の変奏

娘・お照と銭湯の番台で再会した兼太郎は、この邂逅について、貸間の女房に次のように説明している。

「おかみさん、不思議な事もあるもんだ。まるで人情ばなしにでも有りさうな話さ。女房の実家へ置き去りにして来た娘に逢つたんだ。女湯もたまにやア覗いて見るものさ。」

お照の訪問を待望し、「通りの方ばかり眺め」る兼太郎は、たしかに「人情ばなし」中の父親と同じく、娘への愛情を隠していない。父子再会を描く人情噺の有名作には、たとえば『子別れ』[15]がある。この落語で父親が再会するのは息子だが、妻の実家に置き去りにしてきた子との邂逅、再会を約しての別れ、という二部分が、本作と共通する。

小説内の言及を繋ぎあわせてみると、兼太郎は明治六年生まれであり、休日には講釈場や芝居に出かける習慣があり、端唄を師匠について稽古した経験をもつことがわかる。こうした閲歴に照らすかぎり、彼が行う人情噺の比喩は、ごく自然であるかに見える。しかし、兼太郎が体験している出来事と、彼が参照する人情噺の物語については、相似と同様、差異をも指摘しておく必要があるだろう。この主人公の比喩は、人情噺の物語を一部切り取ることでのみ成立しているのである。

たとえば先の『子別れ』の場合、別居中の夫婦は互いを終始気にかけているため、父子再会をきっかけとして再縁する。これに対し、銭湯で見かけた娘に声を掛ける『雪解』の兼太郎は、別れた妻との再婚を経験しないだけでなく、心内で妻を蔑みつづけているのである。人情噺の家族が邂逅によって壊れた関係を修復するのに対し、『雪解』における偶然の出会いは、新たな人間関係を生み出してゆくことはない。兼太郎の家族に対する関係意識を読むかぎり、彼の引用には、人情噺の切断、もしくは編集がある。

実のところ、『雪解』における江戸芸術の引用が表現するのは、このような編集や読み換えの手続きを経て成った、別種の物語であると言えよう。たしかに、彼らは、江戸時代を舞台にとった芸術作品に言及している。しかしそれらの作品群は、語り手が周到に用意した背景のもと、それぞれ一部分を切り取られることで、意味内容を変えてしまう。そしてこれらの引用を、小説の進行に合わせ、並べることで、親子再会を描いた「淡彩の写実小説」の体を取る物語は、背後に、いわば引用による物語を描き出してもいるのである。

それでは、この引用によって示唆される物語とは、どのような物語なのだろうか。兼太郎は、貸間の二階でお照や貸間の女房と酒を飲みながら、酔いにまぎれて人情本の比喩を口にする。

「〔略〕お照、お前がおいらの娘でなくつて、もしかこれが色女だつたら生命も何もいらないな。昔だつたら丹さんといふ役廻りだぜ。はゝゝゝは。」

為永春水の『春色梅児誉美』シリーズでは、零落した男性主人公・丹次郎の侘び住まいを、様々な身分の「色女」たちが代わるがわる訪ね、慰める。右の一節で兼太郎が自らを丹次郎に擬し、お照を「色女」に見立てる茶番めいた見立ては、先の人情噺の比喩を、暗黙裡に軌道修正する機能を持つのである。ここで参照されているのは、娘との再会を喜ぶ、かつて遊蕩漢であった父親の物語ではない。兼太郎は父親の役割を降り、父子の関係を、零落した男性とそれを慰める情婦(「色女」)の関係へと、変質させるのである。

この人情本を参照する部分においても、小説と江戸戯作の間には差異が存在している。兼太郎が酔いにまぎれて続ける、半ば独白のような発話には、「お酒さへ飲んで居ればお父さんはもう何もいらない、お金もいらない家もいらない。おかみさんもいらない」という一言が含まれる。[16] 兼太郎は、人情本における「丹次郎」と「色女」の役割に、やがて二人が夫婦となる結末を読み取ってはいない。人情本に擬えられた二人の関係は、破局に向かう男性と、その運命を見届け、共にすることを誓った女性の関係へと、読み換えられているのである。[17]

このように江戸芸術のイメージを複合し、並べて行く際、その基盤となるのは、築地の路地裏をあらかじめ「表通」と対置し、貧しい場所として設置する操作である。兼太郎は、貸間に暮らす不遇を繰りかえし歎じつつ、もう一度「表通」に戻ることを強く望んでいる。「路地」は、このような主人公の言及が繰り返されることで、不遇の空間的な象徴として印象づけられていた。

そして、この路地裏に響く清元「三千歳」は、兼太郎の発話における江戸芸術の引用群を統括する機能を持つものであると言えよう。この音曲は、捕手に追われる無頼漢直次郎が花魁三千歳と忍び逢う場面を唄うものであり、歌舞伎『天衣紛上野初花』が明治一四年に再演された際、付け加えられた部分の相方浄瑠璃である[18]。

劇の展開が明らかにする通り、直次郎は後に召し捕られ、首を刎ねられる。貸間に響く音曲が歌っているのは、このような、破滅を前提とした忍び逢いのモチーフなのである。小説における季節感の操作が、原曲が歌う物語を微妙に変更し、さらに悲劇的なものとしていることも、指摘しておいて良いだろう。歌舞伎『天衣紛上野初花』上演の際、謡い手は「軒の雫に袖を濡らす、浄瑠璃清元連中、『忍逢春雪解』」と読み上げてから、音曲を開始するのが通例である[19]。もとより、劇中の物語時間は「上野の鐘も凍るよう」な冬の一夜なのだが、音曲が二人の逢瀬を雪解けの季節であるかのように語り、はかない忍び逢いの世界を飾り立てるという仕掛けである。しかし小説『雪解』における兼太郎とお照の対話は、あらかじめ「雪解の泥濘は寒風に吹かれてもう凍つてゐる」と、一瞬訪れた「雪解」を再度凍りつかせ、物語時間を厳しい冬の時間へと引き戻した上で行われているのである。

荷風は、意味づけを欠いた細部を周到に配置することで、親子再会を描く物語のうちに、ほとんど現在を塗り替えかねない、兼太郎の憧憬の物語を透かし見せている。諦めと自嘲のなか、破滅へと急落してゆく男性の物語。彼の破局は、運命を共にする情婦に見守られることで、悲痛かつ甘やかに美化されてゆく。こうした美化作用が、第一次世界大戦後の不況にあって、打撃を受けた自己を慰め、現実から一時的に目を背けさせる効果を持つことは言うまでもない。兼太郎はまぎれもない没落者層の一人である自己を、江戸芸術の物語類型に擬えることで、自己慰撫の物語を作り上げているのである。

以上確認した通り、本作における話芸・戯作・歌舞伎の引用は、兼太郎の意識を独自の形で描き出している。江戸芸術の隠微な参照が、現代を描く物語の背後に、語られざる憧憬の世界を映し出す――『雪解』における江戸芸術の効果は、ひとまず、この複層的な物語構造の創出に求められよう。

ところで前述の通り、本作において江戸芸術を引用する人物は兼太郎だけではない。冒頭の、兼太郎が目覚める朝の場面に立ち返ってみよう。ここで、貸間の女房は、「大変にいいんですとさ。播磨屋さんの大蔵卿。」と、芝居の評判を口にしている。

女房の台詞にある「大蔵卿」は、大正一一年一月、新富座正月狂言の『鬼一法眼三略巻』のこと。中村吉右衛門の当たり役、一条大蔵卿は、この劇の三段目に登場する。三段目「大蔵卿」では、初め清盛、その後一条大蔵卿に嫁した常磐御前が、源氏の残党に平家調伏の本心を明かす。「うつけ」と思われ、敵方であるはずの一条大蔵卿もまた、密かに源氏を支援する武将であり、常磐を狙う平家方の武士を切り捨て、常磐を褒め称えるという筋である。

この段の主眼は、大蔵卿が「うつけ」の擬態をかなぐり捨てると同時に、「淫婦」であるかに見えた常磐もまた「貞女の鑑」と称揚されるという、逆転の構造にある。この劇の評判を、貸間の女房が伝えるという設定自体に、皮肉がひそんでいると言えよう。なぜなら、この女房は結婚する前から「新富町見番の箱屋」と好い仲になっており、読者は兼太郎の目を通じて、彼女の密通を垣間見さえするからである。「貞女」を扱う劇の評判は、

「貞女」ならざる女性によって伝えられるのである。

この夫婦は、兼太郎がお照を「色女」に見立てる場面にも参加しており、女房は夫に「弟に向かって物言うような調子」で話しかける。兼太郎が、二世を誓い合う不幸な恋人達の幻想を語るかたわらには、この壊れた関係にある夫婦が位置しており、兼太郎の比喩をアイロニカルに相対化しているのである。

しかしながらこうした正反対の物語を置く操作は、兼太郎の悲劇的な状況をますます色濃く染め上げるものであると考えることもできるだろう。現代を江戸芸術によって飾り、言葉による幻影の世界に読者を誘い込む操作自体は、それまでの荷風小説において繰り返し行われて来たものであった。三人称で語られる個々の登場人物に異なる物語を背負わせ、相互のズレを描くところまで、既出の小説に確認することができる。[20]問題は、以上に見たような江戸芸術によって開示される物語が、既出の小説群とどのように異なる機能を持っていたのかという一点に存しているのである。

結論を先取りすれば、本作の意義は荷風小説に伏在していたもう一つの相――物語の分裂――が、新たな展開を見せたところにこそある。本作はそれまでの作品で荷風が用いてきた「江戸芸術による物語」の枠組みを、ベースに用いてはいる。しかしこの物語は、作品構造のなかで解体し、消滅してゆく性質を持つ。この、江戸を消去する手続きのなかに、本作は変動する都市のダイナミズムを描き出しているのである。以下、作品後半部の検討を通じて、そのことを明らかにしたいと思う。

四　物語の破れ目

谷崎潤一郎が「後半はすこぶるアッケなく感じた[21]」と述べる通り、娘の来訪以降の語りはお照と兼太郎の対話のかげに隠れ、登場人物の動きに随行することにつとめている。

この退却する語りは、兼太郎の発話が作り上げる物語に読者を引き入れる効果を持つといえよう。ほとんど語りによる説明のない、長い対話が進むあいだ、読者と物語は単一の時間を共有することになる。語りは時折挟む現在形によって、そうした効果を補強してもいる。

たとえばお照は、貸間の夫婦の関係についてしきりに兼太郎に問い質すのだが、兼太郎はこの質問を受け流し、答えようとしない。この不義密通の話題を避ける兼太郎の口振りは、先に確認したような兼太郎の自己美化を補強するものでもあるだろう。貸間の夫婦への言及を避ける兼太郎は、女が男を裏切り、他の男に通じる可能性を、想像の枠外へと追いやる心性を持っているのである。

また、兼太郎は最後までお照を「不人情な親爺」に酒を飲ませてくれた娘として捉え、彼女の親愛の情を疑わない。対話内の情報を繋ぎあわせてゆくかぎり、お照の訪問は、必ずしも父親と再会した懐かしさばかりが理由とは考えがたい。恋人と自分を「二階へかくまつて下さいな。」と頼む台詞は、駆け落ちの布石を打つため父親に近づく、お照の隠れた意図を示唆してもいよう。しかし兼太郎は、こうした娘の発話を「出もせぬ咳嗽にまぎら」し、掻き消してしまうのである。

いま、兼太郎が娘の情愛を疑わず、自己を慰撫する物語を、強固に保護していることを述べた。兼太郎の視点に立つかぎり、没落した自らをお照が慰める「色男」の物語は、壊れていない。しかし本作最終場面の兼太郎本人にも解釈不能なままに差し挟まれた回想は、この引用による物語を解体し、もはや機能しえぬものとして示す効果を持ってもいるのである。

取残された兼太郎は呆気に取られて、寒月の光に若い男女が互に手を取り肩を擦れ合して行く其の後姿と地に曳く其の影とを見送つた。見送つてゐる内に兼太郎はふと何の連絡もなく、柳橋の沢次を他の男に取られた時の事を思出した。沢次と他の男とが寄添ひながら柳橋を渡つて行く後姿を月の夜に見送つてもういけないと諦をつけた時の事を思出した。思出してから兼太郎はどうして今時分そんな事を思出したのだらうと其理由を考へやうとした。

雪解の季節を描き許されぬ恋の主題を描く際、寒月と雪を頼りに落ち延びる恋人たちの後ろ姿を書き込むことは、芝居を参照する小説において常套とされていたらしい。たとえば岡本綺堂は、直次郎三千歳に似せた物語を半七捕物帳に嵌め込む『春の雪解』[22]という小説を描く際、元の舞台にはなかったこの形象を書き込んでいる。明治二〇年代に遡る、斎藤緑雨『春寒雪解月』[23]の場合も同様である。この小説は近松門左衛門『大経師昔暦』を参照しつつ、おさん茂兵衛物語の細部を変え、明治期毒婦物へと仕立て直したところに特色があるが、原作で一一月初めにおこる駆け落ちのシーンは、「春寒」の「雪解」へと、季節を移して描かれるのである。

綺堂『春の雪解』における罪を犯した恋人たちの後ろ姿は、後にこの物語を「私」に語る若き日の半七によって捉えられる。緑雨の新聞連載小説では、駆け落ちする二人の姿が道行き風の文体によって言及された後、再度地の文で、「空に雪解の月かすむ影猶ほ寒き夜にまぎれ〔略〕逃れ出でたる新之助とお勝」と語り直される。歌舞伎が登場人物の可視化をつねに前提とし、とりわけ道行の場面では音曲が物語の現在を歌い上げるのに対し、小説では、散文形式のうちに道行の光景を再現しなければならない。芝居の小説化・翻案の際、雪道を落ちのびる二人の影が、ことさらに可視化されるゆえんである。

もちろん『雪解』の場合、『忍逢春雪解』をタイトルの由来とするものの、小説の筋は特定の劇・芝居に依拠してはおらず、右の場面に何らかの作品名が比喩として被せられるわけでもない。したがって右の部分は、特定の見立てがあるというより、去りゆく恋人たちを描いて小説の結構をつける際、雪解と寒月という常套的な点景を芝居から借用したまでと見る方が自然であろう。

しかし、荷風が二人の後ろ姿を描く際の操作は、綺堂や緑雨の場合とは異なる。ここで去りゆく女性とその恋人を見つめるのは、後日回想談として恋を語る傍観者の一人でもなければ、無名の語り手でもない。先ほどまでこの女性を「色女」に見立てていた、いわば当事者であるべき男性なのである。

兼太郎がお照とその恋人を見送る視座に立つ以上、彼は二人の関係から疎外されており、お照をめぐる恋愛のモチーフは、兼太郎の手元を離れている。お照を見つめる兼太郎が、かつて自らを棄てた芸者・沢次の記憶を喚起することは「不思議」ではない。兼太郎が示唆する、零落した男が「色女」に慰められる物語から、その一端を担っていた女性が立ち去るという構図において、沢次の記憶と現在の光景は共通しているのである。

しかも、恋人と共に去るお照が「人情本」への無関心を確言しているのだから、この疎外は兼太郎のみならず、彼の作り上げた憧憬そのものにまで、及んでいると言えよう。兼太郎のもとを去る女性の職業が、花柳界の芸者から女給へと置きかえられていることの意義がここにある。兼太郎のもとを去ってしまえば、お照は江戸芸術の記憶を共有せず、したがって虚構の人物や物語の比喩を受け取ることもできない存在である。『雪解』が落ちのびる恋人達の図像を描いて指し示すのは、お照が兼太郎の手を離れることにより、江戸の記憶が、小説内の空間から消滅してしまう瞬間なのである。

つまり右に引用した場面は、兼太郎の作り上げる物語を突き崩すのみならず、もはや機能しえぬ江戸芸術の記憶が消え去って行くさまを描いているのだと言えよう。『雪解』は江戸による幻影の世界を作り上げるだけでなく、それが壊れる過程をも小説内に用意していたわけである。

しかしひとたび作り上げた世界を自ら解体してしまう『雪解』の表現は、消えゆく「江戸」への、単なる哀悼に止まっているのだろうか。先に見たような、江戸観が変貌しつつあった時代において、遠ざかり、消えゆくものとして江戸を見る時代認識は、あまりに自明のものであったはずである。この、江戸の記憶を消去する手続きを取る時、荷風は何を描いていたのだろうか。

そのように考える際の手がかりは、たとえば貸間の向かいにある「待合吉川」が発する物音にあるように思う。兼太郎はお照や貸間の女房と冗談交じりに語らう最中、ふと女房に「いい旦那さんを持つて、どれだけ幸せか知れないよ」という一言を発する。女房が不義をはたらいている以上この台詞はたくまざる皮肉でもあるわけで、事実、女房は黙って台所に立ってしまう。このとき貸間の一階には、「待合吉川」の物音、「電話の鈴の音」や「仕出しの声」が響き渡っていた。

小説の末尾に、再度「自動車の発動機」の音を響かせる「待合吉川」が、清元「三千歳」を響かせる音源でもあったことを、あらためて確認しておこう。親子の再会は、この「三千歳」によって、無頼漢と芸者の逢瀬という見立ての契機を与えられていた。兼太郎の見立てに破れ目が覗く時点で記される「吉川」の繁盛ぶりは、大正期における築地の都市機能を如実に物語っているのである。

『雪解』の舞台となった築地は、東京市内各所からの至便なアクセスを利用した、商業区域であった。兼太郎が動き回る空間は、新富町の芝居町や講釈場、銭湯など、江戸の面影を残す区域[24]に限定されている。しかし、たとえば初めに引用した叙景の箇所にも、待合・自動車屋・仕出屋といった、貸席業関係の「小売店」が紛れ込んでいる。「新しく」表通りに並びはじめたというこれらの店舗は、築地が、銀座や省庁からの遊興客を、新たなかたちで獲得しつつあることを明かすのである。この時期、西には百貨店の建ち並ぶ銀座が発展を続けており、南には旧外国人居留地の築地明石町と海軍・逓信省関係施設が控え、北の新富町を越えれば、浅草が新たな繁栄を見せはじめている。[25]芝居の関係者や「妾」たちが示すような、築地の江戸情緒ゆたかな表情でさえ、こうした繁華街の隆盛が保証するものにほかならない。[26]兼太郎によって零落の象徴のように捉えられている築地の露地は、すぐ向かいにある「待合吉川」が示している通り、このような都市の膨張によって生み出された空隙として存在しているのである。

荷風が本作において江戸芸術の記憶を解体し、消去してゆく操作のうちに捉えたのは、この、「江戸趣味」をも併呑して膨張し続ける都市の動態だったのではないだろうか。本作は、都市の変貌を、単なる景観の経年変化として描くのではない。荷風は、江戸芸術の世界と現在の物語の間にあった危うい均衡をあえて崩し、比喩や引用が彩る物語が消えゆく過程に、語られざる都市の様相を描き出しているのである。

こうした都市の変貌は、江戸芸術を基盤とする意識を構築した上に描くことで、より動的なものとして迫ってくる。江戸への追懐や現代への嫌悪といった個人の規範意識が及ばぬところに、変動する都市の様相を記述すること――『雪解』の意義は、ここにこそ存していたと言えよう。荷風が本作において用いたのは、江戸芸術を参照することで、その崩壊過程に現代の都市を垣間見せるという方法論であった。個人の意識を色濃く描き出しながら、その外側に現在の都市を描いてゆく試み――そこには「大家」となった荷風の、新たな挑戦を読むことも不可能ではあるまい。

ただし本作のこうした方法論が、江戸芸術の枠組みを強固に採用することでのみ成り立つ性質を持っていたことも、最後に指摘しておきたいと思う。本作における都市の論理は、あくまでも主人公の作り上げた物語との偏差を通じて露出してゆくものでしかない。荷風がここで見せているような方法論は、絶えず変貌する都市の情報を収集し、都市の動態と江戸芸術の双方を十全に組み合わせることで有機的に機能してゆく構造を持つのだけれども、そのとき言葉は、空洞によって存在を証する廃墟の役割を強めてゆくことになる。

変貌を続ける都市の動態を前面に押し出しながら江戸芸術の物語を絡み合わせる小説が書かれるために、荷風は幾年かの沈黙を必要とした。以後、長大な『断腸亭日乗』執筆を通じて、読書の記録とともに膨大な都市の情報を集積してゆく荷風の営為に、言葉の限界をめぐる冷徹な認識をみることは難しくない。カフェや私娼窟での見聞にもとづき、江戸・明治と昭和の表象が入り乱れてゆく昭和期の特異な都市の物語群において問われていたものも、〈現実〉を描きえぬ言葉をどう取り扱うかという問題であったはずである。

※『雪解』本文の引用は初出に拠った。

第七章　モダニスム——『つゆのあとさき』

一　文壇復帰について

永井荷風の作品史において大きな転換点となった『つゆのあとさき』（昭和六年一〇月「中央公論」）は、谷崎潤一郎の指摘（「永井荷風氏の近業について」昭和六年一一月「改造」）以来、多く都市風俗の精緻な観察、その記録性に、関心が向けられてきた。本作に「文学史上我が昭和時代の東京を記念すべき世相史、風俗史」を読む谷崎の批評は、後年の『つゆのあとさき』評が必ず言及するという意味で、本作の評価の支柱となったと言える。

谷崎の批評に返答する文章で荷風が最も敏感に反応したのもこの点であった。ただ、「風俗を記録する操觚者の末に、たま〳〵わたくしの名が加へられたのは実に意外の光栄」だと述べる荷風の言葉は、いくぶん割り引いて考えなければならないように思う。同じ文章で「市井の風聞を記録するに過ぎない」西鶴と「空想の力を仮りて人物を活躍」させる近松を比較しつつ「近松は西鶴に比すれば遥に偉大なる作家である」と断言し、「西鶴の価を思切つて低くして考えれば、谷崎君がわたくしを以て西鶴の亜流となした事もさして過賞とするに及ばないであらう」と述べる荷風の言葉には、小説が含む「空想」的な要素、虚構へのこだわりが、揺曳しているのである。

『つゆのあとさき』にとどまらず、昭和期の荷風小説においてしばしば記録性が話題に上ることには、随筆や日記において繰り広げられた現代批判の言説が深く関わっていよう。女給、踊子、私娼、運転手、秘密出版業——昭和期の荷風小説が新たに描き出すこれらの人物は、旧時代への耽溺や現代への絶望といった、作家があらかじめ用意した二分法によって小説を裁断するかぎり、諷刺や憐憫の対象として捉えざるをえないものであるかもしれない。同時に、人物の周囲に配された都市風俗の数々は、時代の戯画を構成する背景の正確さをのみ読み取られることになる。

しかしそうした一見明快な作家の批評意識を前提とする読解は、昭和期の小説群が何を描いていたのかという問題を見落とす恐れがあるのではないだろうか。少なくとも、ことあるごとに自らを「小説家」と規定したこの作家が、なぜ小説という形式において都市・東京を表現したかという問いは残されている。作品に書き込まれた都市風俗の群れは、主題への寄与という観点から分析しなおす時、新たな作品像を浮かび上がらせるのではないか——本章ではこのような視座に立ち、『つゆのあとさき』における都市と虚構の関係を作品の構造に即して問い直してみたい。

その際評価の足がかりとなるのは、本作において「古風で類型的」とみなされた諸特徴の再検討である。小説の舞台が多く花柳街にとられたことや、後半部のやや急激な物語展開は、しばしば「旧来の待合文学と同断」(板垣直子)、「通俗小説をおもわせる」(吉行淳之介)、「いささか拵え過ぎた感がある」(前掲谷崎)など、本作に対する低評価の一因となってきた(1)。しかし一見明治・大正期以来の花柳小説と変わるところのない描写によって女給の物語を描くかに見える本作には、こうした時代錯誤の小説作法をあえて用いる方法意識、いわばアナクロニスムという方法があったのではないだろうか。

二　「女給」の造型

階下《した》は銀座の表通りから色硝子の大戸をあけて入る見通しの広い一室で、〔……〕左右の壁際には衝立の裏表に腰掛と卓子《テーブル》をつけたやうなボックスとか云ふものが据え並べてあつて、天井からは提灯に造花、下には椅子テーブルに植木鉢のみならず舞台で使ふ藪畳のやうな植ゑ込みが置いてあるので、何となく狭苦しく一見唯ごた〳〵した心持がする。（二）

女給の君江がごく簡単に身支度を整え、二階の控室から階下の接客場へと降りてゆく際の描写である。描写文は一望のうちにカフェ「ＤＯＮ・ＪＵＡＮ」の接客現場を描き出し、同時代の銀座における大規模カフェの様態を伝えているかのように見える。[2] 特に壁際に設置してある「ボックス」席は、当時耳目を集めていたカフェ風俗の一つであり、ＤＯＮ・ＪＵＡＮにおける接客の親密さを示唆する。表通りから「色硝子の大戸」によって遮断され、視界を「植木鉢」や「植ゑ込み」で覆われ、さらに「衝立」に囲い込まれたこの狭小な空間は、女給との秘やかな交歓の場が用意されているかのような幻想を、客に与えていた。[3]

しかしカフェを厳密に再現するかに見えるＤＯＮ・ＪＵＡＮの描写は、その実、細部の調整を通じて風俗を再構成してもいる。たとえば語りはＤＯＮ・ＪＵＡＮを描く際、客の数やチップの額をめぐる女給同士の競争、あるいはそれを促すカフェの制度という同時代風俗を選択していない。[4] 結果的に、ＤＯＮ・ＪＵＡＮの接客現場では、チップに執着する女給たちの客をめぐるきわどい奪い合いの劇が演じられることがなく、[5]「ボックス」内で取り交わされる会話は店外での個人的な交渉ばかりを話題にするのである。

こうした細部の選別によって、女給・君江の物語は、同時代の女給たちとは異なる相のもとに展開することが可能になっていた。そもそも「埼玉県下の□□町に在つて、その土地の名物になつてゐる菓子をつくる店」の娘である君江は、生活をチップに頼る多くの女給[6]とは違い、カフェが気に入らなければいつでも「田舎に帰」ることができる女給として設定されている。読者に「珍しい」女給という印象を与える[7]ほど彼女が客と金銭について無関心でありえたのは、彼女の同僚たちが「所業なげに唯時間のたつのを待つてゐる」ことを許すような、ゆるやかな労働条件の設置によるものであったと言えよう。

加えて、カフェの中での男女の交歓を描かないという選択は、作中の主要な舞台を銀座以外の場所へと移す役割を果たしてもいる。塩崎文雄が鋭敏に指摘する[8]通り、女給・君江と君江をめぐる男たちの物語は、四谷見附から神楽坂にかけての山の手地域——番町・麴町・富士見町とつづく高台が四谷・市ヶ谷・神楽坂の台地と外濠を挟んで向かいあい、花柳街が散在する一帯——を、主たる舞台としていた。

ただし、山の手一帯を主要な舞台とする本作の空間設定に荷風が明治・大正期以来書き継いできた花柳小説に連なるような場の論理、「旧態依然とした待合文学」と同質の描写を読むことには、若干の留保が必要ではないだろうか。たとえば次に引くのは、カフェを出た君江が男と歩く、外濠沿いの眺望を描いた一節である。

土手上の道路は次第に低くなつて行くので、一歩《あし》ごとに夜の空がひろくなつたやうに思はれ、市ヶ谷から牛込まで、一目に見渡す堀の景色は、土手も樹木も一様に蒼く霧のやうにかすんでゐる。そよ〳〵と流れて来る夜深の風には青くさい椎の花と野草の匂が含まれ、松の聳えた堀向の空から突然五位鷺のやうな鳥の声が

聞えた。（三）

草花の香りに五位鷺の声を添え、「田舎へ行つた」ような遊歩空間を呈示するかに見えるこの描写文が、まぎれもない都市化の様相を捉えていることを指摘しておこう。「堀向」の空を見はるかす描写は、河川の水面に灯火が反映する様を描き込む多くの荷風小説と異なり、視野を保証する光源を記していない。この叙景にはそれなりの根拠があって、君江と矢田が立ち止まっている道のすぐ足下には、関東大震災以前からその一部を計画されていた外濠公園が昭和七年の完成・開放を待ちつつ、すでに堀の大部分を埋め立て「青くさい椎の花と野草の匂」を送っているのである。(9)

君江の女給仲間・春代は、日比谷の濠を見ながら「芝居の背景見たやうねえ。」と言う。この濠端の道は、明治三〇年代に到るまで、繰り返し追い剝ぎや殺人、自殺の舞台として芝居や小説に立ちあらわれる暗闇であった。(10)昭和五年前後の小説においても、濠端は傷害事件が発生する場として偽装されることがあったから、危険はなくなったわけではない。(11)それでも、ともかくも深夜に気ままな遊歩を愉しみつつ「蒼く霧のやうにかすんでゐる」濠端の景色を体験するためには、「人の顔も見分けられるほど隈なく」輝く街灯や、たえず通り過ぎる自動車、明滅する「仁丹の広告」などの、町の光が必要だった。深閑とした山の手の夜を描くかに見える右の一節は、この地域がやがて昭和七年に大東京として成立すべく着々と成長してきた大都市の一部であるという事実を、二重写しに指し示すのである。(12)

同じように、君江が利用する待合座敷、たとえば神楽坂の描写もまた、花柳小説との差異の方へとに注意を向ける必要があるだろう。神楽坂そのものが、大正末から昭和初頭にかけて、カフェ・居酒屋等といった「学生相手」の飲食店と三業地が混在する特殊な発展を示した町であった。しかしそれだけでなく、本作における描写には、物語を花柳情緒に包み込むかのような点景を描き込みつつ、そこから距離を取る態勢を読むことができるのである。

植込を隔てゝ隣の二階の窓が見える。簾がおろしてあるが障子の上に、島田に結つた女が立つて衣服をぬいでゐるらしい影のあり〳〵映つてゐるのを見て、君江はそつと矢田の袖を引いたが、それと同時に艶しい影は雲のやうに大きく薄くなつたまゝ消え去つて、かすかな話声ばかりになつた。（三）

たとえば荷風『腕くらべ』の駒代が「小庭を間に丁度向合になつた隣の待合」の物音を聴きながら「あゝ芸者はいやだ、芸者になれば何をされても仕様がない……」と悲歎に暮れるように、待合の一室と向かい合った座敷の眺めは、確かに花柳小説における常套的モチーフの一つであった。⑬ 影絵のように障子に映し出された女の姿が、見る者にとって、同じような遊興の世界にある自らの身上を思い合わせるよすがとなる――そうした効果が、ここにあるかのように見える。

しかしながら、語りは登場人物の台詞や回想の言葉を操り、こうした花柳小説の文脈を慎重に遠ざけている。君江と矢田がこの景を「芝居のやうだわ」「これが江戸趣味つて云ふんだらうな」と評しあう通り、このモチーフは本作において、芸者の物語が呈示していたような悲哀の物語をもはや表現しない。障子に写る影法師は、この情景に悲哀を喚起されない登場人物たちのありようをこそ、露出する効果を持つのである。

待合座敷の描写は、君江の物語が座敷と前借金に縛られた芸者の物語とも異なっていることを浮かびあがらせている。たとえば庭に視線を投げつつ「待合といふところへ初めて連れ込まれた時の事」を想起する君江の回想は、かつて入った大森の待合と今夜の待合を「其の場の様子は今夜と少しも変りがない」と語り、それが神楽坂であっても大森であっても変わらない眺めであることを証言する。(14) 実際の名を特定できるほど詳細に記述された右の待合の名前を最後まで明かさないという操作にも、この場所を神楽坂北側一帯に広がる待合の一つとして記号化する操作があると言えよう。(15) 本作における待合座敷は、都市における性愛の戯れにごく均一なアソビの光景を提供しうる、機能的な享楽の場としてのみ呈示されるのである。

以上本作における都市描写の検討を通じて、君江の物語が、女給とも芸者とも異なるかたちで展開しようとする志向性を持つことを確認してきた。カフェＤＯＮ・ＪＵＡＮの入口が「同じやうなカツフエーばかり続いてゐ」(三)る場所におかれているように、本作の描写は、緻密に都市の細部を記録する、まさにその操作を通じて、都市の空隙に――あるいは細部の等質性のうちに――、虚構の物語が立ち上がるべき場を用意している。君江を中心とする群像劇としての『つゆのあとさき』は、女給という新しい女性の一類型の物語としてではなく、女性をめぐる新旧さまざまな物語の交錯点で立ち振舞う言葉として捉えてみる時、あらたな主題を呈示するはずである。

三　幻影の性

『つゆのあとさき』が描く君江の女性像を辿ってゆくとき、登場人物のまなざしが捉えた君江の像と、彼女の内面との間に、ある齟齬が設けられていることに気づく。この齟齬を用意するのは、君江の内面を他の登場人物から閉ざそうとする語りの方法であった。

君江はどういふ訳だか、自分の平生を人に知られてゐる事を好まない。秘密にする必要がない事でも、君江は人に問はれると、唯にや〳〵笑ひにまぎらすか、さうでなければ口から出まかせな虚言《うそ》をつく。〔略〕好きだと思ふ男に対しては猶更の事で、その男が深く聞知らうとすればいよ〳〵深く口を閉ぢて何事をも語らない。(四)

「深く口を閉ぢ」る君江の内面に立ち入り、彼女の言葉や身振りが「虚言」であることを明かす語りの方法は、本作を「無知で淫蕩な女給君江」(臼井吉見「つゆのあとさき」昭和四二年、新潮文庫『小説の味わい方』)の物語であるとする読みに、それなりの妥当性を与えるように見える。たとえば語りは君江が情事に用いる待合の配置によって、彼女の情事が巧妙に男たちの眼から隠されていることを示唆している。[16] 複数の待合座敷で秘密裡に繰り返される性の情報は、作中のおびただしい伏字が喚起するイメージとあいまって、[17]「生れつき売笑婦にでき上つてゐ」る妖艶な女給の物語を紡ぎ出すかに見えるだろう。

しかし一方、地の文によってのみ明かされる君江の内面を離れ、欺された男たちの側から君江の挙措動作や台詞を見つめなおしてみるとき、この主人公が思いの外おとなしく振舞っており、したがって君江は初めから奔放な女性として映っているわけではないという事実が、浮かびあがって来る。たしかに「爪先で電話室の硝子戸を突きあけ」、「雑巾を植木鉢の上に投付け」る君江の仕草は行儀の良いものではないが、少なくとも他の女給と比較する際、君江の態度はかなり上品に映るらしい。清岡進は君江に心を寄せた理由として「物言ひのしづかなのと、挙動の粗暴でない」点を挙げていたし、女給たちの評判にも、「君江さんほど姿の優しいしとやかな人はない」（傍点引用者）という一言が含まれていた。

おそらく作者自身の「初より心理描写を避け唯表面の行動を写せばそれにて差閊なきものと思ひ居候[18]」という言及をまたずとも、『つゆのあとさき』における君江の外面と内面の微妙な齟齬は、単なるノイズとして看過することができない。君江自身の内面の物語と、男たちのまなざしに映る、君江の身振りや発話を根拠とする物語――君江の内面を他者から閉ざす本作の語りは、これら二つの女の物語を、同時に語る構造を持つのだと言えよう。君江の物語は、淫蕩な女の物語として自明視するのではなく、互いに食い違う二つの物語の相関において捉えなおしてみることで、新たな意味を捉えることが可能になるのである。

語りは、君江の身振りを記述する際、男性を積極的に支配しつつ性の喜びを味わうような態度の描写を注意ぶかく避けている。この点を、『つゆのあとさき』草稿[19]の検討によって確認してみよう。草稿は、君江を待合に連れ込んだ課長の反応を記すにあたって、「恐ろしくなつたらしく」という記述を何度か書いては消した後、「興を覚ましたらしく」という表現に落ちつかせている。「巧に睫毛の長い眼の中をうるませ」るような目元の演技だけはかろうじて残っているものの、君江の言動からは、男に「命令」したり「軽く目を瞬い」たりする、モダン・ガール、あるいは映画女優めいた女性像を語る言葉が、慎重に取り除かれているのである[20]。

結果的に残されたのは、「身も心も捧げ尽したやうな」君江の身振りであった。この態度について、君江の情事を垣間見た芸者が「芸者よりも濃厚」（傍点引用者）だと評することは、彼女が戯れる場について考える場合、重要な意味を持つものであると言えよう。「この頃は芸者が女給になつたり、女給さんが芸者になつたり、全く区別がつきません」（六）という待合座敷の空間にあって、君江の身振りは、芸者のそれと見まがうほど、男性に甘えかかり「言ふがまゝ」になるかのようなメッセージを発信するのである。

　松崎老人が「見かけが素人らしく見えるだけ罪が深いよ」と述懐する通り、男たちが君江をこの上なく淫奔な女性と捉え、嫉妬を燃え上がらせることの背後には、この一見服従そのものに映る身振りが、深く関わっていよう。そもそもチップが担保する関係しかない女給たちと同じような振舞いを見せていたなら、他の男と密会したところでことさらに淫奔さを言い立てられることもなかったかもしれない。[21] 複数の男たちと関係を結びつづける君江の日常は、彼女の身振りに幻惑されて「心から君江に愛されるものとばかり思込」んだ清岡進のような男が垣間見るとき、はじめて、度しがたい性の跳梁として映るのである。[22] 君江を「淫蕩」な女給として登場人物に印象づけるのは、男の占有物のように振る舞い、男を歓ばせる彼女の身振りと発話だった。

　これらの登場人物が読みとった物語を取り除いてみるとき、待合座敷を飛び回る女の物語は、そこに快楽の喜び、性の躍動といった主題を読み込みうる言葉が不在であることを露呈しはじめる。語りが君江に与える評価は「生れついての浮気者」（四）という程度、それも「新に好きな男ができると忽ち熱くなつて忽ち冷めてしまふ」（同）という定義にとどまっており、彼女の性をめぐる体験が「淫奔」「淫蕩」であることは明言されない。[23] それだけでなく、「高が五人や十人、数の知れた男の事を大層らしく経験だの何だのと言ふにも及ぶまい」と同輩をあざける君江の描写において、彼女の側の肉体的な快楽の記述は、一切省かれているのである。

　そもそものはじめの時点から、性をめぐる君江の身振りは、芸者の模倣を通じて習い覚えた演技でしかなかった。「君江はその前［註――初めて待合に連れ込まれる以前］から京子が旦那の目をかすめていろ〳〵な男を妾宅へ引入れるさまを目撃してゐたのみならず、折々は京子と旦那と一つ座敷へ寝たことさへある位で、いはゞ待合か芸者の娘も同様、早くから何事をも承知しぬいてゐた」（三）。「みだら」「淫恣」と映る君江の日常は、彼女が男たちの欲望に応えた「訓練」の賜物でしかない。君江の快楽は、読み込みを許さない空白であるだけでなく、むしろ不在を示されていたと言えよう。

いま、男たちの視線が読みとる君江の物語が、君江の快楽の不在を指し示していることを述べた。君江の物語が垣間見せるこうした空虚さを強めるのが、先に見たような待合座敷の記号性である。君江の遊びは、「消し忘れた天井の電燈さへ亦昨夜と同じやうに床の間の壁に挿花の影を描いてゐる」というように、いつも同じような待合の密室で展開していることを強調される。君江の「戯れ」の日々は、性愛のために用意された機能的な空間で、男の要求に応じて展開する演技の繰り返しとして、ひとまず呈示されている。

ただ、この演技の域を出ない性愛の繰り返しに、女給の空虚な性といった主題、「時代の犠牲者㉔」の物語ばかりを読むこともまた、おそらく適切ではない。君江を語る言葉は、君江の性をそうした痛ましいものとして呈示する、その一歩手前で立ち止まる。語りはそのかわり、演技の繰り返しのなかで「いづれが現実、いづれが夢であつたか」が曖昧化するような「情緒と感覚の混淆」の時間を作り出し、この時間域における幻想的な「快感」を描き込むのである。

十七の暮から二十になる今日が日まで、いつも〳〵君江はこの戯れのいそがしさにのみ追はれて、深刻な恋愛の真情がどんなものかしみ〲考へて見る暇がない。［……］いかなる深刻な事実も、一旦睡に陥るや否や、其の印象は睡眠中に見た夢と同じやうに影薄く模糊としてしまふのである。君江は睡からふと覚めて、いづれが現実、いづれが夢であつたかを区別しやうとする、其時の情緒と感覚との混淆ほど快いものはないとしている。（七）

たとえば眠りに入る前の孤独な時間ならば、同時代の女給やモダン・ガールたちと同じように、「深刻な恋愛の真情」や自らの性が置かれた現実について考える時間もあるかもしれない。[25] しかし「何より先に平素の寝不足を補つて置かうと」眠り込む君江に、その時間はない。性の体験は、休む間もないほど頻繁に繰り返されるがゆえに、つねに追憶――それも「いづれが現実、いづれが夢であつたか」見分けがたいほど「影薄く曖昧模糊」とした追憶――の領域へと、送り込まれる。したがって彼女がどれほど新たな情事への空想を逞しくしたところで、やはりそれはおぼろげな印象にもとづくものでしかないだろう。このサイクルを通じて、嫌悪にみちた「身顫いする」ような体験であるかもしれない「戯れ」の日々は、追憶のなかで夢のように曖昧な「快感」の時間へと反転するのである。

語りは君江の身振りに同時代の様々な女性表象を交錯させながら、現実と幻想の境界が曖昧になった君江の想念の領域に、そのいずれとも異なる性の体験を組みあげてゆく。どこかと同じような部屋で、誰かと同じような愛の仕草を繰り返しながら、快楽を想念のなかにのみ見出す女の物語。君江の身振りを淫奔このうえないものとして語る言葉は、そこに彼女の快楽が不在であることを、いっそう際立たせる役割を持つ。本作はこうした演技と内面との齟齬を通じて、性の享楽が観念的な領域でのみ受感されてゆく淡い幻想の時間域を浮かびあがらせるのである。

この時間域の創出が、同時代の女性表象を銀座や神楽坂の犀利な風俗描写とともに用意し、操る作業によってのみ成立しえていたことを改めて確認しておきたい。君江の身振りを快楽なき空白として描出する操作は、性の享楽を味わうような身振りの記述を避けつつ、待合座敷の情報と男たちの解釈を呈示する操作によってこそ可能になるものであった。また、君江の「夢を見てゐるやう」な快い性愛のイメージは、給金や前借に縛られた女給や芸者の物語を慎重に回避することによって、はじめて存立するのである。

荷風が明治・大正期以来小説の舞台としてきた花柳街の風俗は、ここでは女性が様々な場所で性の戯れを演じさせられつつあった時代の新たな性の相貌を描き出すことに寄与していた。休む暇もないほどの繰り返しのなかでたえず体験が観念的な領域へと送り込まれてゆく、フィクショナルな性の時間——この主題を、ここで仮に〈幻影の性〉の時間と呼んでおこう。花柳小説の方法によって時代の戯画を構成するかに見える『つゆのあとさき』は、同時代のモダニスム文学とは全く異なる方法を通じて、都市・東京における「幻影」（室生犀星『幻影の都市』大正一〇年一月「雄弁」）の表現を探り当てつつあった。カフェと花柳街という、新旧二つの東京風俗を組み合わせるアナクロニスムの意義は、ひとまずこの点に求められよう。

以上、『つゆのあとさき』が、都市風俗の詳細な「クロニック」としての身振りを通じて、都市享楽における幻想の主題を浮かび上がらせている様を確認してきた。君江の物語が風俗の記録にとどまらない主題を抱え込むのだとすれば、本作の評価は、この主題がどのように現実と対峙していたのかという点に、掛かっていよう。以下、本作結末部の分析を通じて、〈幻影の性〉の主題が持っていた射程を、見定めてみたいと思う。

四　旧様式の役割

『つゆのあとさき』「八」章後半から結末にかけての展開は、しばしば、君江の転機を語るものとして読まれてきた[26]。雨の夜に円タクから突き落とされた君江が、怪我と風邪の養生中、偶然出会った川島金之助と往時を語り合う。自殺を決意していた川島は、君江の枕元に遺書を置いて去る。一見、君江の享楽の日々が終わりに近づいてゆく過程であるかに見えるこの展開の結果、果てしない情事の繰り返しが担保していた〈幻影の性〉の主題は、徐々に収束しつつあるかにみえる。

たしかに、「八」章以降の物語がやや定型的な場面性を伴って進行し、君江の内面の移行を導くことは事実である。まず、君江が車から突き落とされる場面を見ておこう。

「ざまア見ろ。淫売め。」と冷罵した運転手の声も驟雨の音に打消され、車は忽ち行衛をくらましてしまつた。／君江は気がついて泥の中に起き直つて、あたりを見ると、投げ出された場所は津の守阪下から阪町下の巡査派出所へ来る間の真暗な道だと思ひの外、まるで方角のわからない屋敷町の塀外であつた。［略］君江はまづ泥と雨とに濡れくづれた髪の毛を束ね直さうと、額を撫でながら其の手を見ると、べつたり血がついてゐる。君江は顔の血に心づくと俄に胸がどき〳〵鳴出して、髪や着物にかまつてゐる気力は失せ、声を出して救ひを呼ばうとしたのを纔に我慢して、唯一心に医者か薬屋かを目当に雨の中を馳け出した。（八）

左に引用するのは、河竹黙阿弥『梅雨小袖昔八丈』（髪結新三）における、髪結新三が手代忠七を下駄で殴り、雨の夜に置き去りにする場面である。

新三よろしく突廻して忠七の顔を下駄にて蹴る。／忠七　あいたゝゝゝゝ。（ト額を押へしまゝどうとなる、新三これを見て、）／新三　ざまァ見やァがれ。／とせゝら笑ふ、浪の音佃になり、新三橋を渡つて上手へ入る、忠七起上り、／忠七　おのれ、逃げるとて逃がさうか。／トよろぼひながら上手へ行き、額の痛むこなしにて手をあてゝ見て、血汐附くゆゑびつくりしてどうとなる［……］忠七　えゝこれ、跡を追駈け行かうにも、所の名さへ深川と聞いたばかりで先は知らず、殊には宵の大雨にてぬかる道さへ知れ難き、黒白もわかぬ真の闇、こりやどうしたらよからうなあ。

下駄と円タク、手代と女給という違いはあるが、梅雨の夜、顔に傷をつけた相手が捨て台詞を発して立ち去り、顔の血に気がついて驚いた人物の混乱が暗闇のなかでいっそう高まるという構図において、両者は共通する。(27)

後半部における君江の物語に古風な物語の類型を導入しようとする語りの身ぶりは、他の箇所にも確認することができる。額を傷つけられた人物が転機を迎えるとは、歌舞伎を中心に繰り返されてきた常套的な展開であった。(28)語り手は右の箇所の直前に、清岡の帽子が風に吹き飛ばされる場面を挿入しているのだが、この無帽と闇中の風雨のイメージによって、一篇に散切狂言めいた薄暗さが漂いはじめている点にも注意したい。谷崎潤一郎が「拵え過ぎた感がある」(29)と指摘する通り、続く第九章、病床から起き上がった君江が川島金之助と再会する場面にしても、落魄した男が旧知の女性と再会し、女性の自宅に伴われるという筋立てから見れば多く先例がある。一例として『金之助の話』(30)を挙げておこう。関西一円を放浪した挙げ句「目も窪むほど痩衰へ見る影もなき」姿で大阪の町をさまよっていた金之助は、東京で知り合った芸者・小龍と再会し、芸者屋に伴われ、手厚い世話を受けるのである。

こうした展開を持ち込むことで、服従の演技を駆使して男たちを魅了する女の物語は、零落した男を心から歓待する女の物語へと、たしかに転換しつつあるかに見える。「田舎の家へ帰らうかと思つてゐますの」と川島に洩らす君江の言葉は、「此の芝居の序幕も、どうやら自然と終りに近づいて来たやうな気がして来る……」という彼女の独白と矛盾しない。君江の演技が終わるとき、演技によって支えられた〈幻影の性〉の時間も、終わりを迎えるかに見える。

しかし、ここで再び君江の内面を離れ、彼女の周囲に設置された空間から君江の物語を捉えかえしてみるならば、結末部における語りが、ふたたび内面と外貌との齟齬を用意していることに気づく。まず、君江が住まう貸間の設定が、君江の「むかしの話でもして慰めて上げたい」という意図と食い違う。

「をばさんは誰か男の人が来ると、何でもない人でも、いやに気をきかして、すぐ外へ行つてしまふんですよ。あんまり気が早いんで気まりのわるい事がある位ですわ。」（九）

「をばさん」と呼ばれる貸間の家主は、私娼仲間の京子が彼女と緊密に連絡を取っていることが示唆される（七）通り、君江が私娼だった時期から関わりのある人物である。清岡が偵察に訪れるたびに巧みに話を合わせ、川島が訪れた際にも待合の下女のように「麦酒と蟹の缶詰に漬物を添へて黙つて梯子段の上の板の間に置いて行く」様にも、ただの家主という以上の、君江の共犯者としての役割を窺うことができる。(31) この老婆の存在が示唆する通り、市ヶ谷の貸間は、「赤い布団」を敷き「窓の障子を半ばしめ」てしまえば待合座敷のように利用できてしまう、「戯れ」のための機能的な空間でもあった。

このように用意された空間にあって、川島のまなざしが捉える君江の像もまた「枕の上から畳の方へと×××

××××［註――女の髪の乱れくづ］れる時のさまがちらついて来る」ようなものでしかない。

川島はわづか二年見ぬ間に変れば変るものだと思ふと、ぢつと見詰めた目をそむける暇がない。［……］今では頬から頤へかけて面長の横顔がすつかり垢抜けして、肩と頸筋とは却て其時分より弱々しく、しなやかに見えながら、開けた浴衣の胸から坐つた腿のあたりの肉づきは飽くまで豊艶《ゆたか》になつて、全身の姿の何処《どこ》といふことなく、正業の女には見られない妖冶な趣が目につくやうになつた。（九）

君江が一連の出来事を通して蒙った変化とはうらはらに、彼女の外見と仕草が発するメッセージは、相変わらず男の欲望を駆り立て続けるのである。もちろん草稿の修訂に窺える通り、この箇所で川島の欲望を誘い出す君江の身振りは、細心の注意を払いつつ、無意識のものとして示されていた㉜。しかし君江の身振りに男が幻惑され「男の執念」をさらけだすという右の構図は、清岡や松崎との関係と、実のところ何ら変わっていない。むしろ「あなたを一緒にあの世へ連れて行きたい気がした」という遺書の一節は、君江に差し向けられた男の執念をより強調するものでさえあった。

ここで語りは、君江の物語が悲劇である可能性を示唆することで、君江の意志と彼女を捉えるまなざしとの齟齬をいっそう劇的に構成している。語りは君江の「妖冶」な外貌を、「剣客の身体」の比喩によって説明しつつ、酔った君江に「サムライ日本《にっぽん》何とやら」の歌を唄わせる。西條八十の作詞にかかる、映画『侍ニッポン』の主題歌には、「きのう勤王あしたは佐幕／その日その日のできごころ」という一節が含まれていた。「わづか二年」の間に鍛え上げられた君江の性の身振りには、水戸天狗党にも朝廷勢力にも賛同できぬまま無軌道に剣をふるい、双方の運動から脱落してゆく浪人・新納鶴千代のイメージを、重ねることができるかもしれない。君江が再び情事の繰り返しへと戻ってゆくかどうかは推測の域をでない[33]としても、彼女の身体に、知らず知らず虚無へと突き進んで行きかねない危うさが付け加えられていることは確かである。

しかしながら、本作が「をばさん〳〵」という叫び声とともに君江の物語の幕を降ろしている以上、君江の物語の今後を問うたところで作品の領域を越える推測以上のものは得られまい。むしろここで重要なのは、右のように設置された外面と内面の間の拮抗関係を通じ、〈幻影の性〉の主題がいっそう鮮明に映し出されているという一事ではないだろうか。川島が部屋を去り、君江の目が醒めるまでの時間は、抜かりなく「何やら夢を見てゐるやうな気がしてゐた」と表現されており、性の体験が夢のような印象となって君江に訪れるという構図も再びなぞりなおされている。君江の身振りに端を発する性の幻想は、人情噺めいた予定調和を志向する君江の言葉を一瞬裏切り、彼女の物語が悲劇へと回収される可能性を示唆するとき、もう一度立ち現れるのである。

〈幻影の性〉の主題をこのように再呈示するとき、『つゆのあとさき』は同時代都市モダニスムの水準をはるかに突出する、終わりなき都市幻想の物語を獲得していた。大都市の生活がもたらす幻想的な享楽を都市の変容ではなく持続の面において描き出した本作は、「モダン相」を任意に着脱可能でありいずれ終息を迎えることが予定済みであるような、青年男女の一時的な狂騒の時間として描くのではない。都市・東京に内在する虚構性をとりだすことで立ち上がったこの主題は、作品内に「夢を見てゐるやう」な性の幻想の日々から抜け出ようとする意識を設置しつつそれを裏切る本作の操作によって、たやすく閉じることのない危険な相貌を、最後にあきらかにするのである。

「流行も亦既に盛を越した[34]」「昭和三四年代の女給」の物語が昭和六年に書かれたことの理由を、ここに求めることができよう。関西系資本の参入によるカフェの大規模化は、女給達をより苛酷な労働条件で縛り、彼女たちがカフェで繰り広げるサービスを、よりどぎついものへと変えつつあった。同時に、一九二〇年代半ばから終わりにかけて数多く生み出された、銀座をめぐる華々しい都市幻想の物語群は、「風俗小説」「市井事もの」の掛け声のもと、都市周辺部における落伍者たちの物語へと交替しつつあったのである。荷風は、このように現実が移行し都市幻想の物語群が閉じつつある時期にあって、昭和初頭のモダニスムが秘めていた、この収束しつつある主題――アナーキーに広がる享楽の幻想――が意外な場に残されていることを指し示している。『つゆのあとさき』が君江の物語によって伝えていたのは、現実の都市に読みとられた虚構の「クロニック」、都市・東京にまだ持続しているかもしれない世相史だったのである。

五　虚構の現代史

以上『つゆのあとさき』を、徹底した風俗の把握を通じて都市生活の幻想的な領域を映し出す小説として、読み進めてきた。現実の都市の情報を詳細に盛り込んでいる本作の描写は、カフェと花柳街という二つの都市風俗の混淆によって、女給の物語とも芸者の物語とも異なる、幻想的な性の物語を記述しえていた。本作の結末は、この〈幻影の性〉とも呼ぶべき「夢を見てゐるやう」な性の幻想を閉じるのではなく、いっそう劇的に映し出し続けている。銀座を舞台とする都市幻想の物語が収束しつつあった時期に提出された本作は、現実の都市に読みとられた性の物語を、いわば虚構の歴史として、描き出していたのである。

精緻な都市描写のなかに、言葉による幻想を紡ぎ上げ、現実の都市が秘める物語の可能性を開示してゆくこと――関東大震災以後に急成長したモダン都市の表象群は、三人称花柳小説の方法と混淆することで、昭和初頭の東京に独自の物語を創出する効果を持っていた。一見時代遅れに見える本作の舞台設定や物語構成は、昭和初頭の世相をまざまざと伝えるものでありながら、「現代史」の内なる虚構性を示唆する効果を持ちえていたと言えよう。こうした本作の方法には同時代におけるリアリズムと物語の審級をめぐる論議への、語られざる態度が隠されているようでもある。

いずれにせよ、本章で確認した通り、『つゆのあとさき』は、荷風小説が描いた東京を絶望や諷刺といったフィルターを通して読むのではなく、作品の言葉に即して読んでゆく必要性を教えてくれる。荷風の三人称小説は、震災後の東京を舞台とすることではじめて捉えうる、あらたな主題を獲得しつつあった。そのように眺め直してみるとき、昭和の東京を描く荷風小説には、精緻な記録によってこそ成立しうる「空想」的な要素、彼が都市に読みとっていた虚構の先鋭性が、姿を現しはじめるはずである。

※『つゆのあとさき』本文は岩波書店版『荷風全集』第十六巻に倣い、初刊『つゆのあとさき』（昭和六年一〇月、中央公論社）に拠り、初出との差はその都度示した。初出本文はあまりにも伏字が多く、部分的な引用を通じて小説の記述分析を行うのが困難なためである。

第八章　映　像――『濹東綺譚』

一　自制する言葉

『濹東綺譚』の書き手として登場する小説家「わたくし」は、玉の井の娼婦お雪に過去の幻影を透かしみることによって久方ぶりの小説『失踪』を完成させ、やがて玉の井を去ろうとする時、次のように述べる。

濹東綺譚はこゝに筆を擱くべきであらう。然しながら若しこゝに古風な小説的結末をつけようと欲するならば、半年或は一年の後、わたくしが偶然思ひがけない処で、既に素人になつてゐるお雪に廻り逢ふ一節を書添へればよいであらう。猶又、この偶然の邂逅をして更に感傷的ならしめようと思つたなら、摺れちがふ自動車とか或は列車の窓から、互に顔を見合しながら、言葉を交したいにも交すことの出来ない場面を設ければよいであらう。楓葉荻花秋は瑟々たる刀禰河あたりの渡船で擦れ違ふ処などは、殊に妙であらう。（十）

「刀禰河あたりの渡船で擦れ違ふ」別離の場面は、嵯峨の舎おむろ『はつ恋』の結末部分などを想定していよう。

「わたくし」は、お雪との交歓を語ってきた記述が「小説」であることを読者に強く意識させながら、そこに「古風な小説的結末」をつけることを避け、物語を未完のままに示すことを選んでいた。

河上徹太郎の「抒情小説」という定義以来、『濹東綺譚』は、書き手兼主人公たる「わたくし」の懐古趣味が論じられてきた小説である。主人公が頻繁に江戸や明治時代への言及を行うこと、また、主人公のイメージが荷風本人に近似していることなどから、本作には書き手の江戸への耽溺ぶりが指摘されてきた。『濹東綺譚』が永井荷風の小説の頂点に立つ資格を失わない」ことの理由が「「わたくし」がいわば勝手に、「過去の世のなつかしい幻影」だと思いたがる女性に託して、ひとときにせよ、魂の自由を育てられる場所のありかが純粋に、真剣に探られる」点にある（菅野昭正）のだとすれば、ここに描かれた「過去の世のなつかしい幻影」からわずかに身を逸らす語りの身ぶり、小説が「古風な小説的結末」のように完結しなかったことの意味は小さくないはずである。

本作における言葉と時代の関係をどのように読むかという問題と、右の未完の問題は密接に関わっている。『濹東綺譚』が小説を書かずに終わる小説家の物語であることに最も敏感に反応し、それを同時代への無言の諷刺として読んでみせたのは江藤淳だった。

荷風散人は、『濹東綺譚』で古色蒼然たる情話を語ると見せかけながら、実は同時代の言語空間の構造そのものを——とりわけその禁止の構造を、暴露して見せようと企てていたのではないだろうか。（「記録者と創作者」平成八年三月、新潮社『荷風散策——紅茶のあとさき』所収）

「言語空間の構造」「禁止の構造」という言葉が示すように、ここでは小説言語に強いられた外的な不自由という主題が読みとられている。「禁止の構造」として内務省警保局による検閲や政治の干渉を想定しつつ、言語空間が不自由でしかありえない場を描いたものとして『濹東綺譚』を読み解いてみせる江藤の行論は説得力に富むのだが、たとえば『濹東綺譚』の後に附された『作後贅言』の記述を見るとき、そこには『濹東綺譚』にひそむ、もう一つの「禁止」のありかを見ることができるように思われる。

濹東綺譚はその初め稿を脱した時、直に地名を取つて「玉の井双紙」と題したのであるが、後に聊か思ふところあつて、今の世には縁遠い濹字を用いて、殊更に風雅をよそほはせたのである。（「作後贅言」）

「今の世には縁遠い濹字」への変更を語る言葉は、「玉の井双紙」のタイトルが戯作を連想させる通り(4)、戯作者の書く序跋のスタイルを真似て書かれている。

此書一点《このしよいつてん》の実《じつ》なし。唯劇場《たゞげきじよう》に古《ふる》くよりもてはやしたる。浅間《あさま》ヶ嶽《だけ》の狂言《きやうげん》によりて編《あめる》がゆゑに。面影草紙《おもかげざうし》とはいへり。亦後帙《またこうちつ》を執着《しうぢやく》と標題《へいだい》せしは。彼狂言《かのきやうげん》の尾《おはり》に獅子《しゝ》舞《まい》あり。石橋《しやつきよう》。英《はなぶさ》獅子《しゝ》。執着《しうぢやく》などいへり。石橋《しやつきよう》は謡曲《ようきよく》にありてなを家々《いへ〲》に口伝《くでん》あるべければ。其名をはゞかりて。執着譚《しうぢやくものがたり》とよぶのみ（柳亭種彦『逢州執着譚』「附言」）

先に引いた『濹東綺譚』中の一節と『作後贅言』を関わらせて考えるならば、ここでの題名の変更は、『濹東綺譚』が「双紙」としての完結性を持たない物語であったことと無関係ではあるまい。作品の性質が題名を規定するという近世戯作の発想が踏まえられているかぎりで、ここには小説にもたらされた外的な不自由〈禁じられた〉不自由）とともに、作品のなかに内在的に機能している不自由〈自ら禁ずる〉不自由）を、読みとることができるのではないだろうか。

『濹東綺譚』は、近世から明治にかけての物語や、物語が喚起する記憶への強い愛着を語りつつも、そうした物語にわが身を没することに対して最後にためらいをみせる。こうした「わたくし」の旋回の身ぶりを、ここでは小説の内部構造に由来するものとして捉えてみたい。本作に孕まれた共時的な志向——何かが外的に〈禁じられ〉ている状況に対する『濹東綺譚』のスタンス——もまた、こうした通時的なモチーフを手繰り寄せてみることで、新たな形で立ちあらわれてくるのではないだろうか。

出発点となるのは、本作の物語が「私娼窟の代名詞[5]」と呼ばれる街、玉の井を取り扱っているという事実である。玉の井を題材にした本作は、一方で「社会小説」「報告文学[6]」という評価を受けてもいた。為永春水の人情本や鶴屋南北の劇、浄瑠璃、幕末維新期の伝説、漢詩文といった多岐にわたる本作の引用もまた、この私娼窟を場として展開している。まずは、『濹東綺譚』が「新橋はもちろん、神楽坂、富士見町、白山、麻布の花柳界はおろか、吉原や洲崎ともまったく質のことなる最低の遊び場」（野口冨士男[7]）を選ばなければならなかったことの理由を探ってみることからはじめてみたいと思う。

二　玉の井をめぐる物語

昭和初頭にあって空前の繁栄を誇った私娼街・玉の井は、もともと三業地の誘致計画が頓挫した場所であり、あらかじめ花街として用意された空間が私娼窟となったという特殊な成立事情を持つ。(8)この町が若い世代を中心とする男性客（その中には文学者も含まれる）を惹きつけた(9)理由もまた、こうした事情によって生み出された奇異な街並みと、特殊な営業形態にあったと考えられる。計画的に区画された地域のなかに不規則なかたちの路地が縦横にはりめぐらされている「迷路」の構造と、娼婦の顔を半分だけ覗かせて客の興味を誘う「目かくし窓」の、異様な景観である。

こうした玉の井の街並みは、この町を描くテクストに共通する形式を呼び寄せることになる。新開地玉の井の異様さを描くテクストは、右の二つの表徴を、路地を歩く歩行者の視点によって紹介するのである。たとえば街路の「迷宮」性を強調し、玉の井私娼窟の「魔窟」性を表現する、葉山嘉樹と里村欣三のルポルタージュ。

私達は日が暮れるまで、溝板をハネかしながら、露路から露路を抜けて歩いた。かういふ魔窟には、行き止りの袋小路といふものがない。変転自在に、裏から裏へ通じる仕掛になつてゐる。（葉山嘉樹・里村欣三「東京暗黒街探訪記(10)」）

社会主義リアリズムを背景に置くルポルタージュ、あるいは『新版大東京案内』（昭和四年、中央公論社）や『全国花街めぐり』（昭和四年、誠文堂）のような考現学・遊廓案内においても、玉の井の描写は実際に街を歩行する視点を借りることで「迷路」「迷宮」性を表象する。荷風自身による玉の井探訪譚『寺じまの記』[11]でも事情は同様で、浅草雷門から京成バスに乗り込む「わたくし」の眼には、定式通り「迷路」と「窓の女」が映っていた。

『濹東綺譚』を含めた大正末から昭和初頭に至る玉の井の描写を分析した先駆的な試みとして、嶋田直哉による一連の論考[12]がある。ここでは、玉の井への「近さ」が描写されるほどに「超越的な水準からの対象化」の姿勢が浮かびあがってしまうという嶋田のディスクール分析を踏まえつつ、あらためて玉の井を描くテクスト群のなかに『濹東綺譚』を置いてみることで、本作の特徴に焦点を合わせてみたい。「向島寺島町に在る遊里の見聞記をつくつて、わたくしは之を濹東綺譚と命名した」という『作後贅言』の定義にも関わらず、「わたくし」なる作家の執筆にかかる『濹東綺譚』には、玉の井の描写を空白化する志向が存しているのである。

『濹東綺譚』の主人公は東京市交通局の乗合自動車に乗り込み、終点の寺島七丁目（玉の井の中心地）ではなく、一つ手前の寺島六丁目で降車する。[13]この地点から玉の井に至る道筋は、たとえば『寺じまの記』で「一番賑な処でおろしてくれるやうに、人前を憚ず頼んで置い」て玉の井に向かう「わたくし」とは異質な進入経路であって、昭和一〇年廃線の京成電鉄路線址土手から、つまり街の「裏」側から玉の井の中心に入るルートに当たる。「わたくし」は東武電鉄玉の井駅か京成バス・東京市市営バス終点、即ち「表」側で降車する、通常の「客」の役割を演じない。玉の井訪問譚は、本作の記述にいう「昭和五年」以降「町の形勢は裏と表と、全く一変するやうになり「以前目貫と云はれた処が、今では端れになつた」（六）場所からはじまるのである。繁華の裏側から玉の井に入り込んだ「わたくし」は、「ぬけられます」の看板に言及して迷宮の所在を示唆してはいるものの、散策の過程を「大分その辺を歩いた後」と省述してしまう。「わたくし」は昭和一〇年前後における玉の井のイメージを規定する、迷路のような路地を歩きまわる身振りも、娼家の狭い窓から聞こえる女性の呼び声も記述せず、夕立の中、突然視界を領した女をクローズアップするのである。[14]

玉の井を省略しながら記述をはじめる「わたくし」がようやくこの町のかたちを読者に呈示するのは娼婦お雪との物語がある程度進展した第六章の時点だが、『小説濹東綺譚』における玉の井の描写の志向性は、「わたくし」が実景描写を充塡するまでの間に描いたものを確認することで見えてくるはずである。

「宇都の宮にゐたの。着物もみんなその時分のよ。これで沢山だわねえ。」と言ひながら立上つて、衣紋竹に掛けた裾模様の単衣物に着かへ、赤い弁慶縞の伊達締を大きく前で結ぶ様子は、少し大き過る潰島田の銀糸とつりあつて、わたくしの目にはどうやら明治年間の娼妓のやうに見えた。（三）

以下の各章において「わたくし」はお雪に旧文芸のイメージを投影してゆくのだけれども、それらの引用の根拠はお雪の姿が「わたくしの目には」（傍点引用者）明治時代の身なりに見えたという一点に尽きる。本作の書き手「わたくし」は、過剰なまでに「観察」と「描写」にこだわる人物であった。

小説をつくる時、わたくしの最も興を催すのは、作中人物の生活及び事件が開展する場所の選択と、その描写とである。わたくしは屢人物の性格よりも背景の描写に重きを置き過るやうな誤に陥つたこともあつた。（一）

『失踪』執筆にあたって「俄に観察の至らない気がして来」たために玉の井を再訪したという「わたくし」の、観察へのフェティシズムは並々ならぬものがある。「わたくし」によるお雪の描写を見よう。

　年は二十四五にはなつてゐるであらう。なか〱いゝ容貌である。鼻筋の通つた円顔は白粉焼がしてゐるが、結立の島田の生際もまだ抜上つてはゐない。黒目勝の眼の中も曇つてゐず脣や歯ぐきの血色を見ても、其健康はまださして破壊されても居ないやうに思はれた。（三）

一瞥のもとに「白粉焼」から「生際」、目の曇り、そして「脣や歯ぐきの血色」を次々にチェックする「わたくし」の冷徹な視線。両肌脱ぎになって顔を洗うお雪を見ながら「肌は顔よりもずっと色が白く、乳房の形で、まだ子供を持った事はないらしい」（三）と述べた箇所もある。多くの娼婦に接していなければ到底知ることのできない情報を抱え込んだ「わたくし」の記述は、おそらく「活動写真」のカメラよりも精細に女の情報を読者に伝えているのだろう。

『小説濹東綺譚』が含んでいるこうした観察への志向の意味を考える際に参照すべきは、作中作である『失踪』が提供する、玉の井をめぐる情報であろう。はじめ「どういふ風に物語の結末をつけたらいゝものか、わたくしはまだ定案を得ない」（二）とされていた『失踪』は、玉の井の取材がある程度進んだらしい第四章の時点で、すみ子が「兎に角暴力団……」という一言を口にする通り、性の商品化をめぐる犯罪と暴力[15]の諸相を含んだ物語として展開しはじめている。あらかじめ呈示されていた『失踪』の腹案は、「種田が刑事に捕へられて説諭せられ」、「刑事につかまつて拘引されて行く時の心持」が記されてもいた。目に見える迷宮や娼家の形を省略する

「わたくし」の筆法は、『失踪』が描こうとする、玉の井の見えざる部分へと視線を誘う効果をも持っていよう。種田の物語は、路地ごとにはりめぐらされた「親分とか俠客とか」（あるいは「暴力団」）の力、「謄写刷りにした強盗犯人捜索の回状」（七）の情報、「あの方の店」（傍点引用者）を経営する「玉の井御殿の檀那」をめぐって囁かれる噂（八、小説『失踪』の末節）といった、玉の井の深部をめぐる潜行の物語としての側面を持つのである。

「わたくし」がお雪との交歓のなかに見出してゆく「過去」の物語は、いずれも落魄し、追放された男と女の物語であった。『小説濹東綺譚』の展開のなかで『失踪』が中絶し、「わたくし」が「過去の幻影」に没入してゆく経緯には、『失踪』のどこか活劇風な筋立て――「わたくし」は「殆ど活動写真を見に行つたことがない」けれども「活動小屋の前を通りかゝる時には看板の画と名題とには勉めて目を向け」、「脚色の梗概」や「どういふ場面が喜ばれてゐるかと云ふ事」に気をつけている（二）という[16]――と、「わたくし」の「事実の描写」にもとづく「幻影」とが、モチーフを共有しつつせめぎあう様を見ることができるのではないだろうか。江戸と明治をつきまぜながら、独特の物語イメージが紡ぎあげられてゆく[17]「過去の幻影」の物語と、玉の井の裏面を描く物語としての『失踪』の物語と。『濹東綺譚』のいわゆる入れ子構造のなかで試みられていたのは、この二つの小説様式の間で揺れ動きつづける作家の物語だったのではないだろうか。

三　「過去の幻影」

しばしば指摘される通り、『濹東綺譚』の叙述には、書き手「わたくし」が進行中の事態に対して思いつくままに註釈を加え、時に事態そのものから横滑りした註釈が引用や回想を導いてゆくという構造がある。[18]「わたくし」が数々の引用によって玉の井の娼婦・お雪との関係に独特の物語を見出してゆく本作の設定も、こうした自註の構造によって可能になっていた。まず、「わたくし」がお雪との出会いについて説明する場面を見よう。

為永春水の人情本を読んだ人は、作者の叙事のところ〳〵に自家弁護の文を挟んでゐることを知つてゐるであらう。［略］わたくしは春水に倣つて、こゝに剰語を加える。読者は初めて路傍で逢つた此女が、わたくしを遇する態度の馴々し過るのを怪しむかも知れない。然しこれは実地の遭遇を潤色せずに、そのまゝ記述したのに過ぎない。何の作意も無いのである。驟雨雷鳴から事件の起つたのを見て、これ亦作者常套の筆法だと笑ふ人もあるだらうが、わたくしは之を慮るがために、わざ〳〵事を他に設けることを欲しない。夕立が手引をした此夜の出来事が、全く伝統的に、お誂通りであったのを、わたくしは却て面白く思ひ、実はそれが書いて見たいために、この一篇に筆を執りはじめたわけである。（三、傍点引用者）

「剰語」に呈示された情報は、文末詞「である」によって二つの部分に分けられる。はじめの部分は初対面の女性が意外に打ち解けた態度を取ることについての説明であり、「わたくし」は「深窓の女」が「芸者も及ばぬ艶めかしい様子になる」場合や「商売人」が「娘のやうにもぢ〳〵する」場合を弁明する「人情本」の「作者」と同じ口ぶりで、事実性を担保として、「初めて路傍で逢つた此女が、わたくしを遇する態度の馴々し過る」事態を弁明する。

しかし続く部分、お雪との出会いが「驟雨雷鳴」に端を発するものであったことへの注意を喚起する言及は、春水人情本の自註にはない、独自の内容を含んでいる。[19]「わたくし」は予想される読者の批難への答えという形で、「夕立が手引きをした此出来事」を取り出し、さりげなく一連の「出来事」が「全く伝統的」で「お誂通り」であるという、解釈されるべき水準を読者に差し出す。[20]ここで「わたくし」が事実性を強調する「実地の遭遇」には、「伝統的」と呼ばれる物語を読んでいることではじめて成立する判断（「かえって面白いと思い……」）が含まれているのである。こうして『濹東綺譚』は、玉の井の女に投影されつつあるイメージの、確からしさを保証しようとするのである。

加えて、右の部分を契機としてはじまった「わたくし」とお雪の物語が、別の引用との接合によってしだいに人情本の物語を踏み越えつつある点を確認しておこう。「為永春水の人情本」は、たしかに「泣本」とも称され、男女の恋の悲哀の描写によって知られるジャンルではあるのだが、一方で人情本には主要登場人物が必ず幸福な大団円を迎えるという約束事があり、落魄した男女が不幸な末路を迎えることは実はない。[21]「人情本を読んだ人」に向けた先ほどの言及は、この約束事をも、読者に喚起するかもしれない。しかし、続く記述が暗黙裡にそれを修正する。

次に、お雪が「浮世絵の美人画」に造詣が深い「わたくし」を「てつきり秘密の出版を業とする男だと思」いこみ、「態度は一層打解けて、全く客扱ひをしないやうにな」る場面を引こう。

> 日蔭に住む女達が世を忍ぶ後暗い男に対する時、恐れもせず嫌ひもせず、必ず親密と愛憐との心を起す事は夥多の実例に徴して説明するにも及ぶまい。鴨川の芸妓は幕吏に追はれる志士を救ひ、寒駅の酌婦は関所破りの博徒に旅費を恵むことを辞さなかつた。トスカは逃竄の貧士に食を与へ、三千歳は無頼漢に恋愛の真情

を捧げて悔いなかつた。（五）

ここでも、女の行為は「鴨川の芸妓」「寒駅の酌婦」「トスカ」「三千歳」といった講談・芝居に登場する娼婦たちに重なりうるものとして、書きとどめられている。[22]「わたくし」の視線は、零落した若旦那と娼婦が幸福になるはずの物語を、別の物語——「志士」「関所破りの博徒」といった「世を忍ぶ後暗い男」、破滅に向かう男たちが迎える、悲劇的な結末の物語——へと、繋ぎ合わせてゆくのである。ここで、お雪の親密な態度が喚起する時間は、娼婦が落魄した男性に愛を捧げる時間であるとともに、より悲劇的色彩の濃い時間として描き出されている。

落魄した男性が娼婦に好意を示される、という内容的な類似を手がかりに、『濹東綺譚』は発表当初から人情本との関係を論じられてきた[23]のだが、先に引いた箇所であえて「伝統的」という包括的な形容が用いられていた通り、お雪に物語のイメージを重ねあわせてゆく「わたくし」の言葉は、人情本とともにさまざまな文芸作品や作者の名をあわせ用いている点が重要である。[24]人情本をふくめた「過去の幻影」が意味するものは、「わたくし」がこれらの作品群をモザイクのように重ね合わせ、個々の作品の実態を離れた新たなエピソードを創出してゆくさまを追いかけてゆくことで、明らかになるように思われる。

こうしたイメージの重層ないし複合を可能にしているのは、玉の井におけるお雪の家の特殊な位置に関する言及である。「わたくし」は、お雪の家が、露店やスタンドで賑わう「大正道路」を離れ、「表の家の裏手に無花果の茂つてゐるのと、溝際の柵に葡萄のからんでゐる」のが見える裏淋しい場所にあることを、繰り返し読者に印象づけていた。そして、この家が、鶴屋南北の劇や浄瑠璃の曲名を想起しうる場として描かれることで、もう一つ、イメージに変形が加わっている。「わたくし」が複数の文芸作品を引用して描き出す時間域は、濃密な悲劇の予感に包まれながらも、結末部分への連想を削ぎ落としたかたちで提示されるのである。

（六）

いつも島田か丸髷にしか結つてゐないお雪の姿と、溝の汚さと、蚊の鳴声とは私の感覚を著しく刺激し、三四十年むかしに消え去つた過去の幻影を再現させてくれるのである。〔略〕お雪さんは南北の狂言を演じる俳優よりも、蘭蝶を語る鶴賀なにがしよりも、過去を呼返す力に於ては一層巧妙なる無言の芸術家であつた。

「南北の狂言」には具体的な作品名が挙げられていない。[25] しかし幇間蘭蝶と遊女此糸の心中を語る新内節の代表作「蘭蝶」[26]を併せて挙げることで、「わたくし」の引用が示すエピソードは、南北劇につきまとう殺人・復讐といった筋をも離れる。「わたくし」の引用は蚊の鳴き声や溝の臭気といった近世・明治文芸に登場する細部を用いながらも、これらの悲劇を、男女が破滅の予感のみを生き続ける、終わりなきモラトリアムの表象へと変形している。

さらに、右の言及では近世後期の作品（「南北の狂言」と「蘭蝶」）によって呼び起こされる「過去の幻影」が、「わたくし」の個人史（「三四十年むかしに消え去つた過去」）の領域と、区別なく語られている。「わたくし」は右の引用に続けて、「亡友井上唖々君」を「深川長慶寺裏」に訪ねた折の旧作の句を紹介する。ここで唖々が「親の許さぬ恋人と隠れ住んでゐた」という事実を印象づける「わたくし」は、これら「伝統的」で「過去の世」のものとされるイメージの群れを、「わたくし」個人の追憶が及ぶ範囲へと、呼び込んでゆくのである。

「わたくし」は、江戸や明治の文芸作品への憧憬を語りながら、既出の引用に新しい引用を重ね、さらに個人的な追憶を付け加えることで、いずれの作品とも異なる時間域を作り上げている。場末や廓外れの裏町を舞台に、金銭の遣り取りを越えて結ばれた男女が、その結びつきゆえに、ゆっくりと破滅に向かう時間。殺人や大団円といった約束事を離れ、カタルシスへと向かう時間そのものを取り出すことで、登場人物達が演じる情愛の歓楽は、頽廃の度を深めるほどに輝くだろう。「わたくし」が近世・明治文芸を用いて指し示す「幻影」とは、実際の江戸や明治の時間でも、それらの時代を描く文芸作品の世界でもない。登場人物達が悲劇的結末の予感のみを生きつづける、終点を欠いた悲劇の時間域なのである。

引用のコラージュによって、愛が悲惨へと顚落してゆく一瞬を動的に映し出す「幻影」の手法――自作『見果てぬ夢』を引用する「わたくし」の言葉には、かつて自作に理論の形で示した言葉の美学を『小説濹東綺譚』によって体現しえたという矜持がほの見えるようである。[27] なまなかなルポルタージュや活動写真よりも、引用によって織りなされた〈幻影〉の方がはるかに精緻な顚落のイメージを呈示しうる。書きかけの『失踪』を中絶して『小説濹東綺譚』に熱中してゆく「わたくし」の言葉には、そうした描写理論を読むこともできるかもしれない。

そうであるならばなぜ、この巧みすぎるほどに巧みなイメージは作品のなかで「古風な小説的結末」として完結することがなく、崩れ去ってゆくのか。お雪の存在によって完成されるのは現代小説としての『失踪』であり、引用によって「幻影」の物語を紡ぎ出した『小説濹東綺譚』ではない。このズレに込められたアイロニーの内実を探ってみるとき、『濹東綺譚』は、言葉で現実を美化する営為の不可能を描く小説として立ち現れてくるはずである。

「あなた。髪結さんの帰り……もう三月になるわネヱ。」／わたくしの耳にはこの「三月になるわネヱ。」と少し引延ばしたネヱの声が何やら遠いむかしを思返すとでも云ふやうに無限の情を含んだやうに聞きなされた。〔略〕ネヱと長く引いた声は咏嘆の音といふよりも、寧それとなくわたくしの返事を促す為に遣はれたもののやうにも思はれたので、わたくしは「さう……。」と答へかけた言葉さへ飲み込んでしまつて、唯目容《まなざし》で応答をした。（七）

後に「わたくし」が印象ぶかく思い起こすことになる、作中作『失踪』の執筆再開を促した対話である。「お雪が二階の窓にもたれて「三月になるわネヱ。」といつた時の語調や様子を思返」しつつ「すみ子と種田との情交は決して不自然ではない〔略〕と云ふ心持になつて来」たと述べた「わたくし」の言葉が強く喚起するのは、むろん『失踪』の一節、「窓の下に座布団を敷」いて座ったすみ子が「家ではしよつちゆう帰つて来いつて云ふのよ。だけれど、もう駄目ねえ」（以上、傍点引用者）と種田に語りかけていた場面であろう。お雪の言葉を「好いた惚れたといふやうな、若しくはそれに似た柔く温な感情」の表現ととった「わたくし」が、偶然書いてあった『失踪』の一節にリアリティを与え、完成を導くという構図である。加えて「わたくし」自身は、お雪の存在が『失踪』の完成を導くプロセスを、次のように説明してもいた。

お雪は倦みつかれたわたくしの心に、偶然過去の世のなつかしい幻影を彷彿たらしめたミユーズである。久しく机の上に置いてあつた一篇の草稿は若しお雪の心がわたくしの方に向けられなかつたなら、——少なくとも然う云ふ気がしなかつたなら、既に裂き棄てられてゐたに違ひない。（九）

しかし、「過去の世の幻影を彷彿たらしめ」る存在としてのお雪と、『失踪』を完成させる「ミユーズ」としてのお雪との間には、実のところ越えがたい溝があるのではないだろうか。もう一度、先ほどの「わたくし」とお雪との対話の、続きのくだりを見てみることにしよう。

「わたし、借金を返してしまつたら。あなた、おかみさんにしてくれない。」／「おれ見たやうなもの。仕様がないぢやないか。」／「ハスになる資格がないつて云ふの。」／「食はせる事ができなかつたら。資格がないね。」／お雪は何とも言はず、路地のはづれに聞え出したヴイオロンの唄につれて、鼻唄をうたひかけたので、わたくしは見るともなく顔を見ようとすると、お雪はそれを避けるやうに急に立上り、片手を伸して柱につかまり、乗り出すやうに半身を外へ突き出した。（七）

ここでのお雪のふるまいには「過去の世のなつかしい幻影」を与えていた際の静的な形姿とは異なる、どこか現代風のイメージが透けて見えている。「わたくし」の嫌悪するラジオの騒音のなかには「西国訛りの政談、浪花節」のほか、「学生の演劇に類似した朗読に洋楽を取り交ぜたもの」（五、傍点引用者）が挙げられているのだが、右の対話の背後に流れる「路地のはづれに聞え出したヴイオロンの唄」、あるいは片手で柱につかまって身を乗り出すお雪の芝居がかった身ぶり、あるいは「あなた」「ハス」といった呼称には、ラジオ・ドラマを彷彿とさせる紋切型が否定しがたく露出してしまっているのである。

お雪に重ねられた「過去の幻影」と、お雪の行動が示しはじめる現代風なイメージ――あらためて『失踪』を書きはじめようとする「わたくし」のまなざしが、突然玉の井を歩行者の視点から描きはじめている点は、この矛盾を際立たせるものであるように思われる。お雪の一言に動かされた後、足にまかせて玉の井を歩きまわる「わたくし」は、すでに玉の井の地理に精通していたことを明かしてゆく。「わたくし」の歩行者の視点のなかで、「過去の世の裏淋しい情味」があるとされていたはずの玉の井は、折から烈しくなる秋風とともに、「電車の音と警笛」が鳴り響く街へと変貌する。お雪と出会った場所は実は「呉服屋もあり、婦人用の洋服屋もあり、洋食屋もある」「最も繁華な狭い道」の「ポストの前」で、近くには「向島劇場といふ活動小屋」もあった、という具合に、玉の井がまぎれもなく「昭和現代の陋巷」であることが示されてゆくのである。こうした描写は、『失踪』に描かれた玉の井の姿を補強してゆくにあたって、ぜひとも必要な操作であった。

「わたくし」の眼は、江戸の物語を通じて垣間見られたような、貧困と罪の予感を生きる女のイメージが、お雪から消えてゆくさまを描かずにはいられない。「わたくし」はお雪を取り巻く「鈴のついた納簾の紐」(九)や「梯子の降口につけた呼鈴」(十)といった、まぎれもない私娼窟・玉の井の装置を描きこんでしまうし、二人の娼婦を抱えた娼家は、「もと一軒であつたのを、表と裏と二軒に仕切」られていたことの理由、商品としての性が回転してゆく場としての意味をあらわにする。どこか「快活」にふるまい、「謄写刷りにした強盗犯人捜索の回状」を見ても「目も触れず」にいるお雪の姿は、実のところ恋愛から犯罪への顚落という「人情の花」の物語など、玉の井にあっては幻想でしかない可能性を明滅させはじめるのである。

「わたくし」が慰安を見出していたのはお雪の「過去の幻影」なのだけれども、お雪の一言を「柔く温な感情」と受け取って『失踪』のリアリティを感得するためには、お雪は「快活」さを演じうる女性でなければならない。お雪が「ミユーズ」であるという「わたくし」の言葉を貫くならば、玉の井の「観察」はあくまでも克明になされなければならず、したがって「さら〳〵音を立てゝ茶漬を掻込む」お雪の姿に、悲哀をたたえた「過去の幻影」のイメージを読むことはできない——おそらく、『濹東綺譚』に「古風な小説的結末」をつけることを避ける「わたくし」の身ぶりは、この、お雪をめぐる二つの物語が呈示するジレンマに由来するものとして読むことができる。先に見たお雪を語る一節に「若しお雪の心がわたくしの方に向けられなかつたなら、——少なくとも然う云ふ気がしなかつたなら」という留保が見える通り、「偶然過去の世のなつかしい幻影を彷彿たらしめたミユーズ」としてのお雪の「幻影」が「幻影」でしかないことは、あらかじめ「わたくし」に見通されているはずの事柄でもあった。

『小説濹東綺譚』は、玉の井に織りなされた引用の物語が——あるいはその背景にある『見果てぬ夢』の美学が——内部から崩れ去る様を描き出す。ただし、玉の井に仮構された〈幻影〉が破れてゆく経緯を、玉の井の〈現実〉の露出とみる解釈もまた、『濹東綺譚』が二つの物語の桎梏として描き出されていたことの意味を狭めてしまうものであるように思われる。「わたくし」が玉の井の景況を読者の眼から隠し、種田とすみ子が「手軽く情交を結ぶ」脚色を「不自然」と感じていた点に示されているように、『失踪』執筆をめぐって呈示されつつある玉の井の〈現実〉もまた、ありうべきひとつのリアリティでしかないはずだ。『失踪』にリアリティをもたらした「ミユーズ」としてのお雪と、「過去の幻影」の物語に濃密なリアリティを与えていたお雪と——あえて見えすいた矛盾を犯し、この二つのお雪をめぐる物語を結びつけようとする「わたくし」の絶望的な試みは、むしろ二つの物語のせめぎあいに葛藤しつづける作家の姿を浮かびあがらせるのである。

このことは、玉の井を歩きまわりながらその景況を活写していた「わたくし」が手にする、「常夏の花一鉢」の形象にも見てとることができるはずである。植木鉢を片手に持って歩く男性の姿は、江戸後期から明治初期の浮世絵、主として役者絵に散見する。(28) この、所作事『花江戸絵劇場彩』（文政七年五月、市村座）などに由来する身ぶりには、能楽のシテが〈挿頭《かざ》しの花〉をたずさえて現れる身ぶりに相当する、象徴的な意味が含まれていよう。こうしたコンテクストは『濹東綺譚』のなかではもちろん表立って言及されてはいない(29)が、作中の記述を見るかぎりでも、撫子をあえて「常夏」と呼ぶ「わたくし」の言葉に、お雪とのひと夏の交歓を永遠のものとしてとどめようとする志向を見てとることはできる。急に深まりはじめた秋とともに訪れる『失踪』のリアリティを玉の井にたしかめてゆく「わたくし」の言葉は、手に持った花によって、そこに去りゆく夏の物語への思いとの相剋が存していることを表出していた。

玉の井の〈現実〉の活写へと赴きつつある言葉と、もう一つのお雪をめぐる言葉との葛藤──本作の結末部分は、こうした「わたくし」の言葉の二律背反を通じて、いずれの物語にも属さぬお雪の映像を析出していったものとして読むことができる。『濹東綺譚』の中絶を告げた「わたくし」が、あらためてお雪を言葉にしようとする箇所である。


建込んだ汚しい家の屋根つゞき。風雨《あらし》の来る前の重苦しい空に映る燈影を望みながら、お雪とわたくしとは真暗な二階の窓に倚つて、互に汗ばむ手を取りながら、唯それともなく謎のやうな事を言つて語り合つた時、突然閃き落ちる稲妻に照らされたその横顔。それは今も猶ありありと目に残つて消去らずにゐる。（十）

暗闇のなかに「突然閃き落ちる」稲妻は、あたかも写真に撮られる瞬間の被写体のように、お雪の横顔を「ありくと」浮かびあがらせている。電光に照らされたお雪の像は、イメージが意味を帯びはじめる直前の一瞬において、とらえられていると言ってもよい。体言止めを用いた文体のなかで、「おかみさんにしてくれない。」「三月になるわネヱ」といった「謎のやうな」言葉が結果的にもたらした意味は、宙づりの「謎」へと差し戻される。この、二つの物語の矛盾があらわになる直前の瞬間に回帰しようとする語りの身ぶりには、お雪との出来事を物語にする試みが幾重にも挫折してしまった自らの言葉のありようが、まざまざと刻印されているのである。『濹東綺譚』は最後までこの二つの様式の相克を手ばなそうとしない。眼前の出来事を言葉にしようとするとき、現代の言葉も、古風な物語に回帰する言葉も、どこか、物語であるがゆえの過不足を抱えこんでしまう。この事態を踏まえた上で、むしろ物語が必然的にはらむ類型性や固定性を指嗾することによって現代小説における様式の欠如を指し示してゆく志向が、本作には存していたのである。

五　小説の言葉

以上『濹東綺譚』を、玉の井についての二つの描写様式の間で揺れ動く作家の物語として読みすすめてきた。荷風小説において「小説」とは、その概念と言語の不在、あるいは不可能を作品内に刻印するものであった点に、最後に言及しておきたい。『雪解』や『つゆのあとさき』が物語のはざまに都市や性の動態を描いているように、『狐』や『雨瀟瀟』が沈黙によってしか自身の状況を描きえぬように、小説の言葉は、つねに引用の間の欠落によってしか主題を顕すことがない。あるいは、たえず引用を繰り込んでゆく身振りによってはじめて、小説の言葉が抱え込んでいる欠損を指し示すことができるのだ、と言い換えてもよい。

この欠落の表現に、荷風小説に江戸の諸ジャンルが用いられていたことの最も重要な効果が存していたのだと言えよう。よく知られる通り、近代における「小説」とは、そもそもの初めから明確な規定を欠いて出発した奇妙な文学ジャンルであった。特に日本の場合、小説に類する文学ジャンルが近世期にすでに存在しており、これらの諸ジャンルが各々明確なルールのもとに生み出されていたという事情が「近代小説」の概念内容の曖昧さを一層際立たせている。江戸の言葉に身を浸すかのようにして書かれた荷風の諸作は、小説とは果たしていかなる言葉で、いかなる物語を創出すべきジャンルなのか、という点を、江戸の言葉がはらむ類型性との対比によって問いかけ、小説における不在を物語化してゆく試みとなっているのである。

こうした江戸受容の手法が、しばしば近代における小説概念、ないし小説言語の問題と密接に関わっていたことを、あらためて指摘しておきたいと思う。戯作者の〈死〉を内面世界の頽廃へと変容させることによって、状況に対する〈文学〉の位置を読みかえてゆく『戯作者の死』。同時代における江戸趣味の消長を物語の内部に抱え込む『雪解』、都市モダニズム小説への内在的な批評となっている『つゆのあとさき』。これらの作品が同時代の状況のなかで物語の位置や機能を問うてゆく際、消えゆく文化としての江戸の物語は、逆説的に現代の諸相を照らし出す役割を持っていたのである。

一人称による作品群の場合、引用による物語と語りの言葉との差異の創出は、小説の言葉の位相を問い直してゆくモチーフと、緊密に結びついていた。伝承の言葉を張り巡らせてゆく『狐』の語りは、小説の言葉とはどのように出来事を語るべきなのかという問いを惹起する構造を持っている。『雨瀟瀟』においては、語り手の理想とする江戸の文体が繰り返し引かれてゆく構成そのものに、小説の文体とはいかなるものなのかという問いが内包されていたことも、見てきた通りである。『濹東綺譚』の場合には、『失踪』のいびつな完成と『小説濹東綺譚』の挫折という事態が作中に織り込まれることによって、暗黒街ルポルタージュに類する現代小説と引用による物語のいずれもが現実とのズレを示してしまう、小説言語の不在状況が描き出されているのである。

物語を成立させる言葉の構造が一度崩壊してしまった時代にあって、言葉が対象を語りえずにいる状況をまざまざと作品に刻印して書くこと。小説の言葉に可能なのは、こうした言葉の危機にあえて直面し、その動揺を主題としつつ、ときに語られざるイメージを浮かびあがらせることではなかったか——荷風の作品はそうした示唆を我々に与える。言葉の限界にたいする醒めた認識を有しながら、言葉の幻想を精緻に組織し、幻想の崩壊過程に時代の物語の輪郭を指し示すこと。荷風小説の方法には、物語の言葉なき時代における一つの有効な方策が、示されていたように思われるのである。

※『濹東綺譚』の引用は岩波書店『荷風全集』一七巻に拠った。

注

［はじめに］

（1）通常、「大川」（小栗風葉『恋慕流』明治三三年、春陽堂・田口掬汀『女夫浪』明治三七―三八年、金色社・生田葵山『火薬工場』明治四〇年二月「文芸倶楽部」）。歴史小説には「桂の川」（樗牛『瀧口入道』明治二八年九月、春陽堂）・「多摩の川」（遅塚麗水『仙錦亭』明治三四年一一月「文芸倶楽部」）という言い方もあるが、'L'eau de Seine' などの直訳に由来すると考えられる。

（2）「春は賑ふ、隅田の景色、植込む松も色増して、梅の薫りのほんのりと、仇な桜に恋の淵、流れ〳〵し水鳥の、今はわたしも女夫連」（海賀変哲編『端唄及都々逸集』大正六年六月、博文館）。

（3）たとえば、風来山人『根南志草』四之巻。

（4）後藤宙外『思ひざめ』（明治三〇年一二月「新著月刊」）。主人公鳳次郎と妾（のちに芸妓）阿浜の関係は、作中の噂によって『三人吉三廓初買』における木屋文里と遊女一重のそれに比せられるが、鳳次郎の妻・阿糸の造型に『心中天網島』のおさんを比し、鳳次郎にハムレットを見た角田浩々歌客の評（明治三一年二月「国民之友」）は、本作の「趣向」を的確に衝いていた。

（5）『新梅ごよみ』のお鈴が芸妓・お米にいう「然う無暗な事を為れば、半年続く所は三月、三月の所は、一月と矢張お前さんの為には成らないよ。だからね、矢張柔順しく成丈け人の目に掛からない様に、末長く時々逢ふ様に為て居れば、又其麼云ふ事で嬉しい仕合になるか、世の中は……全く一寸先は暗でね、今から分つたものぢや無いんだから、先ア何にしろ、余り自暴な乱暴は為無い方が能御坐んすよ」は、近松『鳥辺山心中』における花車の「五度逢ふものを三度逢ひ二度を一度の逢瀬には親の機嫌もよく［略］辛気な苦界　ままならぬ　悲しひことや辛ひこと生きぬ死ぬるの手詰めにも必ずかならず若気を出し短気な心もちやなんやと」という「意見」を踏まえていよう。

（6）キリスト教徒としての笹村は、同時代の広津柳浪『非国民』はいうまでもなく、中村吉蔵『無花果』などに比してもいちじるしく意志の弱い人物として造型されているが、この結果、浄瑠璃や戯作の「章句」は、笹村を振り回しうる力を持つものとして描くことが可能になっている。

［第一章］

（1）荷風「毎月見聞録」大正六年三月五日の項（一九一七［大正六］年四月「文明」）に、「「郷土研究」休刊す吾等愛読雑誌の一を失ひ失望此の上なし」とある。

（2）佐伯彰一「永井荷風」（平成一六年七月、未知谷『作家論集』所収）。

（3）『回想記』（小杉天外）、『自叙伝』（森田草平）を表題作とする単行本も出版されている。ほか、木下尚江『懺悔』（明治四〇年一月、金尾文淵堂）など。

（4）千葉俊二「追憶文学の季節」（昭和六二年一二月、岩波書店『北原白秋全集』月報36）。なお権藤愛順「永井荷風と追憶文学の流行」（平成一八年二月「立命館文学」）はこの語を徹底的に追尋したものであり、多く示唆を受けた。

（5）野口冨士男「順境のなかの逆境」（昭和五〇年五月、集英社『わが荷風』所収）。

（6）磯田光一「父と子と」（昭和五四年一〇月、講談社『永井荷風』所収）、前田愛「廃園の精霊」（昭和五七年一二月、筑摩書房『都市空間のなかの文学』所収）。

（7）「四辺の高い梢で頻りと鵯が鳴く。聞き違ひか、何処かで猟犬がクン〳〵と鼻を鳴らすやうでもある。これで銃声がパツと突然《いきなり》耳を驚かして、一しきり鳥がけたゝましく鳴きわめき、飛び散つたら、それこそ猟夫日記の森その儘であらうが［略］自分は一時間ばかり落葉の中に蹲つて風の渡る音を聴き、木の葉の走る音に耳を澄ました」（三島霜川『綱子』明治四二年一月「日本及日本人」）など、ツルゲーネフを読みながら「風の渡る音」と「木の葉の走る音」に耳を澄ます散策のモードが同時代にある。「榧、胡桃《くるみ》、栗林」に「櫨、漆なぞも交つ」た崖下の「林」が家を「小暗く見」せるほど「コンモリ鬱つ」ている庭――『狐』の庭とほぼ同じ構図――を、「庭は好い」と評した人物もいた（真山青果『家鴨飼』明治四一年四月「早稲田文学」）。

（8）荷風『あめりか物語』は発売当時「着想描写共に自己を発揮せられたる書き振りに一種の特色ありて故独歩氏の短片集を読むが如く」（明治四一年九月一五日「東京日日新聞」）と評されたことが知られる。滝藤満義「『あめりか物語』周辺――一人称小説の群れ」（平成一六年五月「千葉大学日本文化論叢」）が述べる通り、集中の『林間』はツルゲーネフの『あひゞき』を思わせる作品でもあった。

（9）前田愛、講演「永井荷風『狐』を読む」（昭和五六年六月「幼児の教育」）。

（10）「信州川中島の松葉いぶしは、貧乏神を追出すと今ではいつてゐるが、あるいはこれも獣害の防止だつたかも知れぬ。近畿中国には狐狩があつた。狩とはいつても後には食物などを供して、機嫌を取るやうな土地もあつた。さうでなくともたいていは威喝だけで、事実捕獲をしようと迄はしなかつた」（柳田国男「眠流し考」昭和一一年一〇月、山村書院『信州随筆』所収）。

（11）真山青果描くところの南小泉村では、「牡鳥」を殺して「薬用喰ひ」にすることさえはばかられていた（真山青果『鶏一羽』明治四一年四月「江湖」）。

（12）明治維新後間もない時期にあって、一家の位置がどこか危ういものであることは、盗賊の被害にあった一家が「父とも母とも、誰れの発議とも知らず」「出入りの鳶の者に夜廻りをさせるやうにした」箇所にも示されている。鶏が殺された日の朝、鳶の清五郎は母親の制止にもかかわらず「自分」を鶏小屋へと背負ってゆく。父親が田崎に対してはかなり高圧的な調子で命令を下しているのに対し、清五郎をはじめとする「出入の者共」に対する指図の場面が本作に描かれていないことも、指摘しておこう。ここに浮き彫りになっているのは、「夜廻り」という形で警察権を持つ「鳶の者」と一家との間に生じた、微妙な力の均衡関係ではないだろうか。

（13）「稲荷の社」に誘い込まれた子供が美しい女の幻想にとらわれ、「つまゝれめ」「憑きもののわざよ」と言われた例がある（泉鏡花『龍潭譚』明治二九年一一月「文芸倶楽部」）。なお『狐』の舞台である小石川金富町の近辺には、西岸寺の日限不動尊があることを付け加えておこう。この不動は足の病に特に利益があるとされるが、元来病弱な子供の平癒を祈るべく建立された像である。

（14）たとえば福澤諭吉『福翁自伝』（明治三二年六月）は、「はしがき」に「慶應義塾の社中にては西洋の学者に往々自ら伝記を記すの例あるを以て兼てより福澤先生自伝の著述を希望して親しく之を勧めたるものありし」と出版の背景を述べる。

［第二章］

（1）待乳山の描写が歌沢に基づく点は、久保田淳「隅田川の文学——永井荷風『すみだ川』を中心として」（昭和五六年一一月、日本文学風土学会「記事」）に指摘がある。

（2）たとえば長吉とお糸が「地方町の小学校」（地方今戸町の待乳山小学校か）に通っていたとされることを踏まえ、地方今戸町の人口変遷を『浅草区誌　上』五七四頁と『台東区史　通史編Ⅲ』（平成一二年一月、東京都台東区）一六頁の表によって示せば、明治五年二〇七人、明治一六年五六二人、明治四一年三五五五人、大正元年三八一二人。山谷堀の反対側にある聖天町は、明治一六年一九〇五人、大正元年二〇八〇人とほぼ横這いである。

（3）お糸が入る葭町の「松葉屋」は、「都新聞」年賀広告に名前が挙がる。

（4）三人会「合評記」（明治四三年一月「新潮」）は吉さんの描写を「不真面目」と評する。

（5）「楊弓場の一時間」は好箇の写生文なり」（「葡萄棚」大正七年九月「中央公論」）。

（6）竹盛天雄「荷風と白鳥の意味（三）——『すみだ川』の世界」（昭和四五年一月「日本文学」）に、本作は「長吉の側からの悶え」に焦点を絞っているという指摘がある。

（7）　遊女との恋愛劇に巻き込まれる僧侶と学生を重ねた例は、樋口一葉『たけくらべ』。

（8）　この点に関して、網野宥俊がお糸の家について提出した「今戸は三社の氏子ではないので、或は聖天町とか金竜山下瓦町辺に住居があったとも考えられる」（「名作『すみだ川』を偲ぶ」昭和三六年四月、荷風先生を偲ぶ会編・発行『回想の永井荷風』所収）という「疑問」が重要である。ここでは結果的に三社祭の輝きが選ばれたことの意味を捉える立場を取っている。

（9）　なお、十六夜清心の舞台進行を語る叙述は「演芸画報」の「芝居見たまま」欄を思わせるほど詳細なものだが、この細やかな叙述に省略を織り込む操作は、宮戸座が「黙阿弥や如皐の芝居の価値」（久保田万太郎「澤村源之助」大正一〇年九月、金星堂『三筋町より』所収）を忠実に再現する場として認知されていたがゆえに可能だったと考えられる。宮戸座は「歌舞伎座を造る試練場」として建てられ、「其の構造は、木造二階建で、破風造りの純日本式な古典的な建物」（前掲石角春之助）であり、「宮戸座が東京の芝居で一番入場者《けんぶつ》が多い」（竹山人「浅草食通談」明治四五年三月「新小説」）。「散髪、着流し」という清心の扮装の説明も、後に新派と歌舞伎が合同していった宮戸座の魅力のありかを示唆しつつ、現実の「堕落青年」の物語と舞台上の世界との通路を設ける用意である。源之助や勘五郎は世話物を本領とし（阿部優蔵『東京の小芝居』昭和四五年一一月、演劇出版社）、演目には黙阿弥『恋闇鵜飼燎』（明治四〇年三月上演）のような散切狂言があった。

（10）　この点、「「荒廃」することがそのまま美への転化を保証するような働き」を本作に見た中村良衛「「現在」という水脈――永井荷風『すみだ川』私論」（平成一一年五月「日本近代文学」）の指摘が、竹盛前掲論文における「美的情趣化」の指摘とともに重要である。ここでは、「下町」の物語の意味を、春水や黙阿弥の解釈を通じて悲惨小説へと流れ込んだ〈悲惨〉の主題と捉えていることを、ことわっておきたい。

（11）　そのかぎりで、ここでの長吉の幻想には、西鶴『好色五人女』巻四にえがかれた、八百屋お七の良く知られたイメージを重ねることができるかもしれない。長吉が向島をさまよいながら思い浮かべる人情本の挿話には、半次郎がお糸の「手をと」る場面がふくまれており、母親に隠れて恋人の手をとるお七の挿話と呼応していることも、指摘しておこう。

(12) 荷風自身、『新梅ごよみ』(明治三四年四月一九日―五月二四日「日出国新聞」)において、『春色梅児誉美』を悲惨小説に仕立てたことがあった。
(13)「隅田川考」(一九七九年一〇月、講談社『永井荷風』所収)。
(14) 長吉は「或時はあまりに世話を焼かれ過るのに腹を立てゝ、注意される襟巻をわざと解きすてゝ風邪を引いてやつた事もあつた」(五)。
(15) たとえば、広津柳浪『今戸心中』(明治二九年七月「文芸倶楽部」)。
(16)『春色辰巳薗』における、芸妓仇吉の書き置き。荷風は後にこの箇所について「春水の佳作中では辰巳薗の此末節を以て最絶妙の処となしてゐる」と絶賛している(「為永春水」昭和二二年一月、扶桑書房『罹災日録』)。
(17) 十年後のものではあるが、「芝居などに飽きた心もちを描くところになると、永井荷風氏の或る種の作物と、同じ気分になつてゐる」(「八月創作評」、大正一〇年九月「小説倶楽部」)という白鳥『移転前』への評は注目される。

[第三章]

(1) 昭和四一年九月、岩波書店『考証　永井荷風』。
(2) 明治四三年二月四日付、荷風宛鷗外書簡。
(3)「八月の評論」(明治四三年九月「ホト、ギス」)。
(4) 明治四三年八月「早稲田文学」。
(5) 蒼瓶「正月の新聞雑誌(四)」(明治四三年一月一四日「東京朝日新聞」)。
(6)「永井荷風」(昭和一六年一月、中央公論社『作家論』所収)。ただし中村は、後年、『冷笑』の頃の荷風に「観念の運動によつて、観念を否定する、自己否定の劇」を見ている(「非文学的風土」昭和四四年三月、講談社『芸術の幻』)。
(7) 漱石の『吾輩は猫である』をやや早い例として、『三四郎』、上田敏『うづまき』、そして鷗外『青年』が、『冷笑』の周囲のテクストとして挙げられる。議論の話柄となる事柄は別として、後に啄木が『はてしなき議論の後』を書くことになる素地が、この頃形成されつつあった。

（8）明治四三年八月「三田文学」。

（9）「冷笑なさつてはいけません、極真面目な話しなんですから……」（夏目漱石『吾輩は猫である』二）。

（10）同時代の荷風小説の主人公と比較してみても、「知らない土地を一番容易く一番愉快に味はつて、永く記憶に残すものは其の土地それ〴〵の飲食物ですからな」（六）と述べる紅雨と、「名物に甘いものなしさ」と呟く『牡丹の客』の語り手との落差はまぎれもない。

（11）「我が国に於ける類語辞典の嚆矢」を自序に謳う志田義秀『日本類語大辞典』（明治四二年七月、晴光館）は、「空想」の語義に「現実よりかけはなれたりおもひ」「実地の用をなさぬかんがへ」「あてのなきかんがへ」を当てており、「あてのなきかんがへ」の類語には「無謀ムバウ」が挙がる。「恍惚」状態における紅雨の言葉を総称するのに適当と判断して、この語を用いた。

（12）小山清は逗子の海岸で「身は何処か異つた遠い国の離れ島にでもあるやうな心持」（二）を覚えるのだが、しかし季節外れの陽光に包まれた海岸で虫の音を聞きつけ「捕まへられるものなら捕まへて籠に入れて、この冬中を暖かい火の傍に涼しい露を吸はして生かしてやりたい」（同）と身を起こす清は、やはり「幼少《ちひさ》い時から数学に興味を持つた位だから、決して空想の人ではない」（六）。

（13）なおこの点に関して、徳田（近松）秋江「文壇無駄話」（明治四三年一月「読売新聞」）の「兎に角「冷笑」にセルフコンシアスは少し」という評が重要である。

（14）「近代的と云ふあの熱病」がゾラ『傑作』に由来することについて、南明日香「「明治の東京」の相対化……『冷笑』に指摘がある（『永井荷風のニューヨーク・パリ・東京』平成一九年六月、翰林書房）。

（15）以下、翻訳は渡辺一夫訳『人工楽園』（『ボードレール全集3』昭和二三年、河出書房）に拠る。

（16）荷風「近代仏蘭西作家一覧」（明治四三年七月「三田文学」、署名は「紅雨」）中、「Baudelaire（Charles）」の項に、

「アシッシュ及鴉片の文学及び美術的効果を論じたる」作品として「Les Paradis artificiels（人工の天国）」が挙がる。

（17）「小説家は持前なる散歩の興味を感じ出した」（十二）。また、語りは中谷を「狂言作者中谷」「作者の中谷」と表現することはあっても、「狂言作者」「作者」という代名詞のみによって呼ぶことはない。

（18）「僕は阿片を吸つて見たくてならん、あれを吸ふと、身体がとろけちやつて、金鵄勲章も寿命も入らなくなるさうだ、阿片だ〳〵あれに限る」（正宗白鳥『何処へ』明治四一年一月「早稲田文学」）。「今の人の魔睡剤を求めてゐるのも尤だ。一度目が覚めれば、今の多くの人の思つてゐるやうな忠君愛国とは衝突しないでゐられないからね」（武者小路実篤『二日』明治四一年四月、警醒社『荒野』）。荷風自身、「最う係う癮が付いちや長い事もあるまいから、お前も好加減に俺の事は諦めて呉れ」と妻に訴えるアヘン中毒者を描いたことがある（『烟鬼』）。

（19）同時代の荷風作品「海洋の旅（紀行）」（明治四四年一〇月「三田文学」）にも、「小説的と云ふ病気にかかつた」語り手が、「鴉片の夢かとばかり、云ひ知れぬ麻痺の快感」に酔いしれる場面がある。なおこの点に関して、作中で紅雨の「小説家」としての役割が増大してゆく様を論じた、小野祥子「空転する言葉　永井荷風『冷笑』論」（平成一四年六月「芸文研究」）が重要である。

（20）四章で狂言作者中谷の身の上を小山清に語る紅雨が、話の本筋から脱線する様を表現した言葉。紅雨がすでに中谷身辺を小説の題材にしていることは、「また何か小説の材料ですか。私の身の上もお蔭で大分役に立ちますな」（三）という中谷の台詞によって知られる。

（21）*La Cathédrale* P. V. Stock, 1898. 主人公デュルタルは、「ロマネスク芸術と東洋との血縁」に言及しつつ、建築の形状によって「跪いて、頭を深く垂れ」させる「暗鬱」なロマネスク寺院と、尖塔アーチによって「天空に昇ろうとする」ゴチックを比較する。この比較は、そのまま仏教寺院と教会建築を比較する紅雨の言葉に用いられている。

（22）「「儘ならぬ浮き世」を捨てゝ、夢の如く覚束なき来世に於て円満の愛を楽しまんとするは必然の勢たり［略］彼等は愛以外他に世界あるを忘れ、義務あるを忘れ恍惚として現実の世界を離れ、理想の世界に身を投じ終るなり」（晴川春草「情死論」明治三三年二月、育英舎『歴々萋々』所収）。

（23）「見れば町の空は灰色の水蒸気に包まれて了つて、僅に西の一方に黄な光が深く輝いて居る」（島崎藤村『破戒』第二章（六）、明治三九年三月、上田屋）、「小温い水蒸気は、香の高い土から低く這ひ上る」（秋田雨雀『尼の風呂』明治四〇年八月「早稲田文学」）。

（24）恒文社『全訳小泉八雲全集』第九巻（昭和三九年一二月）。なおこの訳文については、「永井荷風先生がフランス訳を参照して朱正をほどこされたもの」である旨、岩波文庫『怪談』平井呈一解説に言及がある。

（25）同右第八巻（昭和三九年六月）。

（26）海賀変哲『滑稽七人男』（明治四一年一月、関谷宇三郎）が『七偏人』を模倣しており、『七偏人』のイメージの流通ぶりを窺うに足る。『八笑人』については後述の東亜堂版のほか、三教書院版（編輯兼発行者・鈴木種次郎、明治四四年六月十五日三版を確認）がある。

（27）後出、上田敏『うづまき』のルビによる。

（28）荷風と独歩の関係については本書第一章を参照。『冷笑』当時の独歩の影響力を示す書物として、病床にある作家のために編まれた『二十八人集』（田山花袋・小栗風葉編、明治四一年四月、新潮社）がある。『運命論者』の一節が同時代の読者に残した印象は、たとえば有島武郎『或る女』が独歩をモデルにした人物を登場させる際、この邂逅の構図をさりげなく用いている点にも窺われよう。

（29）両作のあいだには、『冷笑』が漱石の推薦によって「東京朝日新聞」に掲載されたという事情があるだけでなく、苦沙弥を中心とする『猫』の集まりが、しばしば「面白い趣向」を語らい合っているかぎりで、「八笑人」の骨組みを透かしみせているという連絡がある。この点について、滝藤満義「「あめりか物語」周辺――一人称小説の群れ」（平成一六年五月「千葉大学日本文化論叢」）に指摘がある。

（30）『漱石と文明』（昭和六〇年八月、砂子屋書房）所収。

【第四章】

（1）大正四年一月二四日付書簡。大正元年一〇月一日付の籾山宛書簡には「此れよりは昔の町絵師や戯作者の如き態度にて人のよろこぶものを需めに応じてコツ〱と念入りに深切に書いて行くつもりに候」との言がある。

（2）ほとんど全ての評が同様の見解を取るが、一例として、「先生が往年の著述発売禁止相次ぎしころ、悲愁、身を擬へて描破されし自作小説「散柳窓夕栄」中の主人公柳亭種彦」とする正岡容「永井先生」（昭和二一年一二月、労働文化社『随筆百花園』所収）を挙げる。なお正岡は昭和二二年五月、桑原龍吉宛献呈本（架蔵）にて「自作小説」を「自伝小説」と朱書訂正している。

（3）「万朝報」明治四三年三月八日、「読売新聞」明治四三年三月八日を参照。『田舎源氏』発禁処分自体は、若干の内容改訂を条件として取り消しになったが、以後も『田舎源氏』にはこうしたイメージがついて回ったようである。大正一〇年一月二日「都新聞」には、巴文庫発行の種彦『田舎源氏』を購入希望者に「密送」する旨の記事が載る。

（4）この噂の方法は、歌舞伎だけでなく、たとえばゾラ著・荷風訳『女優ナヽ』（明治三六年九月、新声社）の冒頭部分、劇場でナナの名前が噂される場面などが類例として挙げられよう。

（5）この場面が北斎『隅田川両岸一覧』を参照している点について、つとに八木光昭「『すみだ川』から『柳さくら』へ――荷風の浮世絵受容について」（昭和五三年七月「国語と国文学」）に指摘があり、従いたい。荷風は執筆に先立って同書を購入したことが明治四五年六月一五日付太田正雄（木下杢太郎）宛書簡に見える。

（6）「「柳さくら」へんちき論」（昭和三七年一二月、岩波書店版第一次『荷風全集』第一号月報）。

（7）荷風「浮世絵の鑑賞」（大正三年一月「中央公論」）中に『筆禍史』への言及がある。

（8）たとえば大隈重信は講演「開国と日露戦争」（明治三八年一月「国家学会雑誌」）で、「国防」の語が林子平から起こったと述べつつ、「丁度今年カラ百年前林子平達カサウ云フ議論ヲサレテ間モナク、始メ林子平ガ慨嘆シタ如ク露西亜ノ軍艦ガ文化二年ニ長崎ニ現ハレタ［略］ソコデ始メテ愛国者ガ起ツテ露西亜ト云フモノハ甚ダ恐ルベキ敵デアル、露西亜ハ日本ヲ窺フ奴デアル、斯フ云フ愛国者ガ集ツテ」国防意識が高まったとし、開国初期と日露戦を結びつけていた。

（9）書斎の器物について言えば、たとえば種彦が愛用する「銀のべの長煙管」は山東京伝が売り出した「銀張」煙管を踏まえていると考えられ、「好は京伝より公道におとなしかりし」種彦の渋好みの煙管ではない（饗庭篁村「小説家の片商売」明治二八年五月「太陽」）。「筆筒の中に乱れさす長い孔雀の尾」をはじめとする文房具の数々は戯作者の書斎を描く江戸の図像によく見る（「けさくしやと申奉るハ、もつたいなくももつたいをつけて、四角な文字の本ばこをならべ、唐つくえにむかつてくじやくの尾をひけらかし」（式亭三馬『腹之内戯作種本』文化八年刊）ところではあるが、「金光燦爛として眼を射るばかり」の光のなかで「長崎渡りの七宝の水入」が「遠洋未知の国の不思議を思はせ」、「赤銅色絵の文鎮」が「象眼細工の繊巧を誇」る書斎のさまには、戯作者としての生を豪奢に飾り立てる志向がある。なおこの項、延広真治「『小紋裁後編小紋新法』影印と註釈（一）」（平成二年二月「江戸文学」）に拠るところが大きい。

（10）「やぼな屋敷の大小捨てて、腰も身軽な町住居、ヨイ〳〵ヨイ〳〵、ヨイヤナ」（大野恵造『江戸小唄総覧』昭和四二年七月、邦楽と舞踊出版部）。大野はこれが明治四年森田座『四十七刻忠箭時計』の唄であることから、開曲を「明治の初年ではないか」とする。

（11）種彦は戯作者への変貌の理由を「野暮な屋敷の大小の重苦しさ」を覚えたことに求めているが、このすぐ後の箇所で種彦自身が「武家の住居」のありさまを現在まで「夢にだも見ることを忘れていた」（二）ともいうのだから、そもそも戯作者としてふるまった時期の種彦に「大小の重さ」への反発が意識されていたかどうか、決定することはできない。

（12）前掲『江戸芸術論』にも触れられたおこよ源三郎などの例が、一応の例として挙げられよう。

（13）「人あり上告して云く。種彦幕府の禄を食み。徒に無用の文筆を弄し。其の著はす所の田舎源氏は。托して以て殿中の陰事を訐きたるものなりと」（双木亭主人『江戸時代戯曲小説通志』明治二七年稿、一九一四［大正三］年、誠之堂）。ほか、依田学海「偐紫田舎源氏評」（明治二一年一一月―明治二二年三月「出版月評」）、内藤鳴雪「田舎源氏に付て」（明治三八年一月「ホト、ギス」）など。

（14）現実の『偐紫田舎源氏』では、主人公・光氏の放蕩（と見えるふるまい）は、家の再興のための演技であったことが繰りかえし語られる。

(15) 石井研堂『天保改革鬼譚』(大正一五年七月、春陽堂)は、国芳の絵に描かれた怪異の寓意を逐一解き明かした書だが、研堂も述べる通りこの画の寓意は「容易に解けない謎」であり、研堂自身、明治四四年五月七日に銀座の夜店で購入した「各妖怪に、小さい紙札を張つて、其本体を書いてあつた」絵を手がかりとして解読しているため、ここではひとまず除外して考える。

(16) 『宿直草』巻二の六「女は天性肝ふとき事」、延宝五年刊『諸国百物語』巻一の三などに見えるが、いずれも荷風が参照した可能性は低い。

(17) 菊地三渓『本朝虞初新誌』では、取り囲まれるだけでなく拳をふるわれる。なお輪になった女の幻像が人を取り囲むという構図そのものは、泉鏡花『女の輪』など、怪異文学に見るところ。

(18) ただしこの箇所、荷風「放蕩」(明治四二年三月、博文館発行・発禁本『ふらんす物語』所収)に「徘徊する醜業婦の大半は何れも一度、買つた事のある女ばかりなのに」主人公貞吉が「自分ながら驚」く箇所があり、必ずしも伝承由来ではない可能性あり。

(19) 「世にかたり伝ふるうぶめと申物[略]は、産のうへにて身まかりし女、其執心此ものとなれり。其かたち腰より下は血にそみて、其声をはれうくとなくと申ならはせり」(貞享三年刊『百物語評判』巻二)。砕けた宝玉を見つつ「泣き沈む」女たちの群れは産女とは確かに遠いが、柳亭種彦『偐紫田舎源氏』一三編(天保五年刊、鶴屋喜右衛門)に「子を先立て、小毬《でまり》さらに正体なく、袖の上にて愛でたりし、玉の砕けしそれよりも、なを浅ましげに泣き惑ひ」という表現もある。

(20) 米光関月『千石岩』(明治三五年九月、金港堂)。この作品については、荷風「書かでもの記」に言及がある。

［第五章］

（1）池澤一郎「『雨瀟瀟』私見——荷風と南畝」（平成五年一〇月「国文学研究」）を参照。

（2）こうした視点に立って本作を見た評者は、同時代にも確かにいた。「氏が何でもなく只、今の口語体の文章に、好奇心から逆らつてゐるやうに見える擬古体の文章も、実は氏が日本文章の大改造を企てる抱負の一端だと、其処にも後世から見て、大なる見識があるであらう。」（上司小剣「感心したもの」大正一〇年四月「新潮」）。なおこの点に関して、『雨瀟瀟』の文体が同時代に及ぼした影響を芥川・谷崎論争に即して考察した岸川俊太郎「大正後期から昭和初期における芥川龍之介と谷崎潤一郎：永井荷風『雨瀟瀟』を媒介として」（平成二五年「芥川龍之介研究」）が重要である。本章では『雨瀟瀟』の表現構造を、複数の文の桎梏として捉えている。

（3）「所謂半夜燈前十年事、一時和雨到心頭といふ一件だから堪忍たものでない」（国木田独歩『湯ケ原より』、明治三八年七月、近時画報社『独歩集』）。「一夜不眠孤客耳主人窓外有芭蕉」を載せた文例集等は未見だが、たとえば「早蛩鳴き又歇み、残燈明又滅、窓を隔てゝ夜雨を知る、芭蕉先づ声あり」（石田道三郎編『美文韻文　作文辞書』明治三九年二月、郁文館、明治四二年改版）を参照しつつこれを読むことは可能であろう。この時期、芥川龍之介が、「漢文漢詩の面白味」を、新たな文学趣味として紹介してもいた（大正九年一〇月「文章倶楽部」）。

（4）「恨むが如く、泣くが如く、訴ふるがごとく、余韻嫋々として耳底にのこる（あまりのこゑが耳にのこる）」（松田我堂編『新撰美文の資料』明治四二年一二月、自省堂）。石田道三郎編『美文韻文　作文辞書』（前掲）も同じ。他、遠山景福『美文粋金』（明治三五年一一月、光世館、明治三八年一月七版）、伊藤銀月・江藤桂華編『文章形容語辞典』（昭和一二年六月、朝日書房）等。また、「風声」「水声」と「雨声」の対比については、やはり独歩に「時雨の音の淋しさ」を「これ実に自然の幽寂なる私語《さゝやき》である。［略］怒濤、暴風、疾雷、閃雷は自然の虚喝である」とした例（『空知川の岸辺』大正六年八月、新潮社『運命』（大正一〇年六月二二版）所収）がある。

（5）笹淵友一「雨瀟瀟」（昭和五一年四月、明治書院『永井荷風——「堕落」の美学者』）に、この点に関する言及がある。

ここでは、日記の文章が示す俳文からの逸脱を評価する観点に立っていることを、ことわっておきたい。

(6) 『疑雨集注』（民国一一年、掃葉山房）は「病骨真成験雨方」の註に李賀「傷心行」の「病骨傷幽素」を挙げる。二句目「呻吟燈背」は白居易「春夜」の「背燭共憐深夜月」を踏まえていよう。

(7) 六句目「徒癰」は原典「徙癰」であり、『南史』列伝第二十二、薛伯が人の背中にできた腫れ物を柳の木に移して治した故事を踏まえる。「徒癰」とした初出以降現在に到るまでの本文は、むだな腫れ物、とでも解すほかない。

(8) 子輿の故事は『荘子』内篇大宗師（第六）に見える。

(9) 「私」が父の書斎を訪ねる挿話は『大窪たより』大正二年一〇月三日の条に触れられている。『花より雨に』（明治四二年八月「秀才文壇」）にも「筆の軸は心地悪くねば」る梅雨を描く箇所があり、「蛞蝓の匍ふ縁側」など、行文は本作に似るが、『花より雨に』の書き手は梅雨の「悲愁苦悩」が「屢々何物にも換へがたい一種の快感」をもたらすものであると述べる。

(10) 「文久年間に彫つた」薗八の稽古本は『宮薗千草種』（文久元年、文花堂）。ただし本作の本文とは若干異同がある。

(11) 前掲、笹淵友一「雨瀟瀟」。他、たとえば芥川龍之介『一夕話』（一九二二[大正一一]年六月「サンデー毎日」）が、『雨瀟瀟』の「ヨウさん」を髣髴とさせる人物を話題とする。登場人物たちは、江戸時代の音曲を愛好し、妾に練習を強いる実業家に対し、手厳しい論評を繰り広げる。

(12) ヨウさんのモデルとされる籾山書店主人・籾山庭後は、『江戸庵句集』（大正五年二月、籾山書店）の「跋」で、「江戸趣味とやらんに執着いたし申さず」「江戸趣味の護持者といはるゝことわたくし身にとり何よりも迷惑」と述べている。

(13) 鏡ヶ池伝承の分布状況については、小島佐江子「円朝作「鏡ヶ池操松影」の諸問題」（平成一一年三月「語文」）延広真治「怪談咄の幽霊――「鏡ヶ池操松影」をめぐって」（平成二一年八月「アジア遊学」）が詳細をきわめている。ここでは、『雨瀟瀟』と近い時期の記事として、坂東太郎「采女塚の由来」（大正九年八月「講談倶楽部」。一龍斎文車口演「鏡ヶ池采女塚」と語尾以外はほぼ同文）があることを指摘するにとどめたい。

(14) この点に関して、「ただこの情話の門前に読者を導いて行つて佇立させただけで、あとは万事想像せよと突放してゐる」という佐藤春夫「永井荷風――その境涯と芸術」（昭和二二年一二月、国立書院『荷風雑観』）の指摘が重要である。本書は、佐藤の所説に影響を受けつつ、「想像」の挫折を重視する立場を取る。

(15) 活動弁士の人気については、「観者に対する態度にも一種の媚を呈するが如き所あり。而して児童の彼等に対するや、或は熱狂的に拍手し、或はその綽名を絶叫し、宛として贔屓役者に対するが如きの風」（権田保之助・秋山暉二「活動写真興行の実際的方面」、文倉平三郎『東京に於ける活動写真』付録、大正八年雨潤会、日本近代文学館蔵）が報告されている。雑誌「現代」大正九年一一月号には「活弁界人気男」が載る。

(16) とりわけ明治期において顕著であった。泉鏡花『冠弥左衛門』（明治二五年一〇月一日―一一月二〇日「日出新聞」）の暴動は「二百十日」の「暴風雨」を契機とするし、宮崎湖処子「維新」（明治二六年六月、民友社『第三国民小説』中『村落小記』所収）は激しい雨音に「其前年より起りし百姓一揆の吶」の声を聞く。

(17) 荷風はレニエ *Le Pass Vivant* への評で、「自働車に乗りて田園を荒し廻はる近代紳士」を「家柄のよき貴族の滅亡」と対比的に捉えていた（「文芸読むがまゝ」大正元年「三田文学」）。

(18) 五十嵐は「朧列」を「平凡文章家の証拠」とする。佐々醒雪『新撰記事文講話』（大正五年一月、育英書院）は、西鶴を引きつつ「部分的列叙」の弊を説く。

(19) 彩牋堂の名の由来となった、壁を遊女の手紙で飾る発想は、『西鶴置土産』（幸田露伴校訂『西鶴文集』大正二年、博文館）にある。

(20) 杜牧「泊秦淮」。該当部分の解は、「商歌の女は暢気なもので、亡国の恨も知らずに、今猶河の向うに、頻りに亡国の曲となつた後庭花の曲を歌つて居る」（大町桂月『和漢名詩詳解』大正一〇年六月、早稲田大学出版部）。

(21) 昭和三一年八月、冨山房『邦楽舞踊辞典』。

(22) 明治四二年一月「新小説」。

(23) 波多野海蔵編『薗八集』（大正一一年一〇月、丸見屋）所収。

(24)「■三友館（紫野柳晃）　私は常盤座で役者をして居ましたが、総見をしたり引幕を拵へたりしなければならない為め、私の様な貧乏者では、全く役者がいやになつて居た時恰度活動写真が大分盛んになつて居ましたから断然弁士界に入ることに決心しました」・「■宮戸座（大江楚水）　私は中学を卒へてから、すぐに坪内先生の計画せられた文芸協会に入りました、然しどうしても私の家庭の事情として、呑気なこの会に入会して居ることは出来なかつたので、なにか外に面白い商売はと捜して居ました。ある夜、神田の錦輝館に、活動写真を見に行きましたが、その夜からは、どうした者か、活動写真に興味を持つて、あの面白いフイルムを説明したいものだと思ふやうになりました。それから早速知人を求めて弁士になつたのです」（「弁士になつた動機」大正五年四月「活動世界」）。

(25) 大正六年三月「活動之世界」。

(26) ベテラン弁士染井三郎は、弁士の「資格としては第一が音声、第二が御理解の早いこと、第三が風采で御座います」（「写真を生かす苦心」大正五年三月「活動之世界」）と述べる。

(27) 例として、日活会社向島映画・浅草オペラ館封切『悲劇涙日記』（一九二〇［大正九］年三月「活動倶楽部」）、おなじく『新橋情話』（一九一九［大正八］年九月「活動倶楽部」）が挙げられる。

(28)「今の女」を罵倒する際、「草書」「変体仮名」「草双紙」「稽古本」といった文字を「読めない」ことを繰り返し非難するヨウさんの言葉は、小半が聴覚的な存在であることを裏書きするように思われる。

(29)『大正期SP盤レコード芸能・歌詞・ことば全記録』全一一巻（平成八年―九年、大空社）を参照。

(30) 桃楽生「子は正直」（大正九年一〇月「現代」）に、「でもまあ貴郎のお顔を見ると嬉しいやら恨めしいやらで、えゝもうどうしよう随分苦労をさせる人ねえ……妾にも一ぱい、ついで頂戴あらいやよほんとうに」という子の言葉を聞いた父親が「一体お前は何処で聞いて来たのぢや又活動写真か」と応じる場面がある。

(31) 鈴木鼓村が筆記した弁士の言葉は、「焼野の雉子、夜の鶴、人の親の心に闇はなけれども、子を思ふ道に迷ひぬるかな、こゝに仏蘭西マルセーユの片辺り峨々たる山岳重畳の間、武陵桃源とも譬へつべき小村がある。」（前掲『耳の趣味』）というものである。

（32）注（24）参照。

（33）この意味で、活動弁士の説明に似た語りを変転させながらスクリーンと現実の間を自在に行き来するかのような語り手を描いた宇野『悲しきチャアリイ』（大正一三年一月「中央公論」）が注目される。また、贅を凝らした邸宅の売立を通じて〈見え方〉の交錯を描き出した犀星『暮笛庵の売立』（大正一四年七月「新潮」）と、彩牋堂のなかに様々な物語を析出してゆく本作との間には、題材の共有にとどまらない共通点があるように思われる。

［第六章］

（1）秋葉太郎『荷風外伝』（昭和五四年七月、春陽堂書店）。

（2）大正一一年四月「新潮」。

（3）野口冨士男『わが荷風』（昭和五〇年五月、集英社）。

（4）佐藤春夫『永井荷風作品集』解題（昭和二六年一―五月、創元社『永井荷風作品集』所収）。

（5）この時期、相次いで廃刊した雑誌には「風俗」（大正五年九月―大正六年八月）、「江戸乃趣味」（大正一一年九月―一〇月まで確認）、「江戸」（大正四年六月―大正九年三月まで確認）などがある。この時期、江戸趣味雑誌群が相次いで倒れた理由は、もともと短命に終わりがちな個人経営方式と相俟って、「江戸」大正九年三月号の編集後記が語る通り、第一次世界大戦下の東京における紙価高騰が影響していると考えられる。

（6）たとえば笹川臨風は、『江戸むらさき』（大正七年三月、実業之日本社）において「江戸趣味」を「江戸当時の雰囲気」の意で用いるが、山本勝太郎『江戸趣味の話』（昭和四年九月、宝文館）は、「江戸時代を愛好するモード」の意味合いで用いる。前者の用例に、斉藤隆三「江戸趣味」「続江戸趣味」（昭和四年七月、雄山閣、長坂金雄編『日本風俗史講座』所収）があることを考え合わせると、大正から昭和にかけて語義が変化したのではなく、元来両方の意義が併存したと考えられる。

（7）この傾向を顕著に示すのは、「江戸趣味」雑誌の最後発であった、尾崎久弥の「軟派文芸研究」であろう。名古屋で「軟派文芸研究」を発刊した尾崎の「自叙」（大正一一年九月識）は、「憧憬と思慕とを江戸に求め」つつ、「元禄、化政、二つの峠」に「青羅に包まれたるが如く」耽溺することを揚言している。

（8）こうした言説の特徴は、たとえば「風俗」という誌名に容易に見てとれるが、他に、雑誌「江戸趣味」の考証「江戸趣味資料」（大正五年九月より断続的に連載）なども挙げられる。

（9）森銑三『書物』（昭和一九年三月、白揚社）によれば、三田村鳶魚が『東海道中膝栗毛』の輪講を始めた大正初期が、江戸研究の胎動期であったという。ただし、鳶魚『裏面探訪江戸趣味の研究』（国史講習会）が大正一一年刊であることにもうかがえる通り、刊本や総合雑誌レベルでこれらの言説が前景化するのはやや後になる。

（10）内田魯庵「永井荷風――江戸趣味の第一人者――」（昭和一〇年、書物展望社『紫煙の人々』所収）。

（11）同時代評、広告文、叢書名などに「江戸趣味」を謳われた小説群の総数は非常に多いが、ここでは荷風が書いた『すみだ川』『散柳窓夕栄』などの小説と、荷風が推賞する、泉鏡花、谷崎潤一郎、岡鬼太郎などの作家による小説を対象として議論を進める。

（12）赤木桁平「「遊蕩文学」の撲滅」（大正五年八月六・八日、「読売新聞」）。

（13）永井荷風「明治大正の花柳小説」（昭和一〇年二月一八―二一日、「東京朝日新聞」）。戦後には丸谷才一「花柳小説論ノート」（昭和五〇年、集英社『星めがね』所収）が、この概念を取りあげている。

（14）このように当時の築地を回想する文章として、市川猿之助「築地僑居のころ」（昭和二四年、中央公論社版『荷風全集』月報）がある。また岸井良衛『大正の築地っ子』（昭和五二年、青蛙房）表紙裏には、岸井が当時の築地を回想によって復元した地図があり、当時の様相を伝えている。

（15）『子別れ』は人情噺の大ネタの一つ。初代春風亭柳桜による速記が、明治二三年「百花園」（第三六号）に備わる。この話は大正年間も口演され、大正四年一一月明治座では、伊井蓉峰が『子は鎹』の題で芝居に仕組んでもいる。

（16）「家もいらない」の文言は、中央公論社版『全集』で削除。

(17) こうした人情本の読解コードに関しては、明治期の人情本読者に独特のものと考えることができる。たとえば荷風『すみだ川』の主人公・長吉が「梅暦」の人物を「薄命なあの恋人たち」と想起する場面や、二葉亭四迷『浮雲』中、失職官吏・文三が「明治の丹治」と呼ばれる場面が挙げられる。村上静人は、このように女性に慰められる零落した男性を「丹次郎」と呼ぶ呼び方が、明治の「熟語」であったと証言している（「人情本略史」大正一二年、人情本刊行会『一刻千金梅の春／人情本略史』所収）。

(18) 本作のタイトル『雪解』は、「三千歳」の本名題『忍逢春雪解』に由来するものであろう。兼太郎が口にする、「酒は飲んでも飲まいでも」「酒なくて何のおのれが桜かな」など、酒と関わる故事成語のうち、「恐れ入谷の鬼子母神」という成語は、兼太郎が参照する歌舞伎、直次郎三千歳を描く『雪暮夜入谷畦道』を示唆している。

(19) この慣行が大正期を通じて行われていたことは、五世清元延寿太夫『延寿芸談』（昭和一八年九月、三杏書院）が明らかにしている。この曲の角書のようなものとも考えられよう。明治一四年出版御届・編集人河竹新七の、「三千歳」の詞章（国立国会図書館蔵）にも、『軒の雫に袖濡す　忍逢春雪解』という外題が備わる。

(20) 本書第二章を参照。

(21) 「永井荷風氏の近業について」（昭和六年一一月「改造」）。

(22) 大正七年二月、「文芸倶楽部」。

(23) 明治二一年一月五日―二月二六日、「めさまし新聞」。引用文は『齋藤緑雨全集』巻五（平成九年三月、筑摩書房）に拠った。

(24) 大正年間、こうした娯楽場に「江戸趣味」が読み取られていたことは、小谷青楓「民衆娯楽場としての寄席」（大正一〇年三月「演芸画報」）に見える。

(25) 当時、「築地本願寺」停留所は、九つあった市電路線のうち、実に半数以上の路線の停車駅になっていた（昭和三三年一二月、中央区役所『中央区史』）。

(26) たとえば、大正一一年は、松竹が歌舞伎界をほぼ掌握した年である（伊原青々園『団菊以後　続』昭和一二年、相模書房）。

［第七章］

（1） 板垣「三つの女給文学」（昭和七年二月「近代生活」）、吉行「「つゆのあとさき」雑感」（昭和三八年一二月、岩波版『荷風全集』第八巻月報）。

（2） 提灯や植込み等の和風を加味した内装は、実在のカフェ・タイガーの特色（昭和六年八月二二日「銀座新聞」所載、松屋銀座店開催カフェー展覧会グラフを参照）。

（3） 馬場伸行「「カフェ」と「女給」のモダニスム試論」（平成一〇年二月「淑徳国文」）は、ボックスが「女給と客との距離をいっきに縮め」たことを指摘する。

（4） 荷風も足繁く通ったカフェ・タイガーでは、女給は複数の組に分けられ、売上競争が制度化されてもいた。チップについては、『東京大阪両市に於ける職業婦人調査』（昭和二年、中央職業紹介事務局）を参照した。カフェ・タイガーにおける競争制度については、広津和郎『女給』（昭和五年九月―昭和七年二月「婦人公論」）、永井荷風「申訳」（昭和八年四月「中央公論」）などを参照。

（5） 大規模カフェがしばしば行った、いわゆる「エロ・サービス」が排されている事実にも、客との関係を店内で完結させず、店外で描くための操作を読むことができよう。

（6） たとえば鉄子の履歴が、「もと歯医者の妻で生活難から女給になつた」と書き込まれる。

（7） 鷲尾洋三『東京の人』（昭和五三年、鷲尾千代出版）。

（8） 「モダニズムの倒像――『つゆのあとさき』の風俗を読む」（平成四年六月「エスキス」）。

（9） パンフレット『外濠公園』（昭和一四年九月、東京市役所）参照。

（10） 河竹黙阿弥『四千両小判梅葉』『慶安太平記』、村上浪六『三日月』（明治二四年四月五日―六月二八日『報知叢話』）、

泉鏡花『夜行巡査』（明治二八年四月「文芸倶楽部」）。昭和四年に丸橋忠弥を演じた尾上菊五郎は、コロムビアから吹込を発売した（昭和六年一月一六日「読売新聞」広告）。

(11) 松本泰『銀座の孔雀』（昭和五年一月、春陽堂『日本探偵小説全集』七巻所収）。

(12) 本作の都市描写が、どこまでも都市の人為性を捉えていることを、強調しておこう。たとえば清岡老人の邸宅は、「よく見ると根継ぎがしてあり」新しく「硝子戸」が取りつけてある。幽邃な隠棲を語るかに見える邸宅は、周囲に「西洋風」文化住宅が建ち並びつつあるなかで、工夫を凝らされた昭和の住まいとして描かれている。

(13) 斎藤緑雨『かくれんぼ』（明治二四年七月、春陽堂『かくれんぼ』）、広津柳浪『今戸心中』（明治二九年七月「文芸倶楽部」）、荷風『腕くらべ』。

(14) 加藤政洋『花街　異空間の都市史』（平成一七年一〇月、朝日新聞出版）。

(15) カフェ・オザワ（神楽坂毘沙門天の斜向かい）の裏には、秋庭太郎の指摘通り、待合「新春日」があった。

(16) 君江が利用する「三番町の千代田家」は、「許可地の一番はづれ」にある。三番町管轄の「九段三業組合待合部」は富士見町が中心。人目を憚る君江の周到な選択が窺える（昭和六年、東京待合業組合連合会『東京待合組合会員名簿』）。

(17) 昭和一二年浄写本（注(19)参照）には、「腰を抱き」(四)を「乳房を弄び」とするなどの改変があり、初出・初刊時の伏字部分にエロティックなイメージを読み込む余地があったことを示す。日高基裕「荷風氏の新著『つゆのあとさき』について――その伏字と装釘」（昭和七年一月「書物展望」）も、自主規制伏字を主に待合の性描写に行ったことを記す。

(18) 昭和六年一〇月二二日、荷風、谷崎潤一郎宛書簡。全集書簡番号四四〇。

(19) 天理大学付属図書館所蔵（請求記号 913.7: イ 83-1: A2838）。昭和辛未（六）年の識語を有する。草稿本文と初出本文の間には、伏字の他にもルビ・仮名遣い等に僅かな差があり、さらに天理図書館には荷風とは別人による「浄写本」（昭和一二年写）も所蔵する。この本文も初出とは異なっているが、今は草稿における生成状況をのみ参照する。

(20) モダン・ガールのウインクは、小野田素夢『銀座通』（昭和五年、四六書院）に「舶来」のものとして言及がある。

右『銀座通』や荒木千秋『銀座で恋の鬼ごつこ』（昭和六年、赤炉閣）は、これらモダン・ガールの身振りが「谷崎潤一郎氏の小説」の模倣であると述べる。

(21) 清岡進が怒りを抑えられないのは、「劣情を挑発する器械」だと考えようとする君江が、たえず「占有」欲を刺激する身振りを見せるためである。浅原六朗『女の経験せる』（昭和五年、赤炉閣『ビルディングと小便』所収）は、カフェでかつて接吻した少女と出会う男性主人公の物語だが、男は女が現在女給として「男を知りすぎ」ていることよりも、過去の接吻について「あなたはあの時あれつきりだつたわね」と揶揄されることの方に、はるかに「激情」する。

(22) たとえば清岡が君江の情事を見た場面の語りは、既に松崎老人であることを示した人物を「男」「見知らぬ老人」と呼んで清岡の視線に寄り添い、「醜悪な親爺と、×××××（註——三人互に嬉戯して）慚る処を知らない」と、清岡に見えた君江の奔放さを伝える。

(23) 荷風が繰り返し読んだ辞書『言海』の説明でも、「うはき上気心、浮キテ居テ、物事ニ移リヤスキコト」と「いんぽん淫奔 私ニ漫ニ淫ルルコト。（多ク女ニ就キテ云フ）」は必ずしも重ならない。

(24) 「騒人」、女給についての質問に対する松崎天民のハガキ回答。

(25) 一人の時間に日記を書き綴り、「男達が一山いくらに見えてくる」自らを見つめる林芙美子『放浪記』の主人公は、その典型であろう。前掲荒木千秋が描くモダン・ガールも、夢うつつの状態から冷めるや否や、「真個《ほんと》の恋の姿」を思って「反省」する。

(26) たとえば江藤淳「『つゆのあとさき』の驟雨」が、結末部について「これまで恒に現在しかなかったこの女の淫恋な時空間に、過去の奥行きを穿つものでもあったといえる」と論じる（平成六年三月、新潮社『荷風散策——紅茶のあとさき』）。

(27) 本文は河竹糸女補修、河竹繁俊校訂・編纂『黙阿弥全集』第一一巻（大正一五年二月、春陽堂）。大正一五年頃執筆「三世河竹新七脚本全集広告文」が「古河黙阿弥の全集」に言及しており、荷風は脚本にも目を通していたと考えられる。また、講談の「白子屋政談」でも、この場面はしばしば語られている。

（28）草履打ち・下駄打ちについては、小池正胤「江戸浄瑠璃と草双紙――「草履打ち」の系譜」（平成四年六月、世界思想社『浄瑠璃の世界』所収）を参照。この趣向は樋口一葉『たけくらべ』など、数多くの作品に変奏され、流れ込んでいる。

（29）前掲、谷崎「永井荷風氏の近業について」。

（30）明治一一年八月二一日―同九月一二日「東京絵入新聞」。

（31）作中の記述を読む限りでも、梯子段の上に運ばれた料理を女が並べるという身振りは、第六章における待合「野田家」の描写を反復している。

（32）草稿は、「留守中をばさん［の］が敷［□］直［した］してくれた布団［□］の花模様が、六畳の古畳の上に一層花々しく目についた」という文を削除し、「留守の中老婆が掃除をしたと見え、鏡台の鏡には友禅の片が掛けられ、六畳の間にはもう夜具が敷きのべてあつた。」と訂正する。「夜具」が与える艶やかな印象は、川島の反応にのみ仮託され、君江は「何の事とも察しがつか」ないままであることが強調される。

（33）岡崎義恵「荷風の愛について」（昭和二三年一一月「知と行」）は、君江が「淫欲の世界に留まる」可能性を指摘しており、興味深い。

（34）昭和七年五月「古東多万」。

［第八章］

（1）「二つの抒情小説　雪国と濹東綺譚」（昭和一二年七月三日「東京朝日新聞」）。

（2）萩原朔太郎「漂泊者の文学」（昭和一二年一一月「文芸」）、平野謙「永井荷風――『濹東綺譚』を中心に」（昭和二九年一一月、岩波書店『岩波講座　文学の創造と鑑賞Ｉ』）、塩崎文雄「〈玉の井〉成立考――濹東綺譚の考古学」（平成一二年三月「和光大学人文学部紀要」）。

（3）「夢の住む場所」（平成二一年四月、岩波書店『永井荷風巡歴』）。
（4）たとえば、為永春水『菊廼井草紙』（文政七年）。
（5）松川二郎『三都花街めぐり』（昭和七年一一月、誠文堂）。
（6）佐藤春夫「荷風先生の文学――その代表的名作「濹東綺譚」を読む」（昭和一二年七月一四―一六日「東京朝日新聞」）、XYZ「スポット・ライト」（昭和一二年一一月「新潮」）。同時代評における「抒情」と「報告」とが「絶対に逢着しえない事態」について、嶋田直哉「「報告文学」の季節――永井荷風「濹東綺譚」の受容から」（平成一四年一二月「立教大学日本文学」）に指摘がある。
（7）「それが終るとき」（昭和五〇年五月、集英社『わが荷風』所収）。
（8）松川二郎、前掲書。大正末年から昭和初期に至る三業地開設ラッシュについては、加藤政洋『花街　異空間の文化史』（平成一七年一〇月、朝日新聞社）に記述がある。
（9）太宰治と友人たちの玉の井通いはあまりにも有名。徳田秋声「隅田公園と玉の井」（昭和六年九月一四―二一日「福岡日日新聞」）に、「銀座の不二家やオリムピツクや富士アイスなどで飯を喰ふモダンボーイは又この魔窟の常連であるといふ」という記述がある。
（10）昭和六年一一―一二月「改造」。
（11）永井荷風『寺じまの記』（原題「玉の井」、昭和六年六月「中央公論」）。
（12）嶋田直哉「消えたラビリンス――「玉の井」の政治学」（平成一三年五月「日本近代文学」）。
（13）このルートの違いについて、川本三郎『荷風と東京　『断腸亭日乗』私註』（平成八年八月、都市出版）三九八―三九九頁に指摘がある。
（14）路上での「女」との遭遇という出来事が玉の井にあっては既に規則違反の出来事であり、その意味で「わたくし」が玉の井のアソビの文脈から逸脱しつつあることも、確認しておこう。「七」章に記述がある通り、玉の井には「二三年前」から「店の外へ出てお客をつかまへる処を見つかると罰金を取る」規則が成立している。既に前掲嶋田論文に紹介がある昭和九年六月の寺島警察署示達の一節、「濫リニ店頭又ハ街道ニ彷徨停立セザルコト」の条が示す通り、ルポルタージュの際には「窓の女」を見る記述が不可欠であった。

(15) この点に関して、「東京暴力団記」（昭和六年九月「中央公論」）、草間八十雄「社会の裏面観　私娼の生活形態」（昭和四年五月「祖国」）、南喜一「玉の井二十五年」（昭和一五年三月「中央公論」）を参照。

(16) 大井広介は『失踪』の筋立てについて、当時浅草で繰り返し上映されていたエミール・ヤニングス主演『肉体の罪』に酷似するものであったと述べている（「荷風・高見順――ゴシップ的方法』」昭和二二年一二月「文学季刊」。『肉体の罪』は上演館によっては『肉体の道』）。『肉体の罪』が実際に『失踪』に似ているかどうかという点については疑問が残るけれども、類似点を見出すとすれば、髭をそり落として若返ったような外見を獲得する銀行家の〈変身〉のモチーフ、そしてファム・ファタルに出会った男がならず者に殴られ零落するという〈暴力〉のモチーフであろう。

(17) この点に関して、一戸務の「明治の小説でも読むやうな、言究するならば、読本か人情本の会話でもよむやうな感慨がする」（「明窓襍記」昭和一二年八月「三田文学」）という評が重要である。

(18) 前掲、菅野論文。また、福田恒存「永井荷風」（昭和二二年九月、中央公論社『作家の態度』）にも、昭和期の荷風について同様の指摘がある。

(19) 春水人情本にも一篇の結構が粗忽あるいは陳腐であるとして弁明する例は多くあるが、ここで書き手「わたくし」はそのことには言及しない。

(20) 雨中に男が娼婦に捉えられ、娼家に導かれるという場面自体は、樋口一葉『にごりえ』（明治二八年九月「文芸倶楽部」）などにも描かれる類型的な構図だが、高橋俊夫「「濹東綺譚」と江戸小説」（昭和五一年一一月「国文学　解釈と鑑賞」）に、春水『吾妻春雨《あづまのはるさめ》』が「最も直接の範型となった」旨の指摘がある。ほかに荷風の読書範囲に入りえた書で「雨中の出会い」を描いたものとして、山東京伝『優曇華物語』を挙げておきたい。

(21) たとえば昭和期の人情本読者である永井荷風は、春水人情本について「春水の作は筋立一貫せざれども往々人の意表に出で馬鹿〳〵しきところに面白みもあるなり」（『断腸亭日乗』昭和一一年一二月二〇日）と述べている。

(22) 「鴨川の芸妓」は桂小五郎(後の木戸孝允)の妻となった芸妓幾松を指す。潜伏中の桂を助ける幾松の挿話は、伊藤痴遊の講談によって広められた。「寒駅の酌婦」は三世河竹新七作『上州織俠客大縞』などに登場する、国定忠治の女房お万。プッチーニの歌劇『トスカ』は大正二年六月、帝国劇場にて上演。「三千歳」は河竹黙阿弥『天衣紛上野初花』中の登場人物、直侍の情人三千歳。荷風はこの戯曲中の清元『忍逢春雪解』(別名『三千歳』)を好み、『雪解』にも使用している。

(23) 平井呈一「永井荷風論――濹東綺譚」(昭和一二年一一月「文学」)、平野前掲論文。柘植光彦「「腕くらべ」論――荷風と「見立て」」(昭和四八年五月、桜楓社『永井荷風の文学』所収)にも、『濹東綺譚』が「見立て「梅暦」」であるとの言及がある。

(24) なおこの点に関しては、たとえば三田村鳶魚が荷風作『夜網捕誰白魚』と江戸の実態との差を論じ、「成程成程偏奇館で人情本を枕に、夢を見たら夢を見たら。」(「新黙阿弥劇」大正一三年四月「日本及日本人」)と批判している点が重要である。

(25) 隅田川流域を舞台とした南北の芝居は数多くあるが、ここでは、たとえば『謎帯一寸徳兵衛』(文化八年七月、江戸・市村座初演)を挙げておこう。この作品は大正一〇年に坪内逍遙・渥美清太郎『歌舞伎脚本傑作集』第一巻(春陽堂)により再評価され、翌一一年、荷風の盟友高橋松莚によって明治座で復活上演された。

(26) 初世鶴賀若狭掾作曲、本名題『若木仇名草』(安永末頃成立)。

(27) 『見果てぬ夢』の語り手は、こうした美学の挫折を前提として語っていた。この点に関して、すでに中島国彦「荷風『見果てぬ夢』の復権」(昭和四五年一月「文芸と批評」)に「『見果てぬ夢』原文では「……」があるのに、『濹東綺譚』の当該部分にそれがない事実」の指摘がある。

(28) 歌川国安「三代目坂東三津五郎のあさかほうり花がつみの三五郎」(文政七年)、落合芳幾「染ゆかた夏のいろどり」(文久二年四月)。芳幾の絵では撫子の鉢植えを手にして夜道をゆく男が描かれる。ともに大田区記念美術館編『江戸園芸花突し』(平成二一年一〇月)掲載。なおこの点に関して、同書所載の渡辺晃「役者絵にみる園芸文化――展示作品を中心に」に大きく示唆を受けた。

(29)「東京朝日新聞」連載時の木村荘八の挿画には、「わたくし」と覚しき人物が鉢植えを片手にもって歩きまわっている様が、小さく描かれている。作中の記述にかなり忠実に寄りそいながら挿画を書いた木村が、「植木鉢がなか〳〵重い」という「わたくし」の言葉にもかかわらずこうした形姿を描いていることは、本作の隠れたコンテクストを示唆するものとして興味深い。

後記

平成二六年、東京大学大学院人文社会系研究科に博士論文「永井荷風研究」を提出、そののち「永井荷風研究——江戸文化の受容と「小説」の創出」と改題して東京大学出版会南原繁出版記念賞に応募し、受賞後さらに手を加えて成ったのが本書である。各章の初出は次の通り。

第一章「朱」第五六号（平成二五年二月、原題「永井荷風『狐』論——伝承との距離」）
第二章「文学」第一四巻第四号（平成二五年七月、原題「永井荷風『すみだ川』の位置」）
第三章「東京大学国文学論集」第七号（平成二四年三月、原題「永井荷風『冷笑』論」）
第四章「東京大学国文学論集」第九集（平成二六年三月、原題「永井荷風『戯作者の死』論」）
第五章「国語と国文学」第九〇巻第一一号（平成二五年一一月、原題「永井荷風『雨瀟瀟』論」）
第六章「日本近代文学」第八二集（平成二二年五月、原題「永井荷風『雪解』論——江戸受容の変貌について」）
第七章「国語と国文学」第八八巻第一二号（平成二三年一二月、原題「永井荷風『つゆのあとさき』論」）
第八章「国語と国文学」第八七巻第三号（平成二二年三月、原題「永井荷風『濹東綺譚』論」）

出版に際して、簡単にした方が、と思い直し、標題を再度改めた。なお右の諸論文は執筆過程で学術振興会特別研究員（DC2・PD）、手直しの過程で科学研究費（若手B）の助成を受けている。

誰でも同じことだと思うが、時とともに視角が移り変わってゆくなかで論文集を編む作業にはやはりそれなりの難しさがある。否応なく向き合うことになった自身の視野の狭さ、性急な論述態度、そして生硬な文章には幾晩となく苦しめられた。引用論の軸だけは動いていないつもりだが、結果的に初出からかなり変更を加えた章も多い――結局はいくら掻き回してみたところで、同じ鍋の底をのぞいているだけなのかもしれないけれども。

稿を書き継ぐよすがとなったのは、永井荷風という畸人の文業の面白さと、様々な御示教を賜った方々の記憶である。尊敬する人が荷風を語るときのふとした表情や言葉が、どれほど大きな手がかりとなったことか。

指導教員である安藤宏先生には、学部から博士課程までの講義や演習で、あるいは日常の何気ない雑談の場で、誰よりも多くの示唆をいただいた。思わず見過ごしてしまうような小さなものに目をとめて深く掘り下げつづけることの価値を、私は先生との対話を通じて知ることになった。うまく資料と論を綴りあわせられずにいるとき、高いレベルで葛藤しなさい、と決まっておっしゃった先生の言葉は、かつて不出来な学生であり後に不出来な教師となった私の心に今も反響している。

荷風と江戸の関係を探る着眼や文章を通時的な視点で捉えてみる発想は、長島弘明先生の演習で江戸文学の面白さを実感し、国文科の先生方のご講義を拝聴するなかでまねびはじめたものである。典拠学が開く世界には退屈な日常を一変させる力があった。総合文化研究科のロバート・キャンベル先生には一つの言葉の文脈を妥協せずに辿る姿勢を教わった。発表後に疲労困憊している私の背を軽く叩いて行かれた先生の後姿は、だらけがちな自分を戒める守り本尊である。国文学研究資料館での特別研究員時代には谷川恵一先生に受け入れていただいた。文字通り本に囲まれている部屋で明治をめぐる先生の遠大な展望とフィロロギーに接した体験は、現在の行路に深部で影響を与えているように思う。先生方に導かれていくつかの大規模資料調査に加えていただいた経験も、問題意識の狭さを思い知る契機となった。

荷風研究者の先生方には、文字通り多くの学恩をこうむった。『つゆのあとさき』を調べる過程で知遇を得た谷口典子氏にも、寺田弘氏が主宰する神楽坂アーカイヴの場にお導きいただくとともに、都市を文献にみる学の底知れぬ深さを教えられつづけている。修論と博論、南原賞の審査に加わっていただいた先生方、研究会や学会の委員会、お便りで懇切なご教示をいただいた先生方、隙あらば怪しげな本を読書会や講義に持ち込もうとする私につきあってくれた学友諸氏と学生諸君にも、心から感謝申し上げたい。

蒐集家と古書店の方々との出会いは、蒐集と実作と研究が必ずしも別のものではなかった荷風の時代を思いやる契機となった。福原大介氏の古書肆かわほり堂に足を踏み入れた時の眩暈のするような感覚が、私の荷風に対する印象の基底にはある。かわほり堂で出会った秀明大学の川島幸希学長には資料について細大漏らさぬ御示教を賜った。川島氏と扶桑書房主人東原武文氏に誘われ、秀明大学での五回の近代文学展や週末ごとの古書即売会に参加する間に、意味と資料との関係、といった問題を次第に考えるようになった。近代におけるイマジネールについて「それは、テクストとテクストのあわいで生まれ、成長する。それは図書館の現象なのだ」（「幻想の図書館」）と述べたミシェル・フーコーの言葉を肯いながら、私は小さな声で、しかし確信をもって補足することができる――それから愛書狂と古本屋の現象でもある、と。

職場のある鹿児島ではエネルギーにみちた同僚諸氏にあたたかく受け入れていただくとともに、ここでも意欲的な文学館と古書店、そして奇骨ある学生諸君にめぐりあうことができた。龍渓や柳田の歩いた九州で、言葉とつきあう法をあらためて探ってみたいと思う。孤独の人を追いかけながら列島をさまよっている私を思うままにさせてくれた家族にも感謝したい。

本書を編む作業は、荷風が無数の答えられざる問題の集団として再び立ち現れはじめる、得難い体験だった。二十代の頃唯一のよりどころだった荷風は相変わらず私を圧倒しており、考えや視線の方向さえも規定している。そうした感覚を引き出してくださったのは東京大学出版会の山本徹氏である。遅々として進まない書き直しをじっと待っていてくださる山本氏の度量に奮起し、そしてまた本づくりを遅延させてしまうことの繰りかえしだった。御詫びとともに、心からの御礼を申し上げたいと思う。

平成二九年二月

多田蔵人

索　引

あ　行

か　行

さ　行

た　行

ら　行

わ　行

著者略歴
1983年生まれ
2006年　東京大学文学部卒業
2008年　東京大学大学院人文社会系研究科修士課程修了
2014年　東京大学大学院人文社会系研究科博士課程修了
　　　　博士（文学）
現　在　鹿児島大学法文学部准教授

主要論文
「二葉亭四迷『浮雲』論」（「東京大学国文学論集」2010年3月）
「谷崎潤一郎『盲目物語』の材源と方法」（「国語国文」2012年11月）
「歌の位相——『にごりえ』」（おうふう『論集　樋口一葉V』2017年）
「《翻刻と解題》泉鏡花『銀鼎』完成原稿」（「国語国文　薩摩路」61号，2017年）

永井荷風

2017年 3 月17日　初　版
2017年10月25日　第2刷

［検印廃止］

著　者　多田蔵人《ただくらひと》

発行所　一般財団法人　東京大学出版会

代表者　吉見俊哉

153-0041 東京都目黒区駒場 4-5-29
http://www.utp.or.jp/
電話 03-6407-1069　Fax 03-6407-1991
振替 00160-6-59964

印刷所　株式会社三陽社
製本所　牧製本印刷株式会社

ISBN 978-4-13-086051-2　Printed in Japan